稲盛和夫 独占に挑む

渋沢和樹

日経ビジネス人文庫

困難な事業を成し遂げるのは、
知識や技術や資金に恵まれた者ではない。
ただ純粋な心を持つ者たちである。

稲盛和夫　独占に挑む　目次

本書は、関係者の証言を
もとに構成したノンフィクションです。

第1章 渦に飛び込む挑戦者たち

1

稲盛和夫は今日も自分に問いかけた。

「電気通信事業に正しい競争を起こし、電話料金を引き下げたいというこの思いは純粋か」と。

電気通信事業法の制定によって、電気通信事業が民間に開放されるのならば、自らが電電公社への挑戦に名乗りを上げるべきではないか。一九八三年春、稲盛は真剣にそう思いつめるようになっていた。

新聞やテレビは、電電公社の民営化と電気通信事業の自由化が既定路線であるかのように報じている。しかし新規参入者が現れなければ電電公社の独占体制は揺るがない。独占が続けばアメリカより一けた高い電話料金は下がらない。

それならば自分が正しい競争を起こして電話料金を引き下げるべきではないか。そして高度情報社会の健全な発展を助けるべきではないか。

そんな思いを噛みしめながら、近い将来に実現されるであろう高度情報社会の未来像を自分なりに思い描く日々が続いていた。折しもアメリカでは米電話電信会社（AT&T）やIBMがコンピューター同士を通信回線で結んでデータをやりとりする高度情報通信システムを開発し、米政府はそうした動きを後押しするため通信回線利用の自由化へと政策の舵を切っていた。

しかし、いまの日本の状況のままコンピューターが進歩して通信と結びつき、データを自由にやりとりする高度情報社会が実現したらいったいどうなるだろうか。郵政省や電電公社はバラ色の未来をしきりに喧伝するが、企業や家庭は恩恵に浴するどころか大きな負担を強いられてしまう。

企業は財務などのデータを事業所間でやりとりするたびに高い通信料金を電電公社に徴収される。家庭も同様だ。例えば自宅のパソコンを回線につなぎ、家にいながら買い物ができるホームショッピングが近い将来、実現したとしよう。京都の百貨店の商品をあれこれ物色してみたけれど、気に入ったものがなかったので今度は東京の百貨店を呼び出してみる――そんな使い方をしているうちに通信料金はいつの間にか買い物自体の金額を超えてしまうに違いない。

日本の電話料金を安くすることは時代の、社会の要請ではないか。

そう思いつめる一方で、稲盛は繰り返し自問自答した。

「この思いは正しい動機に基づいているか。ただいい格好をしたいだけではないか。心の奥底に慢心や金銭的欲望やスタンドプレーへの渇望が隠れていはしないか」――。

もちろん、土光臨調が基本答申を発表し、自由化、民営化への期待が社会に芽生えたころからこのように思いつめていたわけではなかった。

それどころか、いずれ大手電機メーカーや総合商社が共同事業体《コンソーシアム》を作って電電公社に挑戦するだろうと漠然と考え、「だれが名乗りを上げるだろう？　電電公社とがっぷり四つに組める体力を持つ大企業となるとトヨタ自動車、東京電力、日立製作所あたりだろうか」などと想像を巡らせていたのだ。

しかし、年度が替わり日中は汗ばむ季節になっても電気通信事業への新規参入者はいっこうに現れなかった。

稲盛はやがて大企業に期待したのは間違いだったと思うようになった。

大企業の経営者には強大な電電公社に挑む決断など下せないだろう。

明治以来百有余年、電電公社は日本の電気通信そのものだった。総資産十兆円、従業員三十二万人、日本最大の企業であったばかりか、日本の電信、電話を国家事業として独占することで電気通信についてのあらゆる技術開発の成果を掌中に収めてきた。

その電電公社への挑戦をほのめかそうものなら、必ずや社内から「リスクが大きすぎる」という反対意見が出る。それをはねのけるには強いリーダーシップと勇気が必要だが、多くがサラリーマンである大企業の経営者にはそれらを望むべくもない。

同時にこうも思うようになった。

「電電公社に挑めるのは冒険心に満ちたベンチャー経営者をおいてほかにいないのではないか」と。


稲盛には電話料金について忘れられない経験がある。

アメリカ・サンディエゴ郊外にある京セラの現地法人、京セラアメリカでのことである。

京セラアメリカには長電話で知られたイマヌエルという現地社員がいた。稲盛が訪れたその日も、彼は受話器を耳にあて笑いながらおしゃべりしていた。聞くとニュージャージーにかけているのだという。サンディエゴからニュージャージーまでの距離は約二千五百マイル（約四千キロメートル）、東京から京都までの十倍である。

稲盛は電話代を無駄遣いするなとイマヌエルを叱った。

するとイマヌエルはこう返した。

「ボス。電話代なんてたかが知れていますよ」

嘘ではなかった。イマヌエルがかけた電話の料金は想像していたよりはるかに安かった。約四千キロメートル離れたサンディエゴ―ニュージャージー間で三分間三百円。約五百キロメートル離れた東京―大阪間は三分間四百円超なので、距離を考えれば日本より一けた安い。

日ごろ日本の電話料金の高さに憤りさえ感じていた稲盛には信じられない安さだった。一九五九年に京セラを創業してから比較的最近まで、稲盛は自ら東京に赴き、日立製作所や東芝、ＮＥＣなどと商談を行った。それが終わるとよく近くの公衆電話から京セラの研究・開発スタッフに電話を入れ、訪問した企業の担当者から依頼された電子部品の仕様《スペック》を伝え、「ひとつ挑戦してみてくれないか」と指示を出した。そのとき、用意した十円玉がいつも瞬く間になくなってしまったのだ。状況は一九八三年のいまでもまったく改善されていない。

それに引き換え、アメリカの電話料金は想像を上回る値下げを実現していた。

これはまさに規制緩和、自由化のたまものだった。

アメリカの電話や電報は連邦通信委員会（ＦＣＣ）の主導で一九七〇年代から規制緩和が進められてきた。いまでは安い電話料金を売り物にするＭＣＩやスプリントなどのＮＣＣ――New Common Carrier――直訳すれば「新電電」が電気通信事業に新規参入し、世界最大の電話会社であるAT&Tと電話料金でつばぜり合いを演じている。そんな新・旧の電話会社の繰り広げる競争が劇的な電話料金の低下をもたらしたのだ。

しかも自由化の流れはさらに加速されようとしていた。司法省による反独占訴訟に敗れたAT&Tの分離・分割が決定したのだ。予定では一九八四年一月、AT&Tは傘下にある二十二社の地域電話会社と研究・開発部門を分離し、一長距離電話会社になるという。

古都が色とりどりの花々に彩られる春は過ぎ、梅雨の時期を経て、季節は夏に変わった。

稲盛の自問自答は続いていた。

「思いは純粋か、正しい動機に基づいているか……」

だれかがやらなければならない。そんな漠然とした思いはいまや私がやるべきだという使命感へと変わっていた。

しかし、その使命感に一点でも不純な濁りがあれば事業は成功しない。相手は電電公社だ。京都の一ベンチャー企業が百年の歴史を持つ巨大な独占企業に挑戦しようというのだ。自分を駆り立たせ、勇気を奮い起こすためにも動機は純粋でなければならない。

志は本物か、動機は純粋か——。

数千回、いや一万回以上、この問いかけを繰り返してきた。

そして、いま揺るぎない確信があった。

一九八三年七月——。

定刻五分前に全員が京セラの役員会議室に集まった。

稲盛が招集した臨時の役員会である。

「忙しいところ申し訳ないが、みんなに話したいことがあってね。この半年間、一人でずっと考え続けてきたことなんだけれど」

稲盛はそう言い、一呼吸置いてから切り出した。

「土光臨調が昨年提出した基本答申についてはみんなも知っているね。電電公社の分割・民営化、通信事業への新規参入の自由化を唱え、電電公社による官業百年の独占に楔《くさび》を打ち込んだ。それを受けて、電電公社の独占を廃し、民間企業に門戸を開放する電気通信事業法の制定が現実のものになった。これは革命的と言っていい大改革です。きっと大企業がコンソーシアムを組んで電話事業に名乗りを上げてくれるだろう——僕は心からそう期待していました。ところが待てど暮らせど新規参入者は現れない。考えてみれば無理のないことかもしれない。強大な電電公社にたてつくのは大変なリスクだからね」

稲盛はそこで言葉を区切った。出席者たちは固唾を呑んで稲盛を注視している。だれも咳払いひとつしない。

稲盛は続けた。

「しかし、僕はそれをどうしてもやってみたいと思っているんです。この半年間、考えに考え、悩みに悩んだ末の結論です。大変なリスクのある事業ではあるけれど、新電電を作り、電電公社に対抗したい。とはいえ、京セラがダメージを受けてしまっては元も子もない。そこで京セラが持っている約一千五百億円の内部留保——創業以来、積み立ててきた手持ちの資金のうち一千億円を使わせてほしいんです。一千億円をすってしまったら、これは手に負えない事業だということでギブアップします」

稲盛は出席者たちを見回した。役員たちはだれもが身を乗り出し、稲盛の言葉に耳を傾けている。

「ではなぜ僕は敢えてそんな大きなリスクを取り、電話の事業に乗り出さなければならないと考えているのか。一言で言えば、日本の電話を安くしたいと思っているんです。皆も日ごろ痛感しているように日本の電話料金はアメリカに比べて一けたも高い。これは明らかに電電公社による一社独占の弊害です。そこで僕は新電電を立ち上げて、電気通信の市場に正しい競争を引き起こし、高い電話料金を安くしたい。電話を安くすれば、いま盛んに言われている高度情報社会は健全に発展し、ひいては日本の競争力を高め、国民の生活を豊かにするはずです。逆に安くならなければ、高度情報社会は国民の負担を増やしてしまう。だから世の中のため、国民のために僕は敢えてリスクを取りたい——そう思っているんです」

役員たちは皆、押し黙っていた。稲盛が打ち明けた構想の壮大さと、役員会議室を取り巻く厳粛な雰囲気に気圧されたのだった。

「私は……」

しばしの沈黙の後、一人が発言した。

「私は賛成です。社長のその思いに賭けたいと思います」

「私もついていきたいと思います。これまでと同じように」

別の一人が言った。

他の役員も稲盛を見つめ、うなずいた。

「ありがとう」

稲盛は頭を下げた。


一九八三年八月——。

司会者が講演者を紹介し、一人の男が演台の前に立った。京都商工会議所の会議室を埋めた百数十人の聴衆がパラパラと拍手する。

男はいかにも講演慣れした様子で、「ただいまご紹介にあずかりました電電公社近畿電気通信局の千本倖生《せんもとさちお》です」と自己紹介し、話を始めた。

稲盛は壇上の千本を見つめた。京都商工会議所の副会頭である稲盛は、主催者の一人として出席したのだった。ふだんは財界活動とはほとんど縁がない稲盛だが、親しくしている京都商工会議所会頭でワコール社長の塚本幸一から、「君は外部講師を呼んで話を聞く分科会の代表者の一人だし、今回の講師は技術屋で技術がわかる人間でないと話が合わんから、ぜひ立ち会ってやってくれ」と頼まれたのだ。

千本の講演のテーマは「超ＬＳＩ（大規模集積回路）の発展と高度情報社会の実現」だった。半導体技術の革命的な進歩が高度情報社会を実現し、必然的に通信の自由化をもたらすという内容である。

セラミックパッケージの開発・製造を通して、超ＬＳＩの可能性や技術的な課題について嫌というほど思い知らされている稲盛にすればその内容はいささか物足りないが、千本の一挙手一投足は印象的だった。

「高度情報通信システム（ＩＮＳ）は社会を、企業を一変させる。それを実現するために私はＩＮＳの普及を説いて回っている。私は電電公社の先頭に立ってＩＮＳを普及させる……」

言葉のはしばしに、俺が電電公社を引っ張っているのだという気負いが感じられる。そんな自己顕示欲の強い男が電電公社という巨大組織の中でどのように評価され、処遇されているのか、想像がつくように思えた。

「私の話、どうでした？」

謝礼を受け取った千本は稲盛に問いかけた。その顔には自負心があふれていた。

稲盛は千本を見つめ、一呼吸置いて言った。

「あなたの話はＬＳＩの進歩が高度情報社会を実現し、電気通信事業の自由化をもたらすという話でしたが、私は、いまの日本の電気通信は電電公社の一社独占で、電電公社に対抗する企業が現れない限り、本当の意味での自由化は実現されないと思っています。しかし、あなたも知ってのとおり、新規参入者はまだ一社も現れていない」

「たしかにそうですね」

「そこで、それなら私が挑戦者として名乗りを上げようと、そう思っているんですよ」

千本が驚いた顔をした。

「千本さん、あなたは今日、ずいぶんやんちゃなことを言っていましたね。失礼かもしれないけれど、ふだんからそういう言動だと電電公社の中ではあまり受けがよくないんじゃありませんか。もしかして、あなたははぐれ狼ではないですか」

千本は絶句した。どうやら図星らしい。

「あなた、電電公社を辞めて、うちに来る気はありませんか。一緒に電電公社に対抗する会社を立ち上げませんか」

千本がぽかんと口を開けた。

「稲盛さん……本気ですか」

「もちろん、ウソや冗談でこんなことは言いません。真剣ですよ。もしあなたにその気があるのなら、ぜひご連絡をください」

稲盛は自宅の電話番号を名刺に書いて渡した。

千本は目を見開き、名刺を見つめた。

2

地下鉄の階段を上がり地上に出た片岡増美は思わず肩をすぼめた。

日が落ちてからまた一段と冷え込んだようで、九月とは思えない肌寒さだ。おまけに雨脚がいっそう強まり、傘を差すほんのわずかの間にスーツの上下がぐっしょり濡れてしまった。

片岡は長身をかがめ、指定された赤坂プリンスホテル新館へと赤坂見附の交差点を渡った。

悪天候のせいか、三階にあるコーヒーハウス、ポトマックに客はまばらで、千本はすぐに見つかった。奥の四人掛けのテーブルに一人陣取っている。

「よお、久しぶりだな。まずはこいつを見てくれないか」

向かいの席に座った片岡に、千本はいきなり書類のファイルを手渡した。それは千本自身を取り上げた経済団体の会報や業界紙のコピーだった。

「講演は今年だけでもかれこれ百回を超えたな。いまでは大物の財界人とも付き合いがあるんだぜ」

千本は得意げな笑みを浮かべた。片岡より五つ上だから四十一歳になったはずだが雰囲気は昔と変わらない。

片岡はコーヒーを一口飲み、コピーに目を通した。

千本とは約一年半の間、都市間をケーブルで結ぶ有線伝送の部署で一緒だった。いまから五年前、片岡が電電公社に入社して十年近く過ぎたころのことだ。

その後、千本は北陸電気通信局を経て近畿電気通信局に異動し、新しい通信技術の動向を調査する技術調査部長となった。いまはその立場を活用して、関西の経済団体や経営者クラブなどで来るべき高度情報社会の姿や、それを実現する技術として電電公社が計画しているＩＮＳについて盛んに講演を行っているらしい。

「私に頼みがあると電話で言われていましたよね」

「それだ」

千本は身を乗り出した。

「お前、電気通信事業の法律が大きく変わるのは知っているよな」

片岡はもちろんだと答えた。「民営化を踏まえて、もっと効率的に仕事をしなければいけない」。つい最近も部下にそんな訓辞を垂れたばかりだった。

「俺はその新規参入組の旗揚げに参加しようと思っているんだ。お前も一緒にやらないか」

片岡は絶句して千本の顔をまじまじと見つめた。

元上司の表情はあくまで真剣だった。

片岡が渋谷・猿楽町にある社宅、電電アパートに帰宅したとき、午前零時を回っていた。

ずっと元上司と話し込んでいたのだった。いや、話し込んでいたというのは正確ではない。ほとんど千本が話していた。通信の自由化がもたらすもの。新規参入する際の通信手段の選択――光ファイバーを敷設するか、通信衛星を活用するか、無線を使うか。稲盛和夫という起業家と彼が率いる京セラのすごさ。彼はまるで檄を飛ばすように熱く語り、電電公社でもらっている給料は保証してやるから、お前も来いよと誘うのだった。

片岡は寝室のドアをそっと開けた。

妻はまだ起きていて、子供たちを起こさないように「お帰り」と片岡にささやいた。

「ちょっと話があるんだけど、いいかな」

「子供たち、もう寝ているのよ。明日でもいいかしら」

「そうだな……そうしよう」

柱時計が午前三時の鐘を小さく鳴らしても、片岡は寝つかれなかった。一日忙しく働いて身も心も疲れ切っているはずなのに、目を閉じると千本の言葉が脳裏に蘇り、気持ちがたかぶってしまう。

千本は言った。「手をこまぬいていれば、いずれどこのだれだかわからない奴が参入してくるだろう？ もしかしたらクロネコヤマトがやるかもしれない。どうせだれかがやるのなら、通信のプロである俺たちがやるべきじゃないか。違うか？」

そのとおりかもしれないと片岡は思った。少なくともクロネコヤマトよりはずっとうまくやれるはずだ。

千本はこうも言った。「こんな電気通信事業に革命を起こすようなプロジェクトに挑戦できるチャンスなんて、二度とないぞ」。これもそのとおりだ。通信の技術者としては得がたいチャンスだろう。

しかし、だからと言って、おいそれと電電公社を辞めていいものか。自分はトップクラスの技術者とは言えないが、三十代半ばの若手の中堅社員としてそれなりに重責を担い、部下や同僚たちから頼りにされている。

それに三人の子供たちはまだ幼い。上が小学生で、下の二人は幼稚園児なのだ。「すごい人が一緒にやらないかと言ってくれた。資金面でのめどはついているし、人材についても電電公社から何人かが集まってきている」と千本は言うが、もしプロジェクトが失敗して、路頭に迷う羽目に陥ってしまったら……。

片岡は苦笑した。まったくいかにも千本らしい。三年ぶりに再会したと思ったら、とんでもなくややこしい話を持ちかけてきた。

いつしかカーテンの隙間から淡い日が射し込み、どこからか新聞を配達する自転車の音が聞こえてきた。片岡は眠るのを諦め、妻を起こさないようにそっと布団から出た。

ダイニングテーブルで新聞を読んでいた片岡に「昨日の話って何?」と妻が声をかけた。

片岡は新聞をテーブルに置き、昨晩のやりとりをかいつまんで話した。

妻は淡々と相づちを打ち、それで、あなたはどうしたいの?と聞いた。

「うん、それが……やってみてもいいかなって。いろいろ考えたんだけれど……」

「あなたの好きなようにしたら」

「いいのか。子供たちはまだ小さいんだぞ」

「あたしが反対したら、あなた、思いとどまる?」

「いや……」

たぶん好きにすると思う、と片岡は続けた。

その夜、片岡は千本に電話を入れた。

千本はすぐ電話口に出て、やる気になったんだなと言った。

「千本さん、ほかにも電電公社から来ると言っていましたよね。だれとだれですか」

「河西に橘だ」

「……それだけですか」

「優秀な連中だぞ」

「もっとたくさんいるような話だったじゃないですか」

「ほかは返事待ちだ」

千本は声をかけた技術者数人の名前を挙げた。片岡がよく知っている男もいた。

返事は保留中だと千本は言うが、彼らはおそらく電電公社を飛び出したりしないだろう。電電公社の技術者という安定した身分を捨てて、リスクの大きいプロジェクトに挑戦しようなどというおっちょこちょいはそうはいないはずだ。

「無線が一人もいないですね」

片岡は指摘した。千本が声をかけたのはケーブルを使って信号をやりとりする有線伝送の技術者が中心で、無線通信の技術者がいない。これではバランスを欠いている。

「そうなんだよ。だれかいいのいるか？」

「いますよ。千本さんもよく知っている男、口説くのは難しいだろうけれど……」

片岡は、自分より一つ年下の、若手トップの無線技術者の名前を挙げた。

小野寺正は釈然としない気持ちのまま受話器を置いた。

電話の相手は千本で、ぜひ会って話したいと言う。「電話では話せないがとても重大なことなんだ」とまるで友人に話すような打ち解けた口調で日時の候補を挙げた。

小野寺と彼とはことあるごとに衝突してきたのだ。

小野寺は電電公社で無線の技術者としてキャリアを築いてきた。一方、千本は有線伝送が専門だ。

それぞれの技術部門は電電公社の中で角を突き合わせ、新たに電話網を引く計画が持ち上がると「無線を使う」「いやケーブルだ」と陣取り合戦を繰り広げた。それで小野寺と千本は互いをけんか相手だとみなすようになったのだった。その彼が折り入って話があるという……。

「本気ですか」

小野寺は気を落ち着かせようとコーヒーを飲んだ。まさか、一緒に電話会社を立ち上げて電電公社に対抗しようだなんて話を持ちかけられるとは考えもしなかった。社内の仕事のことで何か頼まれるのだろうと思っていたのだ。

「小野寺くん」

千本は内心の動揺を見透かしたかのように小野寺の顔をのぞき込んだ。

「君の電電公社での立場はよく知っているよ。自他ともに認める無線技術者の若手ナンバーワンだし、三十代の若さで調査役だ。電電公社は君を将来、役員にするつもりだろう。しかし、断言してもいいが、電電公社にいたのではこんなプロジェクトは絶対に経験できないぞ」

小野寺はうなずいた。

そのとおりだった。巨大組織である電電公社では一人の技術者が受け持てる仕事の範囲などたかが知れている。一方、千本の言うプロジェクトが本当に動き出したら、そこには白紙に絵を描くようなわくわくする仕事が待っているかもしれない。

それにしても何という大胆なプロジェクトだろう。電電公社を相手にけんかを売るだなんて。

小野寺は顔を上げた。

「話はよくわかりました。少し考える時間をくれませんか」

帰宅途中の電車内で、小野寺は千本の提案について考え続けた。

ごく客観的に判断すれば、即座に断ってしかるべき話だ。若い自分には未来がある。それに引き換え、千本の言う新電電のプロジェクトが成功するかどうかは未知数だ。

しかし、彼の申し出を即座に断りたくない理由が小野寺にはあった。電電公社では無線技術者の活躍できる範囲が狭まりつつあるのだ。

無線による通信は、一般的に波長の短いマイクロウェーブを使う。マイクロウェーブは、雨や霧の影響をあまり受けず、大気を突き抜けて直進する特質があるからだ。さらに受信機器を小さくできる利点もある。

しかし電電公社には、マイクロウェーブによる電話網の敷設計画が今後はただの一つもない。

加えて電電公社は光ファイバーによる次世代通信網の構築を進めようとしている。光ファイバーはガラスやプラスチックで作られている髪の毛ほどの細いケーブルで、中を通る光が情報を運ぶ。その伝達スピードは迅速、情報量は膨大だから、光ファイバーが実用化されたらマイクロウェーブによる通信技術は完全に陳腐化してしまう。

そんな状況に置かれた無線技術者にとって、千本が言うプロジェクトは、マイクロウェーブによる電話網の構築に腕を振るう最後のチャンスかもしれなかった。

もちろん通信回線を引く手段は光ファイバー、衛星通信、海底ケーブルなどいくつもある。しかし、マイクロウェーブは最も安上がりなので、新電電がマイクロウェーブを選ぶ可能性は十分にあるからだ。

「参ったな」

小野寺は苦笑した。いつの間にかその気になっていた……。

秋が深まったころ、小野寺は再び千本から電話をもらった。その声を聞いて、彼からの電話を待ちわびていたかのような錯覚にとらわれた。

「どうだ。そろそろやる気になってくれたか？　実は来月――十一月下旬に京都で集まりがあるんだよ。もしよければ君も顔を出さないか」

「二つ、教えてくれませんか」

「ああ？」

「通信回線はどうやって引くつもりですか。千本さんは光ファイバーの利点をよく強調されていたけれど……」

「光ファイバー、衛星通信……通信手段はいろいろ検討することになるだろうが、君の専門である無線も有望だよな」

「無線なんてもう古いと、いままでさんざん言っていたじゃないですか」

「それは電電公社での話だ。ゼロからネットワークを作るとき、マイクロウェーブの安さは強みだと思う」

「もしですよ。もしマイクロウェーブでやるんだったら、すべて私に任せてくれますか」

相手は少し逡巡してから、「ああ」とうなずいた。

「来ればわかるよ」

「このプロジェクトは、そもそもだれがやろうとしているんですか。京都にはその人が待っているんですか」

「もう一つ、教えてほしいこととはなんだ？」

「約束ですよ」

タクシーは哲学の道沿いに建つ広壮な日本家屋の前で止まった。

車を降りた小野寺はコートの前を合わせた。

山すそを渡る風は肌を刺す冷気を含んでいる。木々はいろづいた葉を落とし、冬支度を始めていた。

「和輪庵」という号が記された邸宅には、すでに人が集まっている様子だった。

果たして、玄関を入って右にある洋風の応接室に通されるや、千本が「よお、よく来たな」と立ち上がり、隣に座る五十歳前後の男を小野寺に紹介した。

男は立ち上がり、「稲盛です。ようこそいらっしゃいました」とよく通る声で言い、長身をかがめて名刺を差し出した。

京セラ社長　稲盛和夫。

小野寺は挨拶を返しながら、この人がプロジェクトを立ち上げようとしている人なのかと思った。理知的な瞳は穏やかに澄み、全身からエネルギーがほとばしっている。

京セラという会社の名前には覚えがあった。たしか半導体のセラミックパッケージを作っていて、高収益のベンチャー企業のはずだ。

しかし世事に疎い技術屋が知っているのはそこまでだった。稲盛和夫という経営者の名前も、聞いたような気はするが、どんな人なのかはまったく知らなかった。

千本は続いて、がっしりした体躯の男を紹介した。

男は小野寺に名刺を差し出した。

京セラ副社長　森山信吾とある。年齢は稲盛より少し上、五十代後半だろうか。セルフレームのメガネをかけ、豊かな髪をオールバックに整えている。その表情は柔和だが、彫りの深い顔立ちには威厳が刻まれていた。

「元資源エネルギー庁長官だよ。新エネルギー総合開発機構の生みの親で、通産省に森山ありと言われた人だ。電話の新会社が設立されたら社長になるはずだ」

千本が耳打ちした。

「それから、知らないかもしれないので言っておくと、京セラという会社はとんでもない高収益企業で、社員数は一万数千人だが半導体のセラミックパッケージでは世界市場の七十五パーセントを占めていて、売上高経常利益率はなんと二十六パーセントに達するんだ」

やがて和輪庵には見知った顔が集まってきた。

片岡増美、河西壮二、橘薫……電電公社の若手技術者たちだ。

小野寺たちは邸宅の奥にある和室へと案内された。すでに日は落ち、目の前の日本庭園には柔らかな明かりが灯っている。

酒肴が運ばれ、稲盛が「今日はよくいらっしゃいました」と切り出した。

「今日の会合の目的は、ここにいる千本くんが話したかもしれませんが、電話の事業に乗り出す決起集会のようなものです。私はいま電話の事業への参入を本気で考えたいと思っておりますが、ご存知のとおり生粋のセラミック屋で、電気通信についての知識をまったく持ち合わせておりません。そこで皆さんにいらっしゃっていただいたわけです。さしずめ現代における鹿ヶ谷《ししがたに》の陰謀ですね。これからはこの集まりを〝鹿ヶ谷の密談〟と呼びますか」

小野寺はくすりと笑い、うまいネーミングだなと思った。

鹿ヶ谷の陰謀とは、平安時代に京都で起きた平家打倒の決起である。その謀議を交わした山荘は鹿ヶ谷にあったと何かの本で読んだ記憶がある。同じ鹿ヶ谷で開かれた今日のこの集まりを、強大な平家に挑むための歴史的なはかりごとに喩えたのだ。

「私がやらんとしている、おそらくはかなり無謀なこの陰謀について、どうか今日は専門家の立場から忌憚のないご意見を聞かせてください。それでは乾杯」

料理が進み、ビールが焼酎や日本酒に変わったころ、森山がやってきて小野寺の猪口に酒を注いだ。

「小野寺さん、ちょっとお知恵を拝借。我々のような新規参入者は郵政省との関係をどのように考えたらいいかね」

「それは、やはりうまく付き合っていかないと……」

「そのためには何が必要だと思う？」

「もし本気で電気通信事業に乗り出すのなら」

小野寺は酒でのどを湿らせた。

「郵政省から人を採るべきだと思います。例えば許認可ひとつとっても、郵政省と電電公社や国際電信電話（ＫＤＤ）とのやりとりはベールに覆われて見えません。事情をよく知る人材が絶対に必要です。具体的には法律に強い事務方と、技術に強い技官が一人ずつ……」

「なるほど……」

森山はうなずき、「やってみよう」と言った。

気さくで懐の深い印象の森山に接しているうちに小野寺はふと好奇心に駆られた。

「森山さんはどんな経緯で京セラに入られたんですか」

「うん……それはひと言で言えば、運命だね」

森山は遠い目をした。

「稲盛さんとは欣交会《きんこうかい》という鹿児島と宮崎県南部の出身者の集まりで初めて会ったんですよ。僕が経済協力部長のときだからちょうど十年前だね。そのとき、とても意気投合して、この人と一緒に仕事をするのは運命だと思ったんだ」

「でも、天下りの話とかいろいろあったんじゃないですか」

「まあね。しかし、そんなのはつまらんからね。それに僕には組織のナンバーワンに必要な強い個性がない。ナンバーワンの理想を実現するための補佐役、つまりナンバーツーに向いた人間なんだな。謙遜でもなんでもなくね。それで稲盛さんと一緒にやってみようと……」

いつしか小野寺は意を決していた。

ここに来たのは、だれがこのプロジェクトをやろうとしているのか知りたい好奇心からで、電電公社を辞める踏ん切りはつかず、どうするか決めあぐねていたのだ。

しかし稲盛の思いを知り、森山のたたずまいに接しているうちに迷いは消えていた。

「私も決めました。一緒にやります」

小野寺は、ぽかんとする森山に笑いかけた。

東京駅八重洲口にほど近い京セラ東京営業所の玄関前で待っていた千本は、種野晴夫の姿に気づくと安堵の表情を浮かべた。もしかしたらすっぽかすつもりではないかと種野を疑っていたのだろう。

マサチューセッツ工科大学の経営大学院（MBA）に留学した後、電電公社を辞めて外資系のコンサルティング会社に勤めていた種野のもとに、千本から電話がかかってきたのは十二月初めだった。話があるのでぜひ会いたいという。

千本の用件とは、電気通信事業の会社を一緒に立ち上げないかというものだった。

種野は開いた口がふさがらなかった。千本の話が信じられなかったのだ。母体は京セラだというが、部品メーカーに電気通信事業を手がけられるとは思えない。

それで電電公社時代の先輩数人に相談してみたら、全員からやめた方がいいと諭された。彼らは皆、「京都の部品メーカーに通信事業ができるわけないじゃないか」と笑った。

種野は千本に電話を入れ、申し出を断った。

ところが千本は「稲盛さんに会わせてやるから、その後で判断してくれ」と言い、今日の面会が設定されてしまったのだった。

定刻十分前に受付を訪ねた種野たちは応接室に通された。

ソファに腰を下ろし、面会を待っているうちに種野はなんだかわくわくしてきた。

ビジネス誌の記事などを通して、種野は、稲盛和夫という立志伝中の経営者に興味を覚えていた。それらの記事によれば稲盛は、「人間として何が正しいかで判断する」や「利他の心を大切にする」といった独特の哲学を唱えているという。

経営大学院で経営とは論理《ロジック》の積み重ねだとたたき込まれた種野には、心のあり方や行いを大切にする稲盛の経営は異色に映った。

にもかかわらず京セラはすばらしい業績をあげている。その秘密はどこにあるのか、そして、そんな稲盛が通信事業についてどう考えているのか、聞いてみたかった。

「お待たせしてすみませんな」

稲盛が部屋に入ってきた。

種野は慌てて立ち上がった。会議中だと聞いたので、もっと待たされると思っていたのだ。

「こちらが電電公社をスピンアウトした種野くんです。マサチューセッツ工科大学への留学経験もある優秀な男で、私の仲間でした」

千本が種野を紹介した。

なるほど仲間という言い方は当たらずといえども遠からずかもしれないと種野は思った。

五つ年上の千本と顔見知りになったのは、彼から通信関連の専門書の翻訳を頼まれたのがきっかけだった。総裁や副総裁の署名で翻訳書を出版するための仕事だ。翻訳や執筆を担当する技術者は次代の電電公社を担うエリートと目されている若手たちで、種野はその一人、千本はいわば元締だった。

もっとも種野は留学後、ＭＢＡで学んだ先進的な経営手法と、電電公社の旧態依然とした官僚組織の落差に嫌気がさして辞めてしまったのだが……。

「さあ座って……」

稲盛は種野を座らせ、自分も向かいに腰かけた。

「種野さん、だいたいのところは千本くんから聞いているでしょうが、私は通信の会社を立ち上げるつもりで、そのときにはあなたみたいな若手に任せようと思っているんです」

「はい」

「これも釈迦に説法ですが、日本の通信は百年に一度の大転換期を迎えています。そんな稀有な時期に事業を起こし、電話料金を安くするために知恵を働かせ、汗を流す。お金を払ってでも経験したいことだと言うと大げさかもしれませんが、これは一人の人間の人生にとっても意義のあることだと思います。種野さん、電電公社を辞められたいまは何をされているんですか」

「外資系のコンサルティング会社でコンサルタントをしています」

「それも大変な仕事でしょうが、知恵だけを売るのではなくて、汗をかくこともしてみませんか」

「はあ……?」

種野は要領を得ない顔をした。内心、困ったことになったなと思いはじめていたのだ。断るつもりでここにやってきたのだった。通信の会社を立ち上げ、電電公社に対抗するだなんて、無謀すぎる。

だいいちどうやって通信回線を引くのか。光ファイバーを敷設するには莫大な投資が必要だし、そもそも道路占用許可を得るのが難しい。マイクロウェーブにしても郵政省が電波を割り当ててくれるかどうかわからない。

稲盛はそんな種野の本心を知ってか知らずか、事業にかける思いを熱心に語った。新電電を立ち上げ、公正な競争を作り出し、電話料金を下げたい。電話が安くならなければ、高度情報社会など絵に描いた餅になってしまう。ドン・キホーテと言われようが私はやってみたい。

いつ「できません」と切り出そうかと身構えていた種野は次第に胸が熱くなっていった。あの稲盛さんが――傑出した実績を持つ経営者が、自分のような若造にわざわざ会ってくれているのだ。そして気さくに話しかけてくれるどころか、その思いを熱く語り、一緒にやろうと言ってくれているのだ。これはすごいことではないか。

電電公社では総裁が若手に話しかけることなど考えられない。総裁は雲の上の存在であり、権威と権力の象徴だ。嘘でも冗談でもなく、総裁がエレベーターに乗るときには、それこそ三十分前から秘書がボタンを押し続け、ドアを開けて待っているのだ。

それにしても、なぜこんなに気持ちがたかぶるのだろう。自分は論理的な人間だと思っていた。アメリカへの留学経験はそれに磨きをかけてくれたはずだ。それがこんなふうに人の話に感動しているだなんて、なんだか不思議だ。

別れ際、とうとう断りの言葉を切り出せなかった種野に、稲盛は大きな手を差し出した。

種野は稲盛の手を握り返した。

エレベーターに乗り込むなり、千本は「どうだった」と稲盛の印象を聞いた。

「手が温かかった」

種野は上気した顔で答えた。

「お前、何を考えているんだよ！」

今度、京セラと一緒に電気通信事業をやることになりました。そう種野が打ち明けたとたん、相手は驚いて椅子から腰を浮かせた。

さっきの相手と同じ反応だった。

世話になった先輩や同僚に報告しなければと東京・日比谷の電電公社本社を訪ねた種野に、彼らはまるで金太郎飴のように一様にびっくりした顔をするのだ。

「千本に何を吹き込まれたのか知らないが、悪いことは言わないから手を引けよ」

先輩は種野を思いとどまらせようと説得を始めた。これもさっきと一緒だ。やがて何を言っても種野の気持ちが変わらないとわかると、「まあ、せいぜい頑張ってくれよ」と冷ややかな笑みを浮かべるに違いない。

「先輩、それじゃ私はこれで……」

「おい、ちょっと待てよ。話は終わっていないぞ」

「おっしゃりたいことはわかります。でも私はやりますから」

「お前……」

先輩は呆れ顔をした。

「バカか？」

種野は足早に電電公社を辞した。予想した反応ではあったけれど、お前たちに何ができるという態度を取られると、なにくそという反骨心が湧いてくる。

もちろん種野自身、困難なプロジェクトだとは思っている。京都の部品メーカーに電気通信事業を手がけられるのかという疑問も完全には拭い切れていない。

しかし稲盛に人生を賭けてみたい気持ちになっていた。

あの人は人生を賭けるに値する人だ。あの人がやろうとしている事業なのだから、人生を賭けるに値する事業であるはずだ。

「もう絶対にやるしかない」

種野は唇を噛みしめた。

一九八三年も押し詰まったころ、古都に初雪が降った。

稲盛は執務する手を休めて、窓の外を見た。

山科にある京セラ本社は国道一号沿いに建ち、二階の社長室の窓からは東海道新幹線の高架線が目の前に見える。

周囲はどちらかと言えば雑然とした場所で、幹線道路である国道一号はいつも車がひっきりなしに往来し、新幹線が通るときには振動がじかに伝わってくる。しかし、いまは物音ひとつしない。

稲盛は腰を上げ、窓際に立った。

国道や高架線の上に粉雪が舞い、スピードを落とした車が静かに通りすぎていく。

その穏やかながらも凛とした街の風景は、稲盛の心を映し出しているかのようだった。

いま、穏やかに澄みわたった確信が心にあった。

もはや、迷いはなかった。

恐れもない。

電気通信事業に正しい競争を起こし、電話料金を下げ、高度情報社会を健やかに実現する。心はただ一つの目標に向かっていた。

第2章

若き十九人の船出

1

一九八四年三月十日——。

ドアがノックされたのと同時に、森山信吾が稲盛のいる社長室に飛び込んできた。その手には今日の朝刊が握りしめられている。

「稲盛さん、日経の記事、読みましたか」

「もちろん」

稲盛は森山をソファに座らせ、向かいに腰かけた。

今日の日本経済新聞朝刊一面に「京セラやソニーなど、〝第二電電〟設立に動く——東京—大阪間に光通信回線を設置へ」という見出しのスクープが掲載されたのだ。

記事はこう報じていた。

——京セラ、ウシオ電機、ソニー、セコムなどが、電電公社の民営化に伴い民間企業に開放される電気通信事業に進出するため、企業化調査のための会社を共同出資で設立する。

設立時期は郵政省が今国会に提出する電気通信事業法案の成立直後の予定で、東京・名古屋・大阪間に大容量の光ファイバーケーブルを独自に引き、三年後の一九八七年ごろからデータ通信など企業向けの専用サービスを提供する——。

それらの内容は、おおむね正確だった。

企業化調査会社を設立するのは事実だし、東京・名古屋・大阪間でサービスを始めるのも計画のとおりだった。電電公社の電話料金は全体として高いうえに、とりわけ東京・名古屋・大阪間の市外通話が割高だ。三都市での電話料収入で地方部の市内通話の赤字を穴埋めしているというのが電電公社の言い分である。

その三大都市圏に的を絞るのは、日本の電話料金を安くするために新電電を立ち上げる稲盛たちにとっては必然の戦略と言えた。

東京—大阪間に大容量の光ファイバーケーブルを独自に引くと断定しているのは、通信の手段をまだ決めていない今の時点では誤りだ。しかし光ファイバーは有力な候補の一つなので、誤りというより勇み足と言ってもいいかもしれない。

さらにウシオ電機やセコム、ソニーが出資してくれるのも間違いなかった。

今年一月、都内のホテルで開かれた若手経営者の新年会で稲盛はウシオ電機会長の牛尾治朗やセコム会長の飯田亮らに温めていた構想を打ち明けたのだ。

「それは面白いなあ」

「電電公社に対抗する電話会社を作りたいと思っている――稲盛がそう打ち明けたとき、まずぽんと膝を叩いたのは牛尾だった。

牛尾は一九八一年から二年間、土光臨調の専門委員を務めた経験があり、電気通信事業は自由化すべきだとの持論を持っている。年齢は稲盛より一つ上の五十三歳、同世代で馬が合い、財界活動をほとんどしない稲盛にとっては数少ない仲間と言っていい。

「実は僕も、やってみたいものだなと思ったことがあるんだよ。しかし通信事業は門外漢なので、どうすればいいか絵を描けなくてね」

牛尾はそう言って、もっと詳しく聞かせてほしいとばかりに座卓の上に両手をつき、顔を近づけた。

「稲盛さん、計画はかなり進んでいるの？」

話の輪に加わっていた飯田も耳を傾けた。自らが創業した警備保障会社の名称を日本警備保障からセコムに変えたばかりの飯田は、稲盛より一つ下の五十一歳。やはり気心の知れた経営者仲間の一人で、かつて民間のシンクタンク、政策構想フォーラムで電電公社の分割・民営化案を提言したことがある。

「すぐにでも会社を作り、動き出そうと思っているんだよ。いま、そのための準備を進めている」

「勝算はあるの？　相手は強敵だけれど……」

飯田の質問に稲盛は手のひらを振った。

「もちろん勝つつもりでやるけれど、勝算というのとは違うな。やると決めたからには勝つまでやりぬく、そういう気持ちだね」

「そういうことなら僕、稲盛くんを応援するわ」

牛尾がまた膝を叩いた。

「僕はマイナーな出資をして、もり立て役になるよ。経営の責任者である稲盛くんを僕がバックアップする」

「僕にも応援させてくださいよ」

飯田が応じた。

「設立発起人会を立ち上げるときにはぜひ仲間に入れてください」

「もちろんだよ。あなたたちが味方についてくれるのは心強い」

「あんたら、面白そうな話をしているね」

背後から声がかかった。

しい。

ソニー会長の盛田昭夫だった。稲盛たちの話に興味を引かれて、こちらにやってきたら

一九二一年生まれの盛田は六十三歳で稲盛よりひとまわり近く年上だが、京セラがソニーに電子部品を納入している関係で顔見知りだった。加えて、井深大とともにソニーを創業し今日のグローバル企業へと飛躍させた盛田は、同じく技術者出身の創業経営者である稲盛に親近感を抱き、何かと目をかけてくれた。

「稲盛くんが手を挙げるなら、僕も仲間に入れてよ」

彫りの深い顔立ち、豊かなシルバーグレーの髪——いかにも財界の重鎮という風貌の盛田だが、気さくで社交的な性格は若いころと変わらない。

「もちろん、盛田さんがそうおっしゃってくれるのなら、ありがたい話です。これは大変な応援団が立ち上がってくれた」

このときのやりとりを稲盛はだれにも話していないし、計画自体、ごく限られた人以外には打ち明けていない。もとより口が堅い牛尾や飯田が漏らすはずはない。

だとすると計画を漏らしたのは……。

「うちから漏れるはずはありませんから、やはり郵政省が漏《リーク》らしたのでしょうな」

「そんなところだろうね」

稲盛はうなずいた。

郵政省の幹部は稲盛たちの計画をすでに知っていた。牛尾や飯田が協力を約束してくれた新年会の翌週、稲盛は森山とともに郵政省の幹部を内々に訪ね、電気通信事業に参入する意志を伝えたのだ。そのとき、企業化調査の会社を設立する計画についても説明した。それに、何よりも郵政省には稲盛たちの計画をマスコミにリークしたい事情があった。

電気通信事業法案の国会提出期限まであと一カ月、各党への根回しに懸命な郵政省の幹部は重大な懸念材料を抱えていた。

電気通信事業法案の目玉は、電電公社の民営化と、電気通信事業への新規参入の自由化だが、だれも新規参入に名乗りを上げないままでいると法案の意義が疑われ、通るものも通らなくなりかねない。

そんなときに飛び込んできたのが、稲盛たちの計画だった。

郵政省にとって、それは法案の意義を訴える格好の材料にほかならない。彼らがリークしたい誘惑に屈したのは十分に考えられる。

「いずれにしても他の新聞社から問い合わせが殺到するでしょうね。どうしたらよいものか……」

森山は太い眉根を寄せて、稲盛の答えを待った。

「『いまはなにもコメントできない』。広報にはそう答えさせたらいいでしょう。その都度、情報を小出しにするのは誤解を招くリスクがあるから、いずれ設立発表会を開いて、情報をきちんと開示しましょう」

「そうすると情報企画本部の連中にも……」

「そのように伝えてください。問い合わせが来たらノーコメントだと」

森山はうなずいた。

情報企画本部とは、企業化調査会社が設立されるまで千本や種野たちが籍を置く京セラの部署の名称だ。彼らはいま東京・八重洲の京セラ東京営業所にいるが、来月、東京・用賀に京セラ東京中央研究所がオープンするのと同時にそちらに引っ越す予定である。

「ところで、稲盛さん、実はもうひとつ、話があるんですがね」

森山の顔が一転、明るくなった。

「今朝の新聞記事にも触発されたんですが、我々がやろうとしている電気通信事業の新会社、『第二電電』という名前はいかがでしょう」

「第二電電？」

「いま候補に挙がっているＷＩＴ――ワールド・インフォメーション・アンド・テレコミュニケーションより名が体を表していていいかなと思いましてね」

「なるほど……」

稲盛はテーブルをぽんと軽く叩いた。

「それは面白いな。もともと体の小さい我々が、新電電の総称である第二電電という言葉を独占するのは、面白い」

電気通信事業に自由化の機運が盛り上がるにつれて、新聞各紙は新規参入者としての条件を備えた企業をあれこれ取りざたするようになっていた。全国に独自の鉄道電話網を持つ国鉄や、巨大な送電網を持つ電力会社はその代表だ。

そしていつからかマスコミはそれら候補者を「〝第二電電〟の候補」と呼ぶようになっていた。

「そうすると、こんな感じかな。近々、設立する企業化調査会社は第二電電企画、晴れて事業会社に移行したら企画を取って第二電電とする」

「いいですね。それでいきましょう」

森山は顔をほころばせた。

その日の夕刻、秘書が訝しげな顔をして社長室のドアを開け、稲盛に言った。

「あの……社長、真藤さんという方からお電話が入っていて、どうしてもお話ししたいと……」

「真藤さんて、どこの真藤さん?」

「それが……言わないんです。真藤でわかるはずだからって」

「真藤でわかるはず？」

稲盛ははっとした。

「とにかく電話を回して」

「稲盛くん？　新聞、読んだよ」

電話の相手は大声で言った。そのだみ声には聞き覚えがあった。間違いない。電電公社総裁の真藤だ。口調は明るく弾んでいた。

真藤恒《しんとうひさし》——一九一〇年生まれの七十三歳、後発の造船会社だった石川島播磨重工を業界最大手に成長させた辣腕《らつわん》経営者である。一九八一年、同じく石川島播磨重工の出身で当時、経済団体連合会名誉会長だった土光敏夫に請われて電電公社総裁に就任した。初の民間企業、それも通信とは縁のない造船からの転身である。加えて前総裁である秋草篤二は二百億円もの不正会計処理が発覚した電電近畿事件の責任を取って辞任しており、火中の栗を拾う決断だった。

以後、真藤は、独占の維持に固執する北原安定副総裁らの抵抗勢力と戦いながら、官僚集団である電電公社で民営化の旗を振っている。

まさに財界きっての著名人だが、稲盛は真藤とは財界のパーティーなどでたまに顔を合わせる程度で、親しく口を利いたことはなかった。

「いやあ、よくぞ手を挙げてくれたねえ。実はだれも出てこないんじゃないかとやきもきしていたんだ」

「いえ、まだ海のものとも山のものともつかない段階でして」

「え?」

「まだ海のものとも山のものともつかない……」

「あなたならやれるよ。本当にあなたが手を挙げてくれてよかった。もし手を挙げてくれなかったら、電電公社は民営化できないところだったからね。しかし、これで民営化を進められそうだ」

真藤の声が弾んでいる理由がわかった。

土光の薫陶を受けた真藤はいま電電公社の民営化を積極的に進めている。しかし新規参入者が現れなければ、電気通信事業法案は廃案になり、電電公社の民営化も流れてしまう恐れがあった。

そんな真藤にとって稲盛たちは格好の〝援軍〟だった。ヒトにもモノにもカネにも事欠いた稲盛たちは決して電電公社の牙城を脅かすことなく、民営化を後押ししてくれるからだ。

「頑張ってくださいよ」

真藤は大声で言い、電話を切った。

電電公社の真藤総裁から電話をもらった翌月、ホテルの部屋に届いた朝刊を手にした稲盛は、一面の見出しに目が釘付けになった。

「高速道に光通信、官民で第二電電建設へ——建設省方針」

稲盛たちの追随者《ライバル》が現れたのだ。

記事によれば、建設省は高速道路や大都市の幹線道路に光ファイバーを敷設し、電話やデータ通信サービスを提供する官民一体の新電電を設立するという。

新電電は建設省の外郭団体である日本道路公団が中核になり、民間企業からの参加も求める方針だ。予定では、企業化調査を行う研究機関「財団法人道路新産業開発機構」を近く発足させ、一九八六、七年をめどに新電電を設立するという。

後出しジャンケンをされた気分だった。

第二次臨調の答申によって電気通信事業への新規参入に門戸が開かれる機運が高まっても、稲盛たちが名乗りを上げるまでは電電公社への挑戦者はただの一社も現れなかった。

それがいまになって突然、建設省と日本道路公団がこのような計画を打ち出したのは、「京都の一部品メーカーにやれるのなら自分たちにやれないはずはない、それどころかもっとずっとうまくやれるはずだ」と判断したからに違いない。

彼らはこう考えたのだろう。

連中は——京セラの稲盛たちにはヒトもモノもカネもない。それなのにいったいどうやって電話網を敷こうというのか。

ひるがえって、我々は高速道路や幹線道路の側溝、中央分離帯に光ファイバーを通せば、たちどころに高度な情報ネットワークができあがる。我々の方がはるかに条件がそろっている――。

記事は民間企業にも広く参加を求めると書いているが、もしかしたら、すでに参加の意思を内々に示している企業もあるのかもしれない。

いずれにしても、建設省と日本道路公団にしてみれば、稲盛たちのプロジェクトは格好の露払い役だったのに違いない。

だとすれば――。

「ほかにもインフラを持っているところが名乗りを上げるかもしれないな」

稲盛はそうつぶやいた。


ほぼ一カ月後、予感は的中した。

五月二十五日の新聞各紙は、建設省・道路公団に続いて、国鉄も通信事業に名乗りを上げると報じたのだ。

記事によれば、国鉄は東海道新幹線のレール沿いに約二百億円を投じて光ファイバー網を敷設し、一九八七年度から東京―大阪間で企業のデータ通信を手がける専用サービスを始めるという。

以後、一九八八年度から同じ東京―大阪間で市外電話サービスを始め、その後は山陽新幹線、東北新幹線の線路脇にも光ファイバーを引き、全国的な規模で電気通信事業を行う計画だ。

国鉄本体が直接、電気通信を手がけるか、子会社を設立してそちらに運営させるかは今後、決めるとのことで、子会社を設立する場合は来年四月を目指すという。

「稲盛さんがおっしゃっていたとおり、またしても追随者が出てきましたね」

用賀から電話をかけてきた森山は、挨拶もそこそこに切り出した。

「しかも今度は国鉄、強敵です」

「彼らの考えは建設省・道路公団と一緒だろうね。京都の一部品メーカーにやれるのなら、自分たちにやれないはずはない」

「同感ですね。国鉄は以前から、もし名乗りを上げたら、電電公社の最大のライバルになるだなんてマスコミから持ち上げられていましたからね。『鉄道用地は都市間を最短距離で結んでいるので、線路沿いに光ファイバーを敷くだけで高度な情報ネットワークを効率的に作れるし、鉄道通信で培った技術やノウハウもある』と。それでちょっと調べてみてびっくりしたんですが、国鉄独自の通信網は交換機や回線の規格が電電公社と共通で、なんと二千人以上の通信技術者が働いているそうです」

「うちとはえらい違いだな」

稲盛は内心、舌をまく思いだった。

国鉄が擁する通信技術者の数は四けたに達するという。さもありなんだ。全国の駅にある「みどりの窓口」の発券システムはデータ通信の草分けだし、新幹線の電話には高度な移動体通信の技術が使われている。

その国鉄が、稲盛たちが名乗りを上げるまでは電電公社への挑戦に尻込みしていたのだ。それだけ電電公社は強大だということなのだろう。

「〝前門の虎後門の狼〟か。いずれにしても建設省や国鉄の動きを今後、注意深く追いかけるようにしましょう」

森山はため息まじりに言った。

電話を切った稲盛は、森山の言葉を胸の中で反芻した。

前門の虎後門の狼。

ごく客観的に見れば、第二電電が置かれた状況は森山の言うとおりだ。

強大な電電公社に戦いを挑もうと名乗りを上げたら、後ろから思わぬ競争相手が現れた。しかも、建設省・道路公団や国鉄は、電気通信事業に乗り出すうえで我々よりもはるかに有利な条件を備えている。彼らは間違いなく〝持てる者〟だ。

しかし、強大なライバルに挟み撃ちされながら、心は自分でも不思議なほど落ち着いていた。

恐れも迷いもなかった。電話料金を安くする——ただその目的に向かって歩み続けるだけだと改めて思った。

たとえ、それが苦難に満ちた道であろうとも。

五月三十一日木曜日、大安。

第二電電企画はその創立披露パーティーを開催した。

最初の招待客が現れたのは開場十五分前である。やがて第二電電企画の株主である企業の幹部らが続々とやってきて、東京・丸の内にあるパレスホテルの宴会場には華やいだざわめきがこだまするようになった。

入り口で来客を出迎えていた下坂博信は会場内を振り返った。

稲盛と森山が招待客とにこやかに談笑している。

かたわらには設立発起人である盛田昭夫ソニー会長、牛尾治朗ウシオ電機会長、飯田亮セコム会長がいて、それぞれ招待客と話をしている。

いましがた稲盛たちの話の輪に入ったのは電電公社の真藤恒総裁だ。稲盛に指示されて招待状を出したのだが、本当に出席してくれるとは思わなかった。

今日の第二電電企画創立披露パーティーの招待客は約百五十人。株主以外では守住有信郵政事務次官ら郵政省の関係者、小長啓一通産省産業政策局長ら通産省の関係者、日本電気（NEC）や富士通など通信機メーカーの幹部が出席してくれる予定だ。

下坂は腕時計を見た。時刻は午後六時二十五分。

第二電電企画創立披露パーティーはまもなく始まる。それは同時に激しい戦いの開始でもある。

「本当に始まるんだな」

下坂は緊張と高揚が入り交じった複雑な思いにとらわれた。

一九六八年に京都セラミック、いまの京セラに入社した下坂は入社して約十年間、稲盛の秘書を務めた。

その体験から稲盛のすごさは骨身に染みていた。洞察力、決断力、行動力、コミュニケーション能力、どれを取っても図抜けた経営者だ。

しかし、まさかこんな短期間で電電公社から人材を引き抜き、同志の経営者を集め、株主を募って会社を立ち上げるとは思っていなかった。

明日――一九八四年六月一日、電気通信事業に乗り出すための企業化調査会社、第二電電企画がいよいよ発足する。

資本金は十六億円で、株主は二十五社。設立発起人会のメンバー会社である京セラ、ウシオ電機、セコム、ソニー、三菱商事に加えて、総合商社からは三井物産、伊藤忠商事など五社が、金融機関からは三菱銀行、三和銀行など十行が、証券からは野村證券が、一般の事業会社からはサントリー、ワコールなど四社が出資する。

監査役を除く役員陣は七人、創立披露パーティーの直前に開かれた取締役会で稲盛が代表取締役会長、森山が代表取締役社長に就任した。専務は千本、取締役は牛尾、盛田、飯田、三村庸平三菱商事社長の四人だ。

そして役員陣を除く社員は、たった十九人。

うちわけは種野、深田三四郎たち電電公社からのスピンアウト組、雨宮俊武や山森誠司、高橋誠ら今年、京セラに入社し即、第二電電企画に出向した新人たち、株主である三和銀行からの出向者二人、そして下坂たち京セラからの出向者だ。

八月には郵政省やソニーから四人が、秋には電電公社から小野寺が入社する予定だが、それでも陣容としてはあまりにも心許ない気がする。加えて電話網を作り上げる手だてをまだ得られていないのもおおいに気がかりだった。

午後六時三十五分、定刻を少し過ぎてパーティーが始まった。

ソニーの盛田会長が乾杯の音頭を取り、しばらく歓談してから、社長の森山がスピーチをした。

「百年の歴史を持つ電電公社に対抗しようという私どもを、ドン・キホーテなどと呼ぶ向きもあるようです。しかし私はドン・キホーテであってもいいと思っております。電電公社への挑戦はたしかに蟷螂《とうろう》の斧かもしれません。しかし電電公社という巨人を動かし、日本の電気通信サービスの質を向上させるには、だれかが巨人に飛びかからないといけない。たとえ、はじき飛ばされても、それは必ず日本の電気通信サービスをいい方向に動かすはずです」

「それにもし第二電電企画が不成功に終わっても、出資者の皆さんには絶対にご迷惑をおかけしないようにと我々は考えています。企業化調査をして、その結果、難しいという結論に到達する場合もあり得ます。事業許可が下りない可能性もゼロではありません。そのときはかかったコストはすべて京セラがかぶり、出資金はそのまま皆さんにお返しするつもりです」

下坂は森山のスピーチを聞きながら、どんな状況に陥ろうと稲盛は事業化を諦めたりはしないだろうと確信していた。

不屈の精神で目標に向かって着実に前進する――それもまた稲盛なのだ。

2

東急新玉川線・用賀駅の改札を抜け、地下道をしばらく歩いて地上に出ると、なんの変哲もない一本道が環状八号まで続いている。周囲は古びた木造家屋がぽつぽつと間をあけて建つ、ごくありふれた東京郊外の風景だ。

その道沿いにひときわ目立つ建物がある。京セラの赤いロゴを屋上に掲げた、しゃれた六階建ての建物――今年四月にオープンしたばかりの京セラ東京中央研究所だ。

産声を上げたばかりの第二電電企画はこの研究所の中にある。五階の左手奥の一角だ。周りをぐるりと別の部署に取り囲まれているので、大国に呑み込まれた少数民族の自治区みたいな印象もないではない。

一九八四年六月、午前九時五十分――。

京セラ東京中央研究所の会議室には定刻の十分前だというのにすでに第二電電企画の幹部社員全員がそろっていた。第二電電企画設立前から社員はいくつかのグループに分かれ、通信回線を引くための手段である光ファイバーや通信衛星、マイクロウェーブについて、それぞれ利点や欠点、実現性を調査していた。それらの調査結果を踏まえて、どの方法を採るか検討するのが今日の会議の目的だ。

稲盛は着席し、出席者たちを見回した。

森山、千本、種野、下坂……。

だれの顔にも決意と高揚感が浮かんでいたが、以前とは異なる微妙な変化に稲盛は気づいた。

それは焦りだった。社員たちの表情にそこはかとない焦燥感がにじみ出ているのだ。

「それでは始めましょう。最初は光ファイバーからいきますか。ええと……」

稲盛が一同を見回すと、

「私から説明いたします」

と種野が立ち上がった。

「建設省・道路公団、国鉄の両者が採用する事実からもわかるように、光ファイバーは情報の伝送路として非常に優れた特質を持っています。容量が大きく、膨大な情報を迅速にやりとりできるんです。具体的には光ファイバー一本で約五千八百本の電話回線を確保できます。画像のような大きなデータを送るのに適しており、電話だけでなく企業のデータ通信にもうってつけです。また加入者が増えて回線数が足りなくなっても、地面に穴を掘れば新たに一本でも二本でも簡単に引けますので、拡張性にも富んだ手段だと言えます」

「いいことずくめだね」

「いいえ、これから問題点をたくさん話します」

稲盛と種野のやりとりに皆が笑った。

「最大の問題は、光ファイバーを敷設する用地の確保です。我々が自前で東京、名古屋、大阪を結ぶ細長い土地を取得しようとすると、それこそ天文学的な資金が必要になります。そもそも、そのような土地を確保できる可能性はほとんどありません」

「一般の道路に穴を掘って通すのは……」

「それは絶対に無理だね」

新人の一人が発した質問を種野は一蹴した。

「一民間企業に道路占用許可は下りません。しかも道路など社会資本整備の建設事業を所管するのは建設省ですからね。ハードルはなおいっそう高いです」

「それはそうだな」

稲盛はうなずいた。

「彼らにしてみれば我々は競争相手だからね」

光ファイバーについていくつか質疑応答が交わされた後、今度は千本が通信衛星について説明した。

「通信衛星を使う仕組みは、簡単に言えばこうです。地上約三万六千キロメートルの高さに通信衛星を打ち上げ、そこに電波を送り、地上に送り返す。こちらも大量の情報をやりとりできますし、日本全国をくまなくカバーできる利点もあります。しかし……」

「ここからが問題点だね」

「はい。実は衛星による通信技術はまだ〝練れて〟いません。もっとはっきり言うと、完全に確立された技術ではないので品質が劣るんです。とくに音声の場合は遅延が生じてしまいます。画像は問題ないんですが……。しかもコストがかさみ、試算してみたところ二千キロ以上の超遠距離通信でなければ採算が取れません。東京・名古屋・大阪間は五百キロメートルですから投下した資金を吸収できないんです」

「技術的な問題を完全に克服するのにはどのくらいかかる」

「数年はかかると見ています」

「そうか……」

稲盛は小さく息をついた。衛星による通信の可能性には注目していたのだった。しかし電電公社や追随者たちより品質が劣るサービスを提供するわけにはいかない。

「それではマイクロウェーブについて説明させていただきます」

電電公社からのスピンアウト組の一人である深田三四郎が立ち上がった。マイクロウェーブについては小野寺が第一人者だが、電電公社での仕事がまだ残っていて、第二電電企画への入社は十月になりそうだった。

「ええと……小野寺さんからの受け売りも一部ありますが、波長の短いマイクロウェーブを使う無線通信は、電電公社ではすでに二十年間の運用実績がある完成された技術です。豪雨や濃霧に対して強く、そのような気象変化によってマイクロウェーブの通信が途絶えた事故は電電公社では一度もありません。高い品質のサービスを安定して提供できる点では非常に優れた技術だと言えます。また容量も意外に大きく、無線設備を増設するだけで回線数を増やせますので拡張性にも優れています。それだけではありません」

深田は資料をめくった。

「通信回線を引く土地を持たない我々にとって、マイクロウェーブは最も安上がりな手段です。もちろんマイクロウェーブのネットワークを作るには、一定の距離ごとに中継タワーを建てなければなりません。しかし、それらの用地はいわば点で確保すればよいので投資額も抑えられます。試算した結果では、土地の取得資金や中継タワーの建設費を含む総コストは最大でも六百億円でした」

社員全員がうなずいた。第二電電としてはマイクロウェーブでいくのがいいのではないか——そんな方向で社内がまとまりつつあると稲盛は森山から聞いていたのだ。

「ただ……実はですね、こちらにも大きな問題があります」

深田の声のトーンが変わった。

「実は日本の空には無線の電波が網の目のように錯綜しているんです。それらの中には警察や自衛隊の電波もありますし、米軍の電波も飛んでいます。私たちがマイクロウェーブの電波を飛ばして、もし、それら公共の電波を遮断してしまったり混線を生じさせてしまったりしたら、これはもう大変なことになってしまいます」

「それらの電波の間を通せないのか」

森山の質問に深田はかぶりを振った。

「それが……自衛隊の電波も米軍の電波も軍事機密なので開示されていないんです。ですので間を通しようがありません」

「調べられんのか」

「防衛庁に当たってみたのですが、国家機密で開示できないとのことでした。どこにどんな周波数帯の無線が走っているのか知られたら、妨害に遭いかねず、安全保障を脅かされてしまうと言うんです」

「しかし、電電公社は東京—大阪間にマイクロウェーブのルートを持っているのだろう？彼らは電波の状況を知っているんじゃないのか」

「森山さんのおっしゃるとおりです。それで電電公社の施設関係の幹部に『なんとかならないか』と聞いたところ、電電公社は東・名・阪に六本のルートを持っていると教えてくれました。しかも、うち一本はまだ使っていないルートだという」

「それなら、そいつを使わせてもらったら……」

森山の言葉を深田はさえぎった。

「それが駄目だったんです。我々は電電公社の担当者にルートを使わせてほしいと強く頼み込んだんですが、未使用のルートは将来、拡張しなければならない場合を想定した予備のもので、他社には提供できないの一点張りでした」

「担当者の言うことは本当なのか。電電公社は本当に拡張のための予備のルートが必要なのか」

「嫌がらせですよ」

千本が言った。

「競争相手には絶対に塩を送らないということです」

「……以上で報告を終わります。申し訳ありません……」

深田が着席し、全員が押し黙った。しばらくして、八方ふさがりか……というため息まじりの声が聞こえた。

稲盛は一人ひとりを見回した。

それぞれの顔に張り付いていた焦りの色がいっそう強まっている。

「いや、ごくろうさま」

稲盛は穏やかな口調で言った。

「それぞれよく調べてくれました。おかげで光ファイバー、衛星、マイクロウェーブの長所、短所がよくわかりました。結論から言えば、前途は予断を許さないということだね。しかし挑戦は緒に就いたばかりです。もうダメだというときから、本当の仕事というのは始まるものだけれど、まだそこまでもいっていません。諦めず、焦らず、挫けず、工夫と勇気を持ってそれぞれの可能性をよりいっそう深く掘り下げてほしい」

第二電電企画が通信手段の確保に苦労している最中、新たな動きがあった。

建設省・道路公団、国鉄がいよいよ会社設立に動き出したとのニュースがもたらされたのだ。

京セラ東京営業所の社長室に稲盛を訪ねた森山は稲盛にメモを手渡した。それには建設省・道路公団、国鉄双方の今後のスケジュールが記されていた。通産省時代のルートを使い、郵政省や建設省の関係者から追随者たちの情報を収集していたのだった。

森山は言った。

「まず国鉄ですが、直営ではなく、民間企業との共同出資による新会社でいくようです。九月末までに出資を募り、我々同様、企業化調査会社を設立するとのことで、その後、電気通信事業法の施行を待って事業会社に改組する予定です。そして東京―大阪間に光ファイバーを引き、来年中にも長距離電話サービスやデータ通信などのサービスを始めるそうです」

「やはり光ファイバーを引くのか」

「彼らは全国に鉄道用地を持っていますからね。持てる者の強みですな。それから新会社の名称は『日本テレコム』か『日本電気通信サービス』のどちらかになりそうだとのことです」

稲盛はうなずいた。

「一方の建設省・道路公団についても、企業化調査会社に出資する民間企業の顔ぶれがほぼわかりました。合わせて二十九社で、東芝やNEC、日立製作所、富士通などの電機メーカーや、三菱銀行、三井銀行をはじめとする都市銀行が中心です。それから三菱地所などの不動産や小田急電鉄などの電鉄。まあ、これらは大体予想していた顔ぶれですが、実はもう一社、大変な伏兵が大株主として出資する予定です」

「伏兵？」

「トヨタ自動車ですよ」

「本当か」

「郵政省のしかるべき筋からの情報ですから間違いないです。豊田章一郎社長は以前から自動車電話の事業に並々ならぬ関心を寄せていたそうです。本業との相乗効果を狙っているのかもしれませんな」

それはあり得るかもしれないと稲盛は思った。

いずれにしても、売上高五兆五千億円の巨大企業トヨタの参加によって、建設省・道路公団のプロジェクトはいっそう強大になったのだ。

森山から報告を受けた数日後、新聞各紙は、国鉄、建設省・道路公団による企業化調査会社の設立を報じた。

記事によれば、国鉄による調査会社の設立は十月一日で、社名は日本テレコム——略称JT。

当初の資本金は二十億円で鉄道弘済会やステーションビルをはじめとする国鉄関連グループに加え、都市銀行や大手私鉄、商社など民間企業約五十社が出資する。事業会社への衣替えは来年四月で、すでに国鉄の電気通信部門から技術者などの専門家を数多く出向させたという。社長には前の国鉄副総裁である馬渡一真《まわたりかずま》が就任する予定だ。

建設省・道路公団の調査会社はそれより一カ月後の十一月十四日の設立で、社名は日本高速通信――英文名テレウェイジャパン、略称TWJ。

森山が言ったとおり、資本金四十九億円のうちトヨタ自動車が五億円を出資して道路施設協会とともに筆頭株主となり、設立発起人会の代表に花井正八トヨタ自動車相談役が選出される予定だという。また社長には前首都高速道路公団理事長の菊池三男が就任する。

やがて新聞や雑誌は、国鉄を中心とする日本テレコム（JT）、建設省・道路公団・トヨタ自動車による日本高速通信（TWJ）、稲盛たち第二電電（DDI）の新電電三社を比較する記事を盛んに取り上げるようになった。

それらの論調は、判で押したように一緒だった。

日本テレコムや日本高速通信には可能性があるが第二電電は厳しい、である。

国鉄は新幹線沿いに、建設省・道路公団・トヨタ自動車は高速道路の側溝あるいは中央分離帯に、それぞれ光ファイバーを引けば東京・名古屋・大阪を結ぶ通信ネットワークを簡単に構築できる。

それに引き換え稲盛たち第二電電は通信回線を引く手段さえまだ決まっていない。光ファイバーを使うとの見方も一部にはあるが、用地をどうやって手当てするのだろうか。そもそも用地を取得するだけの資金力があるのだろうか。

加えて、人材面についても日本テレコム、日本高速通信と第二電電とでは雲泥の差がある。

国鉄は駅同士をつなぐ自前の通信網を持ち、技術者や保守管理の専門家を多数抱えている。建設省・道路公団にしても、通信のノウハウを持つ道路交通情報の担当職員たちがいる。一方、第二電電には電気通信の専門家は一握りしかいない。電電公社からスピンアウトした数人の技術者だけだ。

「人材、資金面で優位に立つ日本テレコム、日本高速通信。風下に立たされた第二電電。事業会社への移行は一年後だが、すでに勝負あったと言っていいのではないか」

そんなふうに結論づける記事さえあった。

「ずいぶんな書き方だな……」

稲盛は舌打ちしたが、第二電電が通信回線を引く手段を得ていないのはまぎれもない事実だった。

九月初め、稲盛はひとり東京駅丸の内口のはす向かいに建つ国鉄本社ビルを訪ねた。目的は国鉄総裁、仁杉巌との面会である。

受付で来意を告げ、六階に上がる。エレベーターを降りて右側にガラスの仕切り壁があり、総裁室はその向こうにあった。

秘書に案内され、総裁室で待つこと数分、部屋の主である仁杉が勢いよくドアを開けて入ってきた。

仁杉は新幹線建設の功績をてこに国鉄総裁にまで上りつめた男だ。一九一五年生まれの六十八歳、技術畑の出身だが、その精力的な風貌は能吏の印象を与える。

稲盛は立ち上がり、面会に応じてくれたことへの礼を告げた。

「どうぞお座りください」

そう言い、仁杉は向かいに腰かけた。

「今日はなんのお話ですかな」

稲盛は名刺を差し出した。

「私は京都で京セラという部品メーカーを営んでいる者ですが、法律が変わるのを機会に電気通信事業への参入を考えておりまして、六月に第二電電企画を設立いたしました」

「あなたのことは存じております」

「実は今日は単刀直入にお願いに参った次第なんですが、日本テレコムさんが新幹線沿いに光ファイバーを敷設するときに、うちの分も一緒に引かせていただけないでしょうか」

「なんですって?」

仁杉はあんぐりと口を開けた。

「何を言い出すかと思えば……」

「もちろん私どもの設備の資金は私どもが出しますし、用地の使用料もお支払いします」

「稲盛さん……」

仁杉は呆れた顔をして稲盛を見つめた。

「国鉄の鉄道用地は国鉄のものですよ。だから我々はそこに光ファイバーを引くのであって、なんであなたがたの便宜を図ってあげなければならないんですか」

「それはそうですが、どうせ一本引くのなら、二本引くのも一緒ではないでしょうか」

「あなたがどう言われようが、できない相談です」

仁杉は腰を浮かせた。

「ほかに用件がないなら、もう終わりにしましょう。お互い時間の無駄ですよ」

「そう言われるのなら敢えて言わせていただきますが……」

稲盛は座ったまま仁杉を見上げた。

「国鉄の……日本国有鉄道の用地は国有の土地ではありませんか。国のもの、公のものは国民のためのものです。その土地を国民がフェアに使う――それはなんらおかしなことではないと私は思っているんです」

仁杉は絶句した。

稲盛が続ける。

「それなのにあなたがたは国のもの、公のものを日本テレコムという民間企業一社が独占的に使うとおっしゃる。国有の土地を占有して、光ファイバーを引くと言われる。それはアンフェアではないでしょうか。本来ならそんなアンフェアなことがあってはいけないのではないでしょうか。これがアメリカなら間違いなく独占禁止法に抵触します」

「それは……」

仁杉はようやく口を開いた。

「そんなことができるわけないじゃないですか。あなたの言っていることは現実的には無理ですよ。稲盛さん……」

仁杉は同情とも取れる笑みを浮かべた。

「あなたの気持ちはわからないではないが、通信回線を引く手段がないのなら、無理して事業に乗り出すこともないじゃありませんか。企画会社の段階でやめておいたらどうですか」

国鉄本社を辞した稲盛は、京セラ東京営業所まで足早に歩いた。

もしかしたら、こちらの言うことに理解を示してくれるかもしれない――そんな一縷の望みを抱いて面会を取り付けたが、やはり無理だった。

国営企業である国鉄には自由競争におけるフェア、公正の重要性が理解できていないようだった。これがアメリカであれば、国有の公共施設を私物化しようものなら間違いなく独占禁止法に触れるだろう。複数の民間企業に公平に活用させるような司法判断が下されるはずだ。

しかし、ここ日本の現実は違っていた。日本テレコム一社が公の土地を独占し、光ファイバー網を敷設しようとしているのだ。

稲盛は納得できない思いを抱いたまま歩を進めた。

仁杉と面会した数日後、稲盛は建設大臣の水野清から電話をもらった。水野とは面識はないが、森山が懇意にしているのだ。

水野は突然、電話を入れた非礼を詫びた後、言った。

「もうご存知だと思うけれど、建設省・道路公団も通信事業に乗り出すことになりましてね。実はその件について稲盛さんにお話ししたいことがありましてね。直接、お会いできませんか」

水野の口調は快活で、稲盛に対する好意を感じさせた。水野は行政改革に積極的で、特殊法人の民営化論者だった。唯一の純粋な民間企業として電電公社への挑戦に名乗りを上げた稲盛たちを応援したい気持ちがあるのかもしれない。

翌日、稲盛は水野の事務所を訪ねた。水野は笑顔で稲盛を出迎え、こう切り出した。

「通信回線の確保で、ご苦労されているようですね」

「お察しのとおり大変、苦労しております。実は今日、お言葉に甘えて早々に参ったのも、そのことで私どもとしてお願いしたいことがありまして。日本高速通信さんが高速道路沿いに光ファイバーを敷設するとき、私どもの分もぜひ一緒に……」

「稲盛さん、私もそのことであなたに話があってね。あなたがたも日本高速通信に出資しませんか」

「株主になってほしいと？」

水野はうなずいた。

「出資すれば株主としての権利があなたがたに生まれるので、私としてもなんとか便宜を図ることができると思うんですよ」

稲盛は水野の提案を受け入れ、京セラとして日本高速通信に出資することを決めた。金額は一億円、出資比率は二パーセント強である。

しかし、話は水野の言ったとおりには進まなかった。

稲盛は株主企業のトップとして何度か建設省を訪ね、光ファイバーを敷設する用地を借りられないかと頼んだが、建設省の担当者たちは決して首を縦に振らなかったのだ。おそらく水野の言ったことに嘘はなかったと思う。彼はきっと「稲盛くんに便宜を図ってやってくれ」と担当者たちに言ってくれたに違いない。

しかし担当者たちは従わなかった。稲盛には担当者たちの行動が目に見えるようだった。彼らは水野の前では「わかりました」と答えながら、現場に戻るとそんな指示などなかったかのようにふるまうのだ。面従腹背、いかにも官僚らしいやり方だった。

第二電電が通信回線を引く手段を得られない状況の中で、稲盛たちはほかにも逆風を受けていた。

第二電電、日本テレコム、日本高速通信の新電電三社を一社に集約すべきではないかという一本化調整の声が郵政省や経済界の一部で唱えられるようになったのだ。

きっかけは七月に開かれた奥田敬和郵政大臣の記者会見での発言だった。「日本テレコム、日本高速通信、第二電電の新電電三社が並び立つほど電気通信の市場は成長するのか」という記者の質問に対して、奥田はこう発言した。「今後、各構想を統合しようという動きが出てくるのではないか」

奥田はさらに続けた。「電電公社と新電電各社は大人と子供のようなもの。しかし子供たちでも団結すれば、けっこうやれる」

この発言に稲山嘉寛経団連会長が応じた。定例の記者会見で稲山は「新電電三社は一本化した方がいい」と語ったのだ。

以来、一本化すべしという意見は勢いを増し、やがてマスコミでも取りざたされるようになった。

もちろん稲盛としてはこんな意見はとうてい受け入れられなかった。

一本化調整は多分に、通信回線を引く手段を持たない第二電電を日本テレコムか日本高速通信に吸収させ、レースから退場させる意図を含んでいる。

しかし退場するしないは競争の結果であり、その鍵はお客が握っているのだ。まだレースが始まらないうちから参加資格を剥奪し、退場をうながすのはどう考えても公正な競争とは言えない。

「参りましたな」

一本化調整を報じた新聞を手に会長室にやってきた森山が呻くように言った。

「諦めるのは早すぎますよ。まだ始まったばかりです」

稲盛はそう返したが、八方ふさがりの状況を突破する手だてはいまのところまったく見つからなかった。

閉塞状況が変わる兆しを見せたのは九月中旬のことだった。

きっかけは一本の電話である。

東京から京都に戻り、その足で京セラ本社に出社した稲盛に、秘書がメモを手渡した。

電電公社の真藤総裁からまた電話があったという。

「何か用件を言われていたかな」

「いえ」

「じゃあ、折り返し電話を入れるか」

「いえ、それには及ばないと。ひと言、『明日の新聞を見てほしい』と言われました」

「新聞だって？」

翌日、朝刊を開いた稲盛は、真藤の真意を悟った。

「電電公社総裁談　東京─大阪間のマイクロ無線に『もう一本空き回線』」という見出しの記事が掲載されていたのだ。

記事はこう伝えていた。

──真藤恒総裁は九月十九日の記者会見で、新電電による通信回線確保の問題に関連して、東京─大阪間のマイクロウェーブは、遠回りすればもう一本、ルートが空いているかもしれないと語った。これについて施設局長は「中央道沿いに一本ありそうだ」と補足した。

新電電が通信回線を確保する方法としては光ファイバーケーブルの敷設、通信衛星の活用、マイクロウェーブの使用などがある。

日本テレコムや日本高速通信はすでに光ファイバーの敷設を発表しているが、東京―大阪間のマイクロウェーブのルートに「もう一本空きがある」と真藤総裁が発言したことで、マイクロウェーブを使う道も開けてきた。

また「郵政省によれば、マイクロウェーブによる通信は『無線の中継基地を一定間隔で地上に建設すればすみ、費用負担も相対的に軽い』との見方もある」――。

稲盛は何度も記事を読み返した。読み返すほどに、記者会見での真藤の発言は稲盛たちへのメッセージに思えてならなかった。

真藤は「もう一本ある」と発言している。これには第二電電にとって重大な意味が込められている。

先日の会議で深田が言ったように、電電公社が東京―大阪間に持っている未利用のルートは、将来、拡張しなければならない場合を考えた予備のルートで、どんなに頼んだところで譲り渡してもらえるものではない。

しかし「ルートがもう一本ある」となると話は違ってくる。交渉の仕方によっては、それを提供してもらえるかもしれないのだ。

では真藤は何のために新聞を見てくれと電話をかけ、記者会見を利用してメッセージを送ってくれたのだろう。

一つには電電公社分割論を抑え込みたい狙いがあるだろう。新電電の中で、純粋な民間企業は第二電電ただ一社だ。その第二電電が企業化調査の段階で潰えてしまっては、電電公社の真の民営化に影を落とし、ひいては分割論が勢いを増しかねない。

加えて、仮に第二電電にマイクロウェーブのルートを提供しても、彼らが電電公社の牙城を脅かすことは決してないとの読みもあるはずだ。

国鉄が進める日本テレコムや建設省・道路公団、大株主としてトヨタが後ろについている日本高速通信とは異なり、第二電電はまさに徒手空拳でヒトにもカネにもモノにも事欠いている。電電公社を巨人にたとえれば、それこそ跳ねっ返りの子供のような存在だ。日本テレコムや日本高速通信がこれ以上強くなってしまうのは困りものだが、第二電電なら多少は応援してもいいだろう、そう考えたのに違いない。

稲盛は受話器を取り、真藤の電話番号を押した。電話口に出た真藤は「至急、会いたい」と言った。

電電公社総裁室で真藤はにこやかな笑みを浮かべて稲盛を出迎えた。眼光は鋭く、がっしりした体躯には活動的なオーラがみなぎっている。

「稲盛さんとはぜひ一度、じっくり二人で話したいと思っとったんだ。いやあ、よくきてくれた」

「おそれいります」

「え？　いや、失礼。私は若いとき造船所でさんざん鋲を打ったもんだから、耳があまりよくなくてね。さあ、こちらへ」

真藤は稲盛をソファにうながした。

「新聞、読んでくれたな？」

稲盛はうなずいた。

「それなら話は早い。東京―大阪間にはもう一本ルートがあってね、それを教えてあげるから、使ってくれたらいい」

「本当ですか？」

「ああ、了承するよ」

「ありがとうございます」

稲盛は頭を下げた。

「そんなに恐縮してくれなさんな。前に電話でも言ったように、あなたが手を挙げてくれてよかったと思っとるんだ。さもなくば民営化は進まんし、民営化が進まなければ社員たちの親方日の丸意識も変わらない。稲盛くん、この電電公社に乗り込んできた当初、私は唖然どころか憤然としたよ」

真藤はタバコに火をつけ、続けた。

「電電公社の連中は『世の中のために電電がある』のではなく、まるで『電電のために世の中がある』ように思い込んでいるんだ。お客を上から見下ろし、電話をつけてやるという態度が見え見えで、例えば、お客様を『加入者』、電話料金をいただくことを『課金』などと呼んでいるんだ。『課金』だなんて『課税』と同じお上の目線だ。要するに独占による思い上がりだな。そんな連中に私は口を酸っぱくして言っているんだ。『君たちが使っているのは日本語ではなく電電語だ。日本語を使え』とね。稲盛くん、私はね、いまつくづく思うんだ」

真藤はタバコを吸い、煙を吐き出した。

「独占は悪だと。独占はお客様である国民や社会のためにならないばかりではない。社員もダメにしてしまうんだ」

日比谷にある電電公社の本社を辞した稲盛は、マイクロウェーブのルートの使用を了承してもらったことを早く皆に知らせたくて、はやる気持ちを抑えるのに必死だった。目の前に立ちこめた霧がすっかり晴れわたり、進むべき道が見えてきた思いだった。これでマイクロウェーブのルート建設に着手できる。長距離電話サービスを手がけるスタートラインに立てたのだ。

第二電電企画の本社に戻った稲盛は、すぐに幹部社員を会長室に集めた。

森山、副社長の中山一と金田秀夫、千本、種野、片岡、下坂……稲盛の話を聞いた全員が満面に笑みを浮かべた。

「やりましたね」

森山が感極まって言う。

「ああ、これでだるまの目が一つ開いたな」

稲盛も笑顔で返した。

3

「これはちょっとまずいぞ。どんどん離れていく気がする」

胸の高さまで生い茂ったくまざさをかきわけ山の斜面を下っていた山森誠司は立ち止まり、周囲を見回した。頂上に戻ってもう一度どこから登ってきたのか確かめようと思ったのだ。

しかし腕時計を見てそんな余裕はないと思い直した。時刻はすでに午後四時半を回っている。日没までにはもうそれほど猶予はない。山森がいるのは愛知・設楽町の山間部で、最寄りの民家までは数十キロも離れている。日が暮れたらあたりは漆黒の闇に覆われ、一歩も進めなくなってしまう。

「とにかく一刻も早く下ろう。下界に下りればなんとかなる」

山森はそう自分に言い聞かせ、再び歩き出した。

山森は第二電電企画の若手社員である。昨年、京セラに入社し、第二電電のプロジェクトに加わった。こんな人里離れた山奥にやってきたのは、東京・名古屋・大阪間にマイクロウェーブのネットワークを構築するためのリレーステーションすなわち中継タワーの用地を確定するのが目的だった。

昨年――一九八四年十二月、電電公社の真藤総裁が稲盛に約束してくれたとおり、電電公社から東・名・阪を結ぶマイクロウェーブのルートの設計図が届いた。

山森たち第二電電企画の社員は設計図に基づいて何度も干渉計算を繰り返し、さまざまな検討を加えて独自のルートを計画した。それを指揮したのは、十月、電電公社での残務を片付け、晴れて第二電電企画に入社した小野寺だった。

そのようにして計画した独自ルートは、東京、名古屋、大阪の三カ所に通信設備の拠点となるネットワークセンターを建設し、それらの間の八カ所にリレーステーションを置くというものだ。東京―大阪間は約五百キロメートルなので、五十キロメートルごとに区切っていく計算になる。

もちろんリレーステーションはどこにでも建てられるものではない。さえぎる物が途中にあるとマイクロウェーブが届かないので、必然的に高い山の上になる。

そこで山森たちは小野寺の指導のもと、縮尺五万分の一の地図で等高線を調べ、リレーステーションを建てられる場所を絞り込んだ。具体的には東京―名古屋間が吉沢、片蓋《かたぶた》、藤枝、秋葉、出来山、御嵩《みたけ》の六カ所、名古屋―大阪間が国見、阿星の二カ所である。

その仕事が終わると、山森たち四人の若手は順次、現地に赴いた。山に登り、リレーステーションを建てるのにふさわしいポイントかどうか確認したのだ。

このとき行ったのは「ミラーテスト」と呼ぶ試験である。真ん中に穴を開け、その周りに石綿を張り付けた特殊な鏡を持って二人が別々の地点に立ち、太陽の光を反射させて互いに合図を送る。太陽の反射光がミラーに当たり石綿が明るくなれば二つの地点は無線が通じることになる。

幸いにも結果はすべて成功。今日のミラーテストもうまくいった。秋葉に登った高橋誠の反射する光が山森のミラーの石綿を明るく照らしたのだ。

今後は土地の所有者を探し出し、工事を担当する大林組の社員と一緒にその人のもとを訪れ、交渉を行う予定だ。若手四人に課せられたノルマは一人二カ所。「用地を確保するまで帰ってくるな」が小野寺からの指示だった。

それにしても、まさか自分が第二電電企画に入り、通信の仕事を担当するとは思わなかった。

大学で化学を専攻した山森は、専門を生かせるだろうと京セラを志望し、昨春、晴れて新卒で入社した。

入社後、待っていたのは二週間の集合研修だった。山森たち百六十人の新入社員は、稲盛の経営理念である京セラフィロソフィや管理会計の考え方などをたたき込まれた。

そして最終日近く、各事業部門の代表者による説明会が開かれた。ファインセラミック事業本部長や商品事業本部長などが、入れ替わり立ち替わりそれぞれの事業や業務内容についてプレゼンテーションを行ったのだ。

彼らの話はどれもそれなりに面白かった。しかし千本情報企画本部長の説明を聞いた後では、ファインセラミック事業本部も商品事業本部も色あせてしまった。

千本の話はプレゼンテーションというより刺激的なアジテーションにほかならなかった。——日本の電気通信は電電公社による一社独占から競争の時代へと変わる。我々は電電公社への対抗勢力として名乗りを上げる計画で、近々、企業化調査会社を設立する。日本の電気通信に革命を起こすのだ——。

千本の話に引き込まれた山森は、その後、配属先について希望を問われたとき、第一希望欄には情報企画本部と記し、専門を生かせるファインセラミック事業本部を第二希望に格下げした。

とはいえ希望が叶うとはまったく考えていなかった。電気通信のことは何も知らないし、あとで人事担当者に聞いたところでは、千本の話に引き込まれたのは自分だけでなく、多くの新人たちが情報企画本部を第一志望に選んだと教えられたからだ。

それなのになぜ僕なのだ。新入社員百六十人のうち、情報企画本部に配属になったのは九人にすぎないのに……。

集合研修の最終日、人事担当者から情報企画本部への配属を知らされた山森は夢を見ているような気分のまま、やはり情報企画本部に配属が決まり茫然としている雨宮俊武の肩をつついたのだった。

「君も第一希望に書いたの？」

雨宮は童顔を紅潮させたままうなずいた。

「第一が情報企画本部で第二が商品事業本部。まさか希望が叶うとは思わなかった」

「山森くん、雨宮くん」

高橋が山森たちの輪の中に入ってきた。

「よろしくな。頑張ろうぜ」

細面の高橋はクールな印象の男で、本社内の広い畳部屋で開かれた新入社員たちのコンパでも「僕は工学部の出身なので、いろんなところからお誘いを受けたけれど、何をやりたいということはなかった」などと言っていた。それが、いまは雨宮同様、頬が紅潮している。

「こちらこそよろしく。でも大丈夫かな。僕は化学が専攻で電気通信は素人なんだ」

山森は急に不安になって言った。

「素人なのは俺も一緒さ」

高橋はそう言い、にっこり微笑んだ。

「でも面白そうじゃないか。少なくとも京セラではまだだれもやっていない事業なんだ」

「それはたしかにそうだけど……。でもなぜ僕が選ばれたのだろう」

やがて山森たち九人を選んだのは稲盛だとの噂が同期の間に流れるようになった。そこで新入社員全員で稲盛に挨拶に行ったとき、一人が勇気を奮って聞いた。

「僕たち九人は最終的に稲盛さんが選んだという噂があるんですけれど、本当ですか。もし本当なら、どこを見てくれたのか聞きたいと思いまして」

「さあ、どうだったかなあ」

稲盛はとぼけたような顔をしてみせた。

その顔を見て、山森はもしかしたら噂は本当かもしれないなと思った。本当に稲盛さんが選んでくれたのではないかと。だとしたら僕はなぜ選ばれたのだろう……。

山森は黙々と山を下った。

獣道のような道は足場が悪く、倒れた樹木がところどころで行く手をふさいでいる。おまけにくまざさが一面に生い茂り、歩みは遅々として進まない。

陽は少しずつ西に傾き、いまや山の稜線に接しようとしていた。日没はまもなくだ。日が落ちたらここで野宿するしかない。

設楽町の山々は三月でも深夜、氷点下まで気温が下がるという。ダウンジャケットを羽織っていても体は芯まで冷えきってしまうだろう。

「これはやばいぞ」

そう言った瞬間に足を滑らせ、尻餅をついてしまった。そのまま一メートルほど斜面を滑り落ちる。

「いててて……」

やっとの思いで立ち上がり、くまざさから顔を出したとき、林道らしい道が視界の片隅をよぎった。

山森は目を凝らした。間違いない。車で通ってきた林道だ。よく整備された道で、轍が刻まれているのがわかる。車を停めた場所まではほんのわずかだ。

「やった！　助かった」

山森は思わず叫んだ。

「出来山に登り、リレーステーションを建てるのに適当な頂を見つけた」との連絡を山森からもらった小野寺は、「明日もそちらにとどまり所有者を探し出してほしい」と指示を出し、電話を切った。

マイクロウェーブによるルートづくりは一進一退の状況だった。

リレーステーションの用地取得は、右も左もわからない新人たちのがむしゃらな頑張りが意外な成果を上げており、それなりに順調だった。出来山については土地の所有者を見つけられればすぐにでも交渉を始められるし、国見ではすでに地主が用地の買収に応じてくれている。

国見の山に入ったのは、電電公社からルートの設計図が届いた直後の十二月半ばで、雪が絶え間なく降っていた。あと一週間遅かったら山は雪に閉ざされ、現地を訪ねるには来春を待たなければならなくなっていただろう。初動を急いだのは正解だった。

しかしネットワークセンターの用地取得が難航していた。

名古屋ネットワークセンターは昨年末、用地賃借の契約を地権者と交わし、大阪ネットワークセンターも三月に入ってようやく用地取得のめどが立ったが、最重要拠点である東京ネットワークセンターの場所が決まらないのだ。

これまでに五つの候補地を検討したが、地権者が入り組んでいたり面積が足りなかったり用途指定の問題があったりしてどれも諦めざるを得なかった。

小野寺は焦りを覚え、髪をかきむしった。時間的な猶予はわずかだった。

新聞報道などによれば、自前の用地を持つ日本テレコム、日本高速通信は光ファイバー敷設の準備を着々と進めている。東・名・阪に光ファイバー網を敷いたら、彼らはすぐにでもサービスを始めるだろう。

第二電電としては、何がなんでも彼らのスピードについていかなければならなかった。後れを取ったら、日本テレコムや日本高速通信に加入者を奪い取られてしまう。

では、どれくらいの期間でマイクロウェーブのルートを完成させなければならないのか。

建設すべきネットワークセンターは三つ、リレーステーションは八つだ。そして、それらにパラボラアンテナや交換機などの通信設備を設置しなければならない。

同じ工事を電電公社で行ったら、八年はかかるだろう。用地の選定は無線が担当し、買収交渉は管財が仕切るという具合に縦割りで工事を進めるので、部署間の調整に手間取ったりするからだ。

これに対して、小回りの利く第二電電なら三年あれば完成させられるが、それでも遅すぎる。日本テレコムや日本高速通信の動きを考えると、最低でも二年半でルートを完成させなければならない。しかし、そんなことが可能だろうか。

焦る気持ちを抑えながらデスクワークに取り組み、ふと腕時計を見ると時刻は午前一時前、終電の刻限をとっくに過ぎていた。

「また午前様か……」

小野寺は苦笑し、毎日毎日ここまで頑張れるのはなぜなのだろうと自分に問いかけた。無線の技術者が活躍できる領域が狭まりつつある電電公社とは違い、第二電電では白紙に絵を描くような仕事ができる。

それはあるだろう。しかし、それだけではない気がする。もしかしたらプライドもあるのではないか。電電公社で若手ナンバーワンの無線技術者だった自負心が、ライバルに後れを取るのを許さないという……。

「小野寺さん、まだ仕事終わりませんか」

雨宮だった。

「みんなで飲みに行こうかと言っているんですが、ご一緒にいかがですか。明日は日曜日ですし」

「そうだな。たまには行くか」

「行きましょう!」

雨宮は嬉しそうに笑った。

その笑顔を見て、小野寺はここまで頑張れるもうひとつの理由に気づいた。

部下たちの存在だ。教えなければならないことはまだたくさんあるけれど、純粋で、がむしゃらで、前向きな後輩たちと接していると、こいつらのためにも絶対に成功させなければという強い思いが湧いてくるのだ。

雨宮たちと一緒にエレベーターに乗り込むと、「よお、おつかれ」と声をかけられた。木下龍一だった。郵政省を退官し、昨年――一九八四年八月一日に第二電電企画に入社した。年齢は四十一歳で、自ら回線を保有して通信サービスを行う第一種電気通信事業者の許可を得るため、連日のように郵政省の担当者たちと折衝している。

「これから郵政省に行かれるんですか？」

小野寺の質問に木下はうなずいた。

「大変ですね」

小野寺がそう言うと、木下は首を横に振った。

「いやいや、みんなに比べたら大したことないよ。それに用賀にいたころとは違い、官庁街は目と鼻の先になったしね」

木下が言ったように第二電電企画は昨年十一月、京セラ東京中央研究所から虎ノ門の34森ビルに引っ越していた。理由は手狭になったのに加えて、郵政省からの呼び出しが増えたためだ。用賀にある京セラ東京中央研究所からだと郵政省まで片道一時間近くかかってしまう。その点、新しいビルからはタクシーに乗れば五分とかからない。

「それじゃ」

木下は小野寺に会釈して外に出ていった。

ここ数週間、休日も机にかじりついていて運動不足気味だったので、木下は郵政省まで歩いていくことにした。打ち合わせは午前二時、三時までかかるだろう。せめていまのうちに新鮮な空気を吸っておきたかった。

虎ノ門の交差点を渡り、桜田通りを霞が関へと歩く。やがて見慣れた官庁街のビルが前方に見えてきた。

長年、勤務した古巣へ民間企業の社員としてお伺いを立てにいくのはなんだか変な感じだった。しかし、後悔はまったくない。それどころか第二電電のプロジェクトに参加できてよかったと思う。新しい事業を作り上げていく手ごたえは役人時代にはついぞ経験できなかった。だからこそ、きちんとした事業計画を起案し、第一種電気通信事業者の許可を郵政省から得なければならない。こんなチャンスをくれた稲盛会長や森山社長のためにも……。

木下はいまさらのように運命の不思議さを感じた。自分が第二電電企画に入社するだなんて、ほんの一年前にはこれっぽっちも考えなかった。木下は郵政省では電気通信政策局に所属し、あくまで官の立場から電気通信事業の自由化にかかわっていたのだ。

加えて京セラのような民間企業の動きに対しては、関心こそあったものの、どこかひとごとだった。「京セラが〝第二電電〟設立に動く、東京—大阪間に光通信回線を設置する」というスクープ記事に接したときの感想も冷淡なものだった。「素人だな」と思ったのだ。

光ファイバーを敷設する場所は一般の公道しかないが、一民間企業に公道を使用する道路占用許可は下りない。道路に穴を掘り、光ファイバーを埋める工事も許可されないだろう。

それなのに光ファイバーでいくだなんて。「このままではプロジェクトは行き詰まるのではないか」そんな予感さえ抱いたのだった。

さらに昨年五月の第二電電企画の創立披露パーティーでは、上司から祝辞の代筆を頼まれ、こんな内容の文案を作成した。「電気通信事業法の趣旨は、民間の活力によって電気通信事業を活性化し、サービスの向上を実現することにある。純粋民間の会社が参入してくれたのはいいことであり、郵政省としてはぜひ頑張ってほしいと考えている……」。

ところがその数日後、上司に呼ばれた木下はこう言われた。「第二電電企画の森山社長からぜひうちに来てもらえないかという話をいただいているんだけれど、どうだろうね」。

木下はしばらく考えてから答えた。

「行きましょう」

いま官の立場から進めている電気通信事業の自由化の流れの中に、一民間企業の社員として、すなわちプレイヤーとして飛び込んでみることに突然、興味を引かれたのだ。成功すればもちろん、もし失敗したとしても、貴重な経験を得られるのではないか。

「ちょっと待ってよ」

上司が驚いて言った。

「返事は家族と相談してからにしてよ。三日間猶予を与えるから、その間、しっかり考えて、それで返事をちょうだいよ」

郵政省を訪ねた木下は指定された会議室のドアを開けた。部屋にはすでに通信事業者の許可を預かる電気通信政策局の局員たちが集まっていた。

だれもがその顔に疲労をにじませている。電気通信事業法を柱とする電気通信改革三法の施行を控え、郵政省の職員は日中はそちらの対応に忙殺されていた。夜は夜でこのような打ち合わせが頻繁に開かれるのだ。

木下は出席者に書類を配り、説明を始めた。サービス開始初年度の加入者数の予測、その三年後の増加率、毎年の設備投資額、電話料金に応じた収支のシミュレーション……。

担当者たちは真剣に耳を傾け、メモを取っている。木下の話が終わったら、次は彼らから事業計画の不備を突く指摘がなされるだろう。木下はそれらを持ち帰り、その点について修正を施したり、事業計画を練り直したりするのだ。

そんなことがここ数週間、続いていた。電気通信事業法の施行まであと一カ月、日本の通信を変える歴史的な転換点は目前に迫っていた。

一九八五年四月一日――。

電電公社の民営化と通信事業の自由化を定めた電気通信改革三法――電気通信事業法、日本電信電話株式会社法、関連整備法がついに施行された。

同時に第二電電企画は調査会社から事業会社へと変わり、第二電電へと社名を変更した。

「だれもやらないのなら、私がやるべきではないか」

稲盛がそんな使命感を抱いてから二年数カ月、電電公社への挑戦は事業会社への移行という一つの節目を迎えたのだ。

ほどなくネットワークセンターの建設にも進展があった。格好の遊休地があるとの情報がもたらされたのだ。

六月二十日、雑草の生い茂る遊休地に立った小野寺は、ここはネットワークセンターの建設予定地として申し分ない土地だと確信した。

場所は多摩市南野、京王多摩センター駅からバスで十五分ほどの丘陵地で、日本最大の新興住宅地である多摩ニュータウンの南の端に位置する。

眼下には多摩ニュータウンを東西に横切る南多摩尾根幹線道路がまっすぐ延び、道路を挟んで向かい側に分譲住宅が並んでいる。周囲には高い山も建物もなく、駅から新宿まで京王線で約四十分と交通の便も悪くない。なかなか見つからないでいた東京ネットワークセンターの用地がここに決まれば、大きな前進だ。

「悪くないだろう?」

三菱商事から出向した野村一が笑みを浮かべた。年齢は四十一歳、三菱商事では店舗開発など不動産関連の仕事を長く担当し、第二電電では施設部長としてネットワークセンターの用地取得交渉を担当している。リレーステーションの用地取得が難航しそうなときには、山森たち若手にアドバイスすることもある。

もっとも日に焼けた強面や、かた太りの体に派手な色合いのスーツを羽織った外見は元商社マンには見えない。それどころかその筋の関係者に間違われてもおかしくない風体である。

「よくこんないい場所が見つかりましたね」

「三菱商事が持ってきてくれた物件なんだよ。所有者は多摩ニュータウンの開発を進めている住宅・都市整備公団で、ここに分譲住宅を建てるのは難しいと判断したんだろうな、東京都と調整して、少し前に第二種住専の用途地域指定を外してくれたんだ」

小野寺はきょとんとした。

「第二種住専——第二種住居専用地域とは、住居や商業、工業といった市街地の大わくとしての土地利用を定めた用途地域のひとつだよ。『中高層住宅の良好な住環境を守るための地域』と定められているので、オフィスや店舗を建てるときには高さや広さなどに制限がかかるのさ」

「その規制が最近、緩和されたわけですね」

「そういうこと。第二種住専の解除には東京都の方針もあったようだね。尾根幹線のこちら側には流通センターとか工場のような商工業施設があってもいいんじゃないかと」

小野寺と野村は候補地の周囲をしばらく歩いてから帰路に就いた。二人は候補地の状況について帰社次第、森山に報告する予定だった。

「リレーステーションの方はどうだい？」

京王線の車内で野村は小野寺に聞いた。

「用地の確保は新人たちが頑張ってくれているんですが、工事の方が頭が痛いですね」

「ゼネコンとのいろんな交渉は俺がやってやるよ。なんでも言ってくれ」

「ありがとうございます。問題は工期なんです。電電公社なら八年かかる工期を最低でも二年半に短縮しないと……」

「二年半だって？」

野村は目を見開いた。

「そいつは大変だ。まさか手抜き工事をするわけにはいかないしなあ」

小野寺は野村の顔をまじまじと見つめた。

「いま手抜きって言いましたよね」

「手抜きはダメだって言ったんだぞ」

「そうなんだ。簡単なことだったんだ」

野村はぽかんとした顔をした。

「野村さん、山の上にリレーステーションを建てるとき、資材をヘリコプターで運べますか」

「え？　まあ、それはできるだろうな。なんの話だ？」

「社に戻ったら話します」

小野寺はにっこり笑った。

工期を大幅に短縮するヒントが見つかったのだ。電電公社のやり方を参考にする必要などまったくなかった。

電電公社がネットワークセンターやリレーステーションを建てるときは、いつも必ず標準仕様と呼ぶ、ひととおりの通信設備や機器がそろった施設にする。稼働する時点では不要の設備や機器も、もしかしたら将来、必要になるかもしれないという理屈だ。

工事も大がかりで、まずは建設予定地である山頂まで道路を通し、道ができてから資材をトラックで運んで建設する。道路には側溝まで作る念の入れようだ。

しかし、気がついてみれば当たり前なのだが、標準仕様の施設など、少なくとも我々には不要だった。利用者が増えたりネットワークが広がったりして通信設備や機器が足りなくなったら、その時点で増設すればいい。

つまり必要最小限の設備でスタートすればいいのだ。それなら工期を大幅に短縮できるし、コストも格段に抑えられる。

さらにヘリコプターで資材を運び、工事の要員には歩いて山頂に登ってもらえば、道ができるのを一年も二年も待たなくていいので、その分、工期を縮められる。

手抜きとはまったく違う。要するに徹底的に無駄を省くのだ。

会社に戻った小野寺と野村は現地の様子を森山にかいつまんで話した。話を聞き終えた森山は住宅・都市整備公団と用地売買の話を進めてほしいと指示を出した。

「よかったな、小野寺、これで一歩前進だな」

野村がそう言ったのと同時にドアがノックされ、木下が入ってきた。

「いま郵政省の元同僚から連絡があり、我が社は第一種電気通信事業者の許可を受けました。正式には明日——六月二十一日をもって免許が交付されます」

「そうか！」

森山は思わず立ち上がった。

「いよいよスタートだ」

「ほかの二社も？」

小野寺の質問に木下はうなずいた。

「日本テレコム、日本高速通信にも同時に許可を出したそうだ」

小野寺は唇を噛みしめた。できるだけ早くマイクロウェーブのルートを完成させなければならない。

4

六月下旬、第二電電はいよいよ東京ネットワークセンター建設の準備を始めた。

しかし計画は思ったように進まなかった。東京都や多摩市、住宅・都市整備公団との折衝・交渉に時間がかかり、すんなりいくかに思えた用地取得が難航してしまったのだ。結局、住宅・都市整備公団から東京ネットワークセンターの用地を買い受けたのは十月十七日、用地決定から四カ月が過ぎていた。

問題はこれだけでは終わらなかった。それどころか東京都や住宅・都市整備公団との折衝などとは比べものにならない難題が立ち上がったのだ。

「あなたがたはいったいどういうつもりなんですか！」

受話器を取った雨宮の耳に剣呑な声が飛び込んできた。

「会社から帰ったら、『昼間、あなたがた第二電電の社員がやってきて、東京ネットワークセンターとかいう建物の工事計画のパンフレットを置いていった』と妻が教えてくれた。パンフレットを見たらなんと百メートル近い無線タワーをいきなり建設するという。まさに寝耳に水ですよ」

「あの……百メートルではなくて八十メートルです」

「大して違わないじゃないですか！　とにかく責任者からきちんと説明してくれないかな。社長はいないんですか」

「それがいま外出しておりまして。戻ったら必ずお電話を差し上げますから」

雨宮は相手の名前と電話番号を聞き取り、受話器を置いてため息をついた。今晩はこれで三件目だった。

第二電電はいま、ネットワークセンター建設に対する地元住民の反発という難題に直面していた。

地元住民がネットワークセンター建設計画を問題視しているらしいという情報は、すでに夏ごろから第二電電にもたらされていた。

そこで第二電電の社員は、建設用地を買い受けた十月十七日以降、ほとんど総出で近隣の住民の理解を得ようと戸別訪問を始めた。

ところが住民の反発は予想したよりはるかに大きかった。訪れた社員を怒鳴りつける住民さえいたし、先ほどのような抗議の電話も数多くかかってきた。

「こんなことでマイクロウェーブのネットワークを二年半で完成させられるのだろうか」

雨宮は不安を拭えなかった。

「みんな、社長が会議室に来てくれって」

山森が電話番をしている雨宮たちに声をかけた。山森はリレーステーション建設のため夏中、出来山や御嵩の山の中を歩き回った。そのおかげで真っ黒に日焼けしており、経営企画の仕事をしてきたために内勤が多く、色白の雨宮とは対照的だ。

「なんの話だろう？」

「東京ネットワークセンターの件に決まっているじゃないか。このまま進めるか退くか決めたいとのことだ」

住民の反発にどう対処するかを話し合うため、関係者が会議室に集まった。関係者全員を集め、要所要所で賑やかに打ち合わせを行うのが森山のやり方だ。しかし今日ばかりは皆、生気に乏しく黙りがちだった。

「かなりやっかいな状況だな」

森山が第一声を発した。

「多摩市役所に聞いてみたところ、近隣の住民たちは町内会ごとに三つのグループを形成し、反対運動を進める方針らしい。とりわけ激しいのは尾根幹線を挟んだ東側の住民で、多摩市長や市会議員に対して工事延期を求める要望書を提出する動きもあるそうだ。彼らにしてみれば、閑静なニュータウンの一角に突然、得体の知れない施設を建てるだなんて許せんということなんだろうな」

「ここは潔く退くというのも一つの決断かな」

千本がつぶやいた。

「泥沼に陥るのを避けるためにも」

「しかし、いま退いたら……」

小野寺が反論しかけたが、

「第二種住専を外したばかりというのが引っかかってはいたんです」

と野村が先に言った。

「住宅・都市整備公団もそれをずっと気にしていました。我々としては売却するのにやぶさかではないが、住民の反応が心配だと」

「どういうこと?」

片岡が聞いた。

「東京ネットワークセンターの土地は昨年までは第二種住居専用地域だったんです。だから近隣の住民は、周辺はすべて住宅地だと公団から説明されて住宅を購入しています。それがいつの間にか第二種住専の用途指定が外れ、ネットワークセンターの無線タワーが建つ計画が持ち上がった。彼らにしてみたら話が違うじゃないかということでしょうね」

「そうか。そうなると……」

森山は腕組みして天井を見上げた。

「ここは勇気ある撤退もあるか……」

「でも、撤退したらいまのマイクロウェーブのルートは成り立たなくなりますよ」

雨宮は思わず口を挟んだ。

「山森や高橋たちの苦労も水の泡になってしまう」

「俺たちのことはいいんだよ。問題は……」

たしなめる山森を小野寺が制した。

「僕も雨宮に賛成ですね。マイクロウェーブのルートを最初から作り直すとなると、日本テレコムや日本高速通信に完全に出遅れてしまう」

森山は首をかしげた。

「野村くん、いまの土地は多摩周辺では最後の選択肢なのかね」

「限りなく最後に近いとは思いますが、ほかにまったくないかどうか、探してみなければわからないです」

「何がなんでも探してくれ。マイクロウェーブのルートの変更が最小限にとどまるようにしてほしい。小野寺くん、それで納得してくれないか」

「いまの用地を諦めるんですか」

「住民感情を無視できんよ」

「しかし……」

「工事は強行しない！　雨宮くんも、いいな？」

雨宮はあいまいにうなずいた。


その夜、雨宮はなかなか寝つかれなかった。悔しさや憤り、無念さの入り交じった思いが胸を苛むのだ。

本当に諦めてしまっていいのだろうか。たしかに住民の反発は激しいが、やるだけやってみるべきではないか。

明け方、雨宮はほとんど一睡もできないまま布団をはね飛ばし、いつもより早い時刻に社員寮を出た。

虎ノ門のオフィスにはすでに山森が出社していた。聞けば会議の後、何人かで明け方まで飲み、オフィスのソファで仮眠を取ったのだという。

「おい、小野寺さんや片岡さんたちが社長のところに行ったぞ」

高橋がオフィスに駆け込んできた。

「小野寺さんたち、会議の後も飲みながら議論したらしい。結論は『やはり諦めない』だそうだ」

雨宮はオフィスを飛び出した。

社長室では小野寺、片岡、木下、種野たちが森山社長に直談判をしていた。

「いまの場所でいきたいというのは君たちの総意か」

「はい」

小野寺がうなずく。

「あれからみんなで話し合って、ここで諦めてしまったら、再起は難しいという結論になりました」

「我々には法律上の瑕疵はありません。粘り強く、誠意を持って住民に対応すれば、いつかは理解を得られるかと思います」

木下が言う。

「しんどい交渉になるぞ」

「覚悟しています」

「ふむ……」

森山は頬を強ばらせ、腕組みした。

全員が森山を見つめる。

森山は腕組みを解き、こくりとあごを引いた。

「みんながそこまで覚悟しているなら、やろう」

「本当ですか！」

片岡がすっとんきょうな声を出す。

森山は再びうなずき、全員がほっとしたような笑顔を浮かべた。

社長室のドアを開け、そっとやりとりをうかがっていた雨宮もまた安堵のため息をついた。


「厳しい交渉は覚悟している」なんて言わなければよかったかもしれない――そんな後悔が小野寺や野村たちの脳裏をよぎった。多摩市役所の会議室を借りて開いた説明会での住民たちの主張は強硬だった。

住民側代表がマイクをつかんで言う。

「あなたたちが建設しようとしているネットワークセンターは床面積約八千平方メートル、三階建ての建物に加え、マイクロウェーブを送受信する高さ約八十メートルの無線タワーがそびえると言います。そんなものが道路一本挟んだ目の前に建ったら景観を損なうし、テレビやラジオの受信にも障害が出てしまう」

「それだけじゃありません」

別の住民が続ける。

「工事中はトラックがひっきりなしに走り、騒音が発生します。完成後も尾根幹線を走る車の物音が建物に反射してうるさいはずです」

小野寺はマイクを手にした。

「私どもは皆さんのご意見を真摯に受け止めたいと考えております。受信障害が発生すれば共同アンテナを設置させていただくなどの補償措置を必ず講じます。景観についても最大限配慮しまして、できる限り周囲の調和を破らないよう設計・施工いたします」

「できる限りとはどういうことですか」

だれかが詰《なじ》った。

「それは……」

「日照はどうなります。我々としてはそれも大問題です」

別のだれかが叫ぶ。

「日照についてはきちんとした試験を行いました。皆さんの日当たりに影響が出るのは冬の間の夕方一時間程度にすぎないと……」

「信じられないぞ！」

「日照実験のデータを開示しろ！」

怒声が投げつけられた。

「とにかく私どもとしては電気通信の自由化を推進し、市民サービスを向上させるために予定どおり着工したいと考えております。どうかご理解をたまわりたいと存じます」

小野寺や野村たちは頭を下げたが、会場は騒然となった。


十一月十五日、東京ネットワークセンターの起工式が催された。住民側の怒声は説明会のときよりもいっそう激しいものになっていた。

「工事を中止しろ！」

「ここから出ていけ！」

そんな叫び声が、工事の安全を祈り唱える神主の祝詞《のりと》奏上《そうじょう》をかき消してしまう。

景観や難視聴に加えて、マイクロウェーブが体に悪影響を及ぼすのではないかという疑いが住民の間に芽生えていたのだ。第二電電側は健康リスクはないと説明したが、目に見えないものだけに一度わき上がった不安を払拭するのは難しい。このため東京ネットワークセンターの起工式は騒然とした雰囲気の中で執り行われなければならない状況に陥ってしまっていた。

「やめろ！」

「いい加減にしろ！」

そんな怒声が飛び交うなかを、

「こちらへ……」

と神主にうながされ、森山が立ち上がった。

玉串を持ち、神前に捧げようとしたその刹那、何かがしめ縄で囲まれた祭場に投げ込まれた。

鈍い音がして森山の背広に大きな黒い染みができる。

泥だった。

何者かが工事現場の泥を投げつけたのだ。

「それは災難だったね」

起工式でのトラブルについて森山たちから報告を受けた稲盛は気の毒そうに眉をしかめた。

「びっくりしましたよ。最初は何をされたのかわからなかった」

森山が苦笑する。

「泥を投げつけるなんていきすぎだね」

「住民の大多数は紳士的で、話し合いでの解決を望んでいますが、一部にはねかえり者が出てきているんです」

「どうしたものか……」

野村のため息まじりの問いかけに、稲盛は言った。

「もう後には退けないのだから、住民の人たちの理解を得るため誠意を持って対応するしかないな。もちろん相手は人の感情というとらえどころのないものだから大変だけれど、考えてみれば、我々がやろうとしている電話のサービスは、一面で人の感情を相手にするものだ。ここは乗り越えなければならない試練だと思って、やるしかない」

「会長の言うとおりです。諦めず続けましょう。あれでもう怖いものはなくなりました。私も覚悟を決めましたよ」

森山はきっぱり言った。

小野寺や野村、木下、下坂たちはこれまで以上に熱心に戸別訪問を続けた。

その一方で、土曜日か日曜日に開かれる地域住民との対話集会にも必ず出席した。住民の多くは大企業や官庁などに勤めるサラリーマンなので、話し合いはどうしても土、日になってしまうのだ。

ストレスの募る仕事だった。木下は心労から尿酸値が上がり、痛風の症状が出たりするようになってしまった。

それでも住民の反発はいっこうに収まらなかった。

とりわけ今年――一九八六年一月、交渉をいったん打ち切らざるを得ないと宣言して、二週間休んだ工事を再開したときなどは、百人を超える住民が現場に集結して工事中止を訴える反対運動が起きた。なかには第二電電の社員と見ると、つかみかからんばかりに憤る住民もいた。

しかし、それから二カ月ほどが過ぎ、工事現場に鉄骨が組まれたころから、住民たちの態度に変化が見えるようになった。住民側代表からもう一度、話し合いのテーブルについてくれないかとの申し入れがあったのだ。

以降は野村と、自ら希望して京セラから第二電電に転籍し、総務部長に就任した日沖昭たちが交渉の矢面に立つことになった。

三月が過ぎ、四月に入ると、まるで氷が溶け出すかのように、工事中止一点張りだった住民側の主張が補償の条件面での折り合いを模索する方向へと変化していった。戸別訪問や対話集会への出席が少しずつ住民側に理解をもたらし、時間の経過がささくれた気持ちを次第に和らげていったのだ。

日沖や野村はさらに何度も対話集会への出席を重ねた。補償条件を提示し、それに対する住民の意見を聞き、再度、補償条件を提示した。

一九八六年五月下旬――。

数十回にわたる対話集会を経て、第二電電と住民側はついに最終的な補償条件の交渉に入ることに合意した。

その日、最終的な補償条件を携えて集会所に向かったのは日沖と野村だった。住民に提示する条件は、次のとおりだ。

共同アンテナなど受信障害の補償に加え、景観に配慮して尾根幹線側の土手に桜並木を植樹する。さらに集会所を建て、町内会に寄付する——。

住民側の主張を何度も聞いて練り上げた内容なので、大多数の出席者の理解を得られる自信はあった。

もちろん強硬な住民もいるので予断は許さないが、八方ふさがりだった前途には明らかに光が灯っている。

協定書の締結まで、あとわずかだった。

「ゴールはもうすぐそこだな。野村くん……」

「ええ、そうですね」

二人は声を掛け合い、これまでよりもはるかに軽い足取りで集会所へと急いだ。

クマゼミが鳴きしきる八月初め、山森は出来山の頂に立ち、完成に向けて急ピッチで工事が進むリレーステーションの鉄塔を見上げていた。

東・名・阪に建設する八つのリレーステーションは今月中にすべて完成する予定だった。名古屋、大阪のネットワークセンターはまもなく工事が終わり、最も遅れていた東京ネットワークセンターもようやく竣工のめどが立った。

住民との軋轢《あつれき》は完全になくなったわけではないが、第二電電と住民側は条件面で折り合うための協定書の詰めに入っており、解決に向けて進んでいる。

このまま工事が順調に進めば、独自のルートを計画し、用地買収に動き出してから二年四カ月でマイクロウェーブのルートが完成する。「どんなに遅くても二年半」という目標は達成確実だった。

さらに総合試験を行って決定的な問題が出なければ、十月中には最初のサービスである企業向けの専用サービス――東京・名古屋・大阪間の直通電話サービスを始められるだろう。

新聞報道によると日本テレコムは九月に専用サービスを始めるという。第二電電はそれにさほど遅れることなく事業を始められるのだ。一方、日本高速通信のサービス開始は十一月だから逆に約一カ月先んじることになる。

「通信のことなど何も知らなかった俺たちでも、純粋な思いがあれば、思いさえあればやれるんだな」

これほどの充実感を抱いた経験は生まれて初めてだった。汗みどろになって山の中を歩き回り、地主をなかなか見つけられず途方に暮れた日々の苦労が、形になって報われた思いだった。

山森は一昨年の夏に開かれた決起コンパのことを思い出していた。

一九八四年七月、京セラ東京中央研究所の地下一階にある広い和室に全社員が集まり、刺身やフライなどの料理を肴に焼酎を飲みながら、一人ひとりが事業にかける意気込みや抱負を語ったのだ。

山森たち新入社員も稲盛にうながされ、事業への思いを吐露した。

そのとき、稲盛は目を閉じて話に聞き入り、時おり深々とうなずいたりしていた。それを見て、この人は人の話を聞く姿勢がいつも真剣なんだなと山森は胸を打たれたのを今でもよく覚えている。日本を代表する経営者の一人である稲盛からすれば、俺たちはそれこそ小僧のような存在なのに全身全霊を傾けて聞いてくれるのだ。

最後に稲盛が立ち上がった。

「稲盛さん、そろそろお言葉を。今日は第二電電一期生も全員集まっていますから……」

そう言う森山に、稲盛は「いや、事業会社の立ち上げは来年だから、一年早く加わった彼らはマイナス一期生だな」などと混ぜっ返し、第二電電に賭ける思いを話しはじめた。

「百年にわたる技術の蓄積と、莫大な資金力を持つ電電公社に比較すれば、我々はまさに徒手空拳、何も持っていないのに等しい存在です。しかし『日本の電気通信事業に正しい競争を起こし、電話料金を安くする』その目的に賭ける思いの深さ、純粋さはだれにも負けません。そして歴史を振り返れば、だれがやってもうまくいくはずがないと思われた大変困難な事業を成し遂げたのは、知識や技術や資金を持つ者ではなく、むしろ何も持たず、ただ志がピュアな人たちです。どうか皆さん一人ひとりが情熱を持って精一杯考え、工夫し、努力し、挑戦と創造に取り組んでください。事業を成し遂げるのに最も大切なのは心です。一人ひとりの思いが困難な仕事を達成させるのです」

そのとき、山森は毎日毎日忙しいのに、朝から晩まで働きづめなのに、なぜこんなに頑張れるのか気づいた。

「俺たちは組織の歯車の一つではないのだ。創意工夫を凝らし、情熱を持って事業に貢献することを期待されているのだ。だから頑張れるのだ」と。

山森はリレーステーションを見上げたまま深呼吸した。深い緑の香りがした。

第3章　弱者がトップに躍り出る

1

一九八六年九月——。

朝のミーティングを終えた石川雄三は大阪・淀屋橋の雑居ビルにある第二電電・大阪事務所を出て、御堂筋通りを足早に歩いた。九月初旬の大阪は残暑というより盛夏を思わせる暑さで、たちまち大量の汗が噴き出してくる。

地下鉄の階段を下り、御堂筋線に乗り込む。訪問先は大手の塗料メーカー、目的は専用サービスの営業である。一九八五年九月、中小の繊維関係の会社を辞め、第二電電に入社した石川は、大阪事務所が十月に開設されたのと同時に大阪に転勤になり、法人向けの専用サービスの営業を担当することになったのだった。

「いやあ、電話の営業だなんて最初に言われたときは驚いたよ。電話というものは、こちらが電電公社にお願いして引かせてもらうのが当たり前で、営業に来るなんて考えられなかったからね」

総務課長はそう言って石川が差し出した名刺をしげしげと見つめた。

「おまけにあなた、第二電電なんて言われたでしょう？　てっきり電電公社の子会社かと思いましたよ。それで、専用サービスと言ったね」

「はい、約一カ月後の十月二十四日に営業を始めるサービスでして……」

石川は鞄からパンフレットを取り出し、専用サービスとは、お客様に専用の通信回線を提供する法人向けのサービスだと説明した。

「定額料金ですので、御社のように大阪―東京間の通話が多い会社ですと一般の公衆回線を使うよりもずっと電話代を抑えられます」

「電電公社……ではなくてＮＴＴと比べてどれだけ安いの」

「アナログ回線の場合、大阪―東京間は一回線が月額二十七万円ですので、ＮＴＴより約七万円、二十三パーセント安くなります。高速のデジタル回線ですと、よく使われる毎秒一・五メガビットの回線が大阪―東京間で月額三百三十五万円となり、ＮＴＴより約八十五万円、二十四パーセント安くなります。つまり、アナログを十回線使われたとしますと月に七十万円、年間では八百四十万円ものコストを削減できるわけです」

総務課長は興味深げにパンフレットを手に取った。

本社ビルを出たところで、石川はふうとため息をつき、ネクタイをゆるめた。感触は悪くなかった。それどころかかなりよかったと思う。

しかしどんなに前向きの反応を示してくれても、お客さんになってくれるとは限らない。契約を獲得するまでには、いくつものハードルを乗り越えなければならないのだ。

午前十一時、塗料メーカーへの営業を終えて戻ってくると、机の上にメモが置いてあった。今朝会ったばかりの総務課長から電話があり「戻り次第、折り返してほしい」という。

石川は受話器を取った。

「あなた、今日、いいことばかり言っていたけれど」

総務課長がいきなりまくしたてた。

「あなたたちの電話、無線じゃないですか。信頼性の点で問題はないの？ 先日も沖縄かどこかで無線の電話が止まって、利用者がえらい迷惑した事故があったと聞いたよ」

「私どものマイクロウェーブはＮＴＴではすでに二十年間の運用実績がある完成された技術なんです。豪雨や濃霧などで通信が途絶えた事故はこれまでに一度もありません。少し専門的な話をしますと、集中豪雨でダウンして利用者に迷惑をかけたのは二十六ギガヘルツの準ミリ波と呼ばれるマイクロウェーブで、私どものものは信頼性の高い五ギガヘルツのマイクロウェーブなんです。アメリカの新電電であるＭＣＩも使っていまして……」

「えらい難しい話だな。あなた、それ、我々の部長に説明してもらえないかな。実はパンフレットを読んで、これはいけるかもしれないと部長に話したんだよ。そうしたら部長が無線は止まるんじゃないかと言い出してね。あなた、また来てもらえませんか。早い方がありがたいのだけれど……」

「明日、うかがいます！」

石川は勢い込んで言った。


翌日、石川は総務課長にしたのと同じ説明を部長にもした。部長も次第に興味を示してくれた。無言のうなずきが「なるほど」という相づちに変わり、やがてメモを取りはじめたのだ。

「安いというのは魅力だね。通信費は企業活動の基礎コストだから安ければ安いほどいい」

石川の説明をひととおり聞いた部長は感心したように言った。

その日の夜、石川は総務課長から電話をもらった。

「あなたたちの専用サービスのこと、来週、経営会議に諮《はか》ることになったよ。それで今日、取締役に根回しに行ったんだけれど、いい感触だった。それでね、近いうちに今度は取締役に説明してもらいたいんだが」

「承知しました」

電話を切った石川は上司である大阪事務所長にいいニュースを報告しようと腰を浮かせたが、すぐ思い直した。まだ確定したわけではないのだ。それに成約まであと一歩のところで話が流れてしまった例はいくつもある。一介の営業マンにはどうすることもできない天の声が働いて、ひっくり返ってしまったのだ。

嫌な予感は当たった。

部長に続いて取締役にも同じ説明をした数日後、電話をかけてきた総務課長の口調がこれまでよりていねいだったのを聞いて、石川は悪い知らせだなと直感した。

「実は折り入ってお知らせしたいことがありましてね。一度そちらにお邪魔させてもらおうかと……」

「もしかして、悪い知らせですか」

総務課長は押し黙った。

「もしよろしければいまこの電話で……」

「私も部長もあなたがたと契約するつもりだったんですよ。取締役も前向きだった。それが……うちの社長のところに花井さんが来られましてね」

総務課長は花井正八トヨタ相談役のことを言ったのだった。花井相談役は日本高速通信の会長を務めており、積極的にトップセールスを行い、トヨタの購買力を使って顧客を獲得していた。今度もまた彼にしてやられたのだ。

「なんとかなりませんか。私の方から役員の方に直接説明させていただいて……」

「花井さんが出てきたらもうどうにもなりませんよ。うちはトヨタ自動車さんに車のボディーに塗る塗料を大量に買っていただいている。花井さんから『もう少し余計に買ってもいいですよ』なんて言われたら、うちの社長としては『うん』と言うしかないですよ」

受話器を置いた石川は重い足取りで上司である大阪事務所長の席に向かった。報告を聞いた上司の落胆する顔が目に浮かんだ。


同じ日、東京・虎ノ門にある第二電電本社――。

大阪事務所長から「Kペイントも結局、日本高速通信に取られてしまった」と電話で報告を受けた営業本部長の楢原常栄は、受話器を置き、ため息をついた。

またしてもライバルに顧客を奪われてしまった。新電電三社の初陣である専用サービスの開始を目前に控えた顧客獲得競争で、第二電電の敗色は日を追うごとに濃くなっている。日本高速通信と日本テレコムに契約者数で水をあけられる一方なのだ。

最大の理由は、取引関係の壁だった。

日本テレコムの母体である国鉄や、日本高速通信の母体である建設省・道路公団、大株主であるトヨタは、日本でも有数の部品・資材・サービスの買い手である。彼らの購入先は鉄鋼、建設、電機、トイレタリーなど多岐にわたり、それぞれの業種を代表する大企業も少なくない。

日本テレコムや日本高速通信は親会社や大株主の購買力を後ろ盾にし、労せずして顧客を獲得しているのだ。「おたくからもっと部品を買ってあげるから、専用サービスに加入してください」と。

第二電電はそんな取引関係のコネに乏しい。ヒト、モノ、カネに加えて既得権にも恵まれていないのだ。このため日本テレコムや日本高速通信と競合した顧客はほとんど彼らに奪い取られてしまった。

もちろん、椙原たちは手をこまぬいていたわけではない。営業体制を強化するため中途採用の募集を行い、千人を超える応募者の中から十数人の選りすぐりを社員として採用した。そして椙原を含め、皆で休日返上で通信の仕組みや法律を勉強した。通信の営業にきっと役立つはずだと考えたからだ。

さらに国鉄やトヨタの購買力が及ばない顧客を開拓しようと努力した。日本テレコムや日本高速通信との取引関係に縛られていない企業を掘り起こそうと努めたのだ。

しかし、椙原たちの努力は報われなかった。専用サービスの需要があるのは、東京・大阪に本・支社を持つ企業か、NTTや新電電から回線を借りて付加価値通信網(VAN)

などのサービスを手がけようと考えている第二種電気通信事業者に限られ、その多くは国鉄やトヨタに部品や資材、サービスを納入している大企業だからだ。

それでも諦めるつもりはまったくなかった。第二電電の立ち上げを成功させることは、出向元であるソニーの盛田昭夫会長との約束なのだ。

楢原が第二電電に加わったのは盛田会長から直々に出向を打診されたからだ。大学院で鉱物の物理化学的な特性を研究していた楢原は、一九六九年にエンジニアとしてソニーに入社したが、ソニーでは研究開発だけでなく、海外プロジェクトのマーケティングや、デジタル技術と通信を結びつけたニューメディア事業の立ち上げを担当した。その経験を見込まれての人事だった。

「稲盛くんが第二電電企画を立ち上げたのを知っているな。ソニーを代表して出向してくれんか」

盛田からそう言われたとき、楢原は「ぜひやってみたいです」と即答した。百年に一度の挑戦にかかわれるのは企業人として最高の経験だとソニーで培われたベンチャー精神がうずいたのだ。

「なんとかしなければ……」

楢原は心の中で自分に言い聞かせたが、挽回する手だてはまったく見つからなかった。

稲盛は定例の会議に出席するため、会議室に入っていった。

議題は専用サービスの営業についてである。

現状については、楢原や種野に詳しく聞いていた。「一つでも多く注文を取ろうと現場は必死に頑張っているが、苦戦を強いられており、日本テレコムや日本高速通信に大きく水をあけられている。しかも差はつまるどころか日を追うごとに大きくなっている」。説明する楢原たちの顔には追い詰められた危機感がにじんでいた。

以来、稲盛は専用サービスの営業についてずっと考え続けた。楢原は挽回する手だてが見つからないと言う。本当に手だてはないのか。だとしたら第二電電としてどうするべきか、考えに考え抜いた結果、稲盛は一つの結論を見いだしていた。

「それでは始めましょうか」

稲盛は皆に声をかけた。

「周知のように、我々は専用サービスで大変な苦戦を強いられています。しかし、この現状は、こう言うとあるいは語弊があるかもしれないが、僕にとってはある程度、予測できたことでした」

皆が驚いた顔をして稲盛を注視した。

「中小企業を経営していると、日本の企業がいかに系列や取引関係のしがらみに凝り固まっているのか嫌というほど思い知らされるものです。京セラもベンチャーと言えば聞こえはいいが中小企業だったから、セラミックの営業に行っても『うちは何々系だからどこそこから買います』なんて断られるのは日常茶飯事でした。ましてや国鉄やトヨタのバイイングパワーは強大です。それを考えると、この状況を一朝一夕に改善するのは困難だと言わざるを得ません。ではどうしたらいいか。ずっと考えていて、問題の本質を見て対応すべきだと思い至りました」

「本質？」

怪訝な顔をした楢原に、稲盛は問いかけた。

「第二電電の目的は？」

「電気通信に正しい競争を起こし、電話の料金を下げる……」

「そのとおり。ではその目的を果たすために我々がやらなければならないことは何か。営業成績を改善するために抜本的に解決しなければならない問題は何か。虚心坦懐に考えたら答えが見えてこないかな？」

稲盛は全員を見回して言った。

「ただちに営業の陣容を抜本的に変えたいと思います。これまで我々は専用サービスを売り込むために法人を対象に営業活動をしてきたけれど、来年——一九八七年九月には一般の人たち、個人や家庭、商店の人たちに対して長距離の電話を提供する市外電話サービスがスタートします。それに向けて市外電話サービス専任の営業部隊を今のうちに作り、人材をそちらに振り向けたい」

「専用サービスの営業は、縮小するんですか」

種野が聞いた。

「そのとおり。ただちに撤収して『いざ桶狭間へ』というわけだね」

「名案だと思いますね」

種野が言った。

「市外電話サービスなら系列や取引関係に縛られない自由な競争ができます。それに市場規模も専用サービスが年間四百億円と推計されているのに対して、八千億円に達すると見られていますから」

「それもそうだが……」

稲盛は言った。

「何よりも第二電電は一般の国民のために電話料金を下げるという志のもとに始まったのだから、一般の国民のサーバントとして安い市外電話サービスを提供するのが筋ではないかということだね。さらに言えば、日本テレコムも日本高速通信も専用サービスで注文が取れるものだから有頂天でそちらに専心しているので、今のうちにこちらの陣容を整えれば、本番である市外電話サービスで必ず巻き返せるはずです」

「専用サービスの借りは本番の市外電話サービスで返すというわけですね」

種野が言い、楢原が続けた。

「ただちに手を打ちます。市外電話サービスの開始までまだ一年あります。それだけあれば日本テレコムや日本高速通信に大きく差をつけられる」

「その意気です。しかし、楢原くんだけではなしに、ここにいるみんなも知恵を出し、工夫を凝らして、営業に取り組んでほしい。例えば代理店のネットワークを作る場合でも、中小企業や個人商店に食い込んでいる業者はだれなのか、一般の家庭になじみがある業者はだれなのかをよく考えてほしい」

会議室を出たところで森山が稲盛に声をかけた。

「感服しましたよ。軸がぶれていないというか、常に原点に立ち返って決断を下される。今日もそれを痛感させられました」

「いやいや……」

稲盛は照れた顔をした。

「私は中小零細企業から身を起こした人間なので、系列やら会社の格やらがとりわけ大事にされる日本の企業社会の中でさんざん辛酸をなめてきましたからね。『この戦いは我に利あらず』と直感が働いたんだと思う」

稲盛は森山の顔を見つめた。

「体調は大丈夫ですか。顔色が少しよくないみたいだが……」

「いえ……昨晩、飲みすぎただけで、快調とは言えませんが、とりたてて悪いところもありません」

「僕も酒は嫌いじゃないけれど、深酒は禁物ですよ」

森山は苦笑した。

「役人時代にもいろいろありましたが、ここまでの経験は初めてで、クールダウンしないと寝つけませんでね。稲盛さんこそ恐ろしく多忙でしょう? 毎週一、二度は上京されて、会議や打ち合わせや面会をこなされてる。お互い体には気をつけましょう」

市外電話サービスへの営業担当者の重点配置を決めた会議から約一カ月後、楢原は東京・山手線の駅にほど近い電話設備業者の店舗を訪ねた。

店主と挨拶をかわした楢原はさっそく本題を切り出した。

「私どもの営業代理店になっていただけませんか」

「うちが第二電電さんの代理店を……ですか?」

店主はぽかんとした顔で楢原を見つめた。

楢原はうなずき、来年——一九八七年九月に営業を始める予定の市外電話サービスのチラシを渡した。

「こちらにも書いてあるとおり、私どもは通話料金をNTTより二、三割安くする予定です。もちろん料金は郵政省の認可事項なのであくまで予定ですが……」

「料金のことはさておいて、驚きましたよ。営業本部長さんが直々に来られたのも驚いたけれど、うちに代理店にならないかというのにはもっと驚きました。うちは電話設備会社でルートセールスの経験はないんですよ」

「ルートセールスの必要はありません。御社は駅周辺の商店や会社の電話設備の工事を請け負っていますよね。電話の増設とか、ボタンを押すと内線で使えるキーテレフォンの導入とか、そんなご相談を商店や会社の方々から受ける機会も多いと思います。そんなとき、私どもの市外電話サービスを商店や会社の方々に紹介していただければと思うんです」

店主はうなずき、チラシに目を落とした。

電話設備業者は、主に中小企業や個人商店が電話を引くとき、電話機や構内交換機（PBX）の設置工事を行う業者である。商店や企業とNTTとの間に入って、電話を引くための手続きを代わりに行うこともある。個人商店や中小企業にしてみれば、電話についていろんな相談・注文に応じてくれる便利で頼りになる存在であり、こと電話に関しては中小企業や個人商店に最も深く食い込んでいる業者と言っていい。

楢原たちはそこに目をつけたのだった。電話設備業者の全国組織である全国電話設備協会に協力を依頼し、協会が紹介してくれた電話設備業者を営業担当者総出で一軒一軒訪ね、市外電話サービスの販売代理店になってほしいと口説いていったのだ。今日のように営業本部長である楢原自身が直接、訪ねることも時にはあった。

チラシを興味深げに読んでいた店主は、楢原に視線を戻した。

「利用者自身は、第二電電用に電話機を買い換えたりしなくてもいいわけですね」

「そのとおりです。加入のお申し込みをいただいたら、私どもがNTTに連絡して私どもの回線を使えるようにNTTの交換機にシステムを組み込んでもらいます。それが終われば、お客様は私どものアクセスナンバー、つまり識別番号である〇〇七七を回してから、これまでどおり相手の番号を回すだけで、市外電話サービスを利用できるようになります。もちろんNTTへの連絡などの手続きはすべて私どもがやります」

「なるほど、そういうことならやれるかもしれませんな。私どもは、おかげさまでお客さんからそれなりに頼りにされておりますので、『実はこういうサービスがあるんです』と紹介したら、興味を持ってくれるかもしれない」

「ありがとうございます。それでは料金体系やお宅様にお支払いするマージンについて説明させていただきます」

楢原は鞄から資料を取り出した。

東京・虎ノ門にオフィスを構える営業本部は活気に満ちていた。電話で訪問の約束を取り交わす声がひっきりなしに飛び交い、外回りに向かう営業担当者と戻ってきた営業担当者がすれ違う。

「日本テレコムと日本高速通信が専用サービスにかまけている間に市外電話サービスで差をつける」

その決断が営業担当者たちのやる気に火をつけ、専用サービスで苦杯をなめさせられた悔しさをバネに変えたのだった。

オフィスに戻った楢原は、席についたとたん部下に声をかけられた。

「楢原さん、蒲田のOA機器販売店さん、オーケーでした」

「やってくれるのか」

「はい。とても興味を示してくださいました」

「それはよかった。ごくろうさん」

楢原は笑みを浮かべた。

販売代理店にと目をつけたのは電話設備業者だけではなかった。楢原たちはパソコンなどOA機器の販売業者とも代理店契約を結ぼうと一軒一軒、訪ね歩いていた。

さらに近々、第二電電の市外電話サービスを広く知ってもらうためのアイデアを実行する予定だった。百貨店やスーパーマーケットと組み、店内にサービスカウンターを置いて市外電話サービスの加入を受け付けられるようにしたり、第二電電の市外電話サービスがどのくらい安いのかを知ってもらうPRコーナーを設けたりするのだ。三越が乗り気になってくれていて、日本橋本店のギフトセンターにもサービスカウンターを置く話が進んでいた。

一般的には、市外電話サービスのような広い地域にまたがるサービスの代理店網を作るには、全国に販売網を持つ商社に任せるのが常識だ。日本テレコムや日本高速通信はきっとそうするに違いない。

しかし稲盛会長の指示は違っていた。

「徒手空拳で始めた我々が楽をしようと、持てる者の真似をしてはいけない。知恵を出し、汗をかかなければ」

それを聞いたとき、稲盛の発言の意味をすべて理解したわけではなかった。

しかし、いまではその真意がよくわかった。商社に丸投げしていたら、ここまできめ細かい代理店網は実現できなかったし、百貨店やスーパーマーケットと組むアイデアも生まれなかっただろう。

市外電話サービスの開始まであと一年弱。

専用サービスを前哨戦にたとえれば、いわば決戦の火ぶたが切られるその日に向けて、いまや着々と営業面での布石が打たれていた。

2

市外電話サービスの開始に照準を合わせて新電電のどこよりも早く本格的な営業体制を敷いたことで、乗り越えるべき次の課題が稲盛の眼前に見えてきた。

それは、電話機に取り付ければ、お客がいちいち新電電のアクセスナンバーを回さなくても自動的にNTTよりも安い第二電電の回線につないで電話してくれるアダプターの開発である。

話は昨年——一九八五年十二月にさかのぼる。

郵政省に新電電三社の担当者が集められ、アクセスナンバーを割り当てるための抽選会が行われた。

三社に用意されたアクセスナンバーは〇〇七七、〇〇八八、〇〇七〇の三つ。

稲盛は「なんとしてでも〇〇七七を引き当ててくれ」と抽選会に出席する金田と片岡を送り出した。〇〇七七は覚えやすいし、何よりも験《げん》のよいダブルラッキーセブンだ。

結果は、見事に〇〇七七を引き当てた。

第二電電の幹部たちは喜びにわき返った。片岡などは抽選会の会場で「やった！」と叫び、郵政省の職員から「静かにしなさい」とたしなめられた。

しかし、稲盛は皆と喜びを分かち合う一方で、不安も抱いたのだった。

〇〇七七はたしかに覚えやすいが、加入者はいちいち〇〇七七を回してくれるだろうか。とりわけ忙しい会社員はそれを面倒臭がるのではないか。

もし〇〇七七を回してくれなければ、第二電電の市外電話サービスの通話量は上がらない。お客が相手の電話番号を回す前に〇〇七七を回すことで、第二電電の市外電話サービスを利用したとわかる仕組みだからだ。

稲盛はすぐ、アメリカに連絡を入れた。デジタル交換機を納入した、アメリカの中堅通信機メーカーであるデジタル・スイッチ社の本社に居残って残務を片付けている若手の社員に、アメリカの状況を調べてくれと指示したのだ。

「MCIやスプリントのような新電電を利用するには、数けたのアクセスナンバーを回さなければならないと聞いているが、利用者は本当にそうしているのか」と。

するとアメリカでは、スマートボックスやオートダイヤラー、アドバンテージボックスなどと呼ばれる、最も安い回線を自動的に探し出して電話するアダプターが普及している事実がわかった。アメリカでは十数けたにのぼるアクセスナンバーを打たなければならない新電電もあり、アダプターがなければとても利用できない状況だという。

やはり第二電電の市外電話サービスを使ってもらうためには自動的に〇〇七七を回してくれるアダプターが必要なのだ。

しかも第二電電は市外電話サービスを主戦場に定めた。アダプターの重要性はきわめて大きい。

一九八六年の秋が深まったころ、山科の京セラ本社で執務していた稲盛に「孫正義と名乗る方からお電話が入っていますが、いかがいたしましょう」と秘書が告げた。

「面識はないな。だれかな?」

「パソコンやゲームソフトの流通を手がけている日本ソフトバンクという会社の創業者だそうです。用件は……」

秘書はメモを読み上げた。

「『電話機に取り付ければ、お客が新電電のアクセスナンバーを回さなくても自動的にNTTよりも安い第二電電の回線につないで電話してくれるアダプターを開発したので買ってもらえないか』と。私にはなんのことやらさっぱりわからないんですが、稲盛さんならわかるはずだからぜひ取り次いでほしいとのことでした」

「『開発した』と言ったんだね」

「はい」

「電話を回してくれないか」

孫は電話口に出た稲盛に勢い込んで言った。

「近いうちにぜひ面会させていただけませんか」

十二月二十四日、日本ソフトバンク社長の孫正義――二十九歳の若い起業家は、アダプターの開発を担当したシャープの技術者と、ビジネスのパートナーである新日本工販社長の大久保秀夫を伴い、山科の京セラ本社にやってきた。新日本工販は電話機やオフィス機器の販売を手がける新興企業である。

一方、第二電電の側からは稲盛をはじめ種野、安達らが出席した。さらに京セラの幹部数人も同席した。

面会の目的はアダプターのデモンストレーションと、第二電電がアダプターを買い取る場合の条件面の交渉である。

午前中、孫はアダプターについて説明し、実演を行った。そこまではどちらかと言えば和気あいあいと進んだ。

しかし、条件面の打ち合わせを始めたとたん、雰囲気は変わった。

稲盛はアダプターを独占的に買い取る条件として日本ソフトバンクの年間売上高を上回る金額を提示した。それには徒手空拳でアダプターの開発に成功した若き起業家に報いてあげたい配慮もあった。

しかし孫たちは「第二電電だけではなく、日本テレコムや日本高速通信にも売りたい」と言い、使用料《ロイヤリティー》を要求したのだった。

「日本テレコムや日本高速通信にも話をしているんですか」

種野が聞いた。

「いえ、それはまだです。御社が初めてです」

「もしかしたら、第二電電を露払いにしようと考えているのかもしれんな」

稲盛は心の中でつぶやいた。

第二電電は新電電三社の中で最も規模が小さいが、意思決定は一番速い。その第二電電に商談を持ち込んでいち早く成立させれば、日本テレコムや日本高速通信も採用してくれると考えているのではないか。

さらにロイヤリティー収入ならば、アダプターが使われる限り、毎年それなりの金額が入ってくる。

いかにも野心的で優秀な若い起業家らしい考えではある。しかし、第二電電を利用したい意図が透けて見えるように稲盛には思えた。

やがて時刻は午後七時を回った。交渉が始まって半日、話し合いは依然として平行線をたどり、交わる兆しさえ見えなかった。

「孫さん、時刻もだいぶ遅くなってしまったので、そろそろ結論を出したいと思うんだけれどね」

稲盛は若い起業家を見つめた。

「私としては独占的な買い取りでなければ君たちとは契約しない。最後のチャンスなので
よく考えて答えてください」

「少し考えさせてください」

孫はそう言って大久保を見やり、小声で話を始めた。

やがて二人は諦めたようにうなずき合った。

「わかりました。ぜひ契約させてください」

孫が頭を下げ、稲盛はうなずいた。

「種野くん、もうしばらくここに残って孫さんたちと一緒に契約書をまとめてくれんか」

「わかりました」

種野の返事に、緊張の糸が途切れたようなだれかのため息がかぶさった。


翌日、稲盛が朝食を食べているとき、呼び鈴が鳴った。

「だれか来たみたい」

そう言って玄関に向かった妻は怪訝な顔をして食卓に戻ってきた。

「あなたにお客様よ。孫正義さんて方……」

「なんだって……」

稲盛は箸を置いた。

突然の来客は孫と大久保の二人だった。

ソファに腰掛けた二人はひどく神妙な様子ながら、決意を秘めた顔をしていた。

孫は言う。

「実はあれから一晩考えまして、やはりどうしても僕たちとしては第二電電だけではなく他社にも売りたいんです」

「君たちはうちの種野とあれから契約書をまとめたんだろう？　それを一晩で反故にするというのか」

「申し訳ありませんが……」

孫は頭を下げた。

「僕としては君らに最大限の譲歩をしたつもりなのに、この期に及んでもほかにも売りたいという。虫がよすぎないか？」

稲盛は立ち上がった。

「もういい。ほかに売りたいのならそうすればいい。君たちが一生懸命考え、作ってくれたことには敬意を表したいが、うちとの取引はご破算にしよう」

ひとり応接室に残った稲盛は決断した。

アダプターを独自に開発する——。

市外電話サービスの開始まで九カ月ある。必死に頑張れば間に合わないことはない。

山科の京セラ本社に出社した稲盛は東京の森山に電話を入れ、アダプターを独自に開発したいので至急、人材を集めてもらいたいと指示を出した。

久しぶりに見る日本の空には重苦しい雨雲が低くたちこめていた。

成田空港の到着ロビーを出た近義起《ちかよしおき》はコートのえりを立て、背中を丸めて京成スカイライナーの乗り場を目指した。

一九八六年も残りわずかとなった師走の国際空港はいつもよりずっと華やいで見えたが、これから取り組まなければならない仕事のことを考えると、とても浮き立つ気分にはなれなかった。

この数カ月間、近はアメリカにいた。第二電電がデジタル・スイッチ社から購入したデジタル交換機の仕様を、第二電電のシステムに合わせるため、テキサス州にあるデジタル・スイッチ社に居残って仕事をしていたのだ。

それが突然の帰国命令だった。

国際電話をかけてきた上司の深田三四郎は言った。

「市外電話サービスの開始をにらんで、最も安い回線を自動的に探し出して電話するアダプターを独自に開発することになった。君も担当者の一人だ」

近は大急ぎで後任に仕事を引き継ぎ、成田行きの飛行機に飛び乗ったのだった。

翌日、近はアダプターの開発計画について深田から直接、説明を受けた。

深田の指示は想像していたよりもずっと厳しいものだった。

まず納期は来年九月。市外電話サービスの開始までに何がなんでも間に合わせなければならないという。

さらにアダプターにはこれまでにない画期的な機能を盛り込みたいと深田は続けた。料金改定のデータをオンラインで書き換えられるようにするというのだ。

「最も安い回線を自動的に探し出して電話するのがアダプターの機能だが、そもそも電話会社の料金体系はずっと同じではないだろう？　とりわけ今後は四社が競い合うのだから、うちだけではなく日本テレコムも日本高速通信もＮＴＴも競って料金を下げていくに違いない。料金体系はそれこそ猫の目のようにどんどん変わっていくはずだ」

深田はそう前置きしてから言った。

「そうした料金体系の変更に対して、アメリカのスマートボックスやオートダイヤラーは手作業で対応している。担当者が利用者の自宅を訪ねて直接データを書き換えたり、本体に差し込むカードに料金のデータを書き込み、変更のたびに新しいデータを入力したカードを郵送したりするんだ。こんな手間も時間もかかるやり方では、複雑かつ頻繁に変更される日本の料金体系に早晩、対応できなくなるのが目に見えている。そこで、料金改定のデータを電話回線を使ってアダプターに送り、アダプターの中にある料金テーブルを自動的に書き換えられるようにする」

「深田さん、マジですか」

近は深田を食い入るように見つめた。深田は電電公社ではデータ通信の専門家だった。その経験に基づいた発想だろうが、あまりにも突飛に感じられて、どのようにすれば実現できるのか見当もつかない。

「マジだよ。当たり前だろう? いいか、開発する機種は二種類、複数の回線を制御できる法人向けと、一回線を制御する一般家庭向けだ。基本的な仕様は俺が考えるから、それに沿って開発を進めてくれ」

こうしてスタートしたアダプターの開発だが、六人の担当者が休日も祝日も関係なしにずっと深夜まで働いているのにもかかわらず、試行錯誤の連続でなかなかスケジュールどおりに進まなかった。

深田のアイデアを踏まえた仕様書が完成したのは一九八七年一月。それに基づいて、複数の回線を制御できる法人向けを通信機メーカーの日通工に、一回線を制御する一般家庭向けを京セラに発注した。京セラは一九七九年に市民バンド(CB)トランシーバーなどの通信機器を手がけるサイバネット工業を同社の要請に応じて傘下に収めており、通信機器の技術者を抱えていた。

しかし新電電三社とNTTの電話料金体系は予想以上に複雑で、料金テーブルをソフトウエアに組み込むのが大変だった。

さらにNTTの電話回線に使われている交換機にはいくつもの種類があり、それぞれ通信の手順が異なっているのも開発の障害になった。

とりわけ未だに多く使われている旧式のアナログ交換機は、〇〇七七に加えなんと十二けたの識別番号をダイヤルしなければ第二電電の利用者だと認識してくれない。近たちは複数の交換機に対応できる機能をアダプターに盛り込まなければならなかったのだ。

しかし、自分でも不思議なのだが「嫌だなあ」という思いはまったくなかった。それどころか目標に向かって一歩ずつ進んでいる高揚感が常にあった。

たぶん後輩たちも同じだと思う。いやアダプターの開発グループだけではない。全社員が文化祭の準備をしている高校生たちのような初々しい高揚感に満ちている印象なのだ。

だから皆、本当によく働いている。営業担当者たちにしても、外回りから帰ってきた後、夜の繁華街でポケットティッシュを配ったりして、第二電電の市外電話サービスを広く知ってもらおうと頑張っている。

なぜこのように全社員が一丸となれるのだろう。

心から納得できる目標を皆が共有しているからに違いない。

「電気通信に正しい競争を起こし、電話料金を安くする」

近自身、稲盛会長から直接この言葉を聞いたとき「絶対にやり遂げてやるぞ」という熱い思いが胸にわき上がったのだった。

「昨日も徹夜か？」

深田だった。表情がにこやかだ。

「できたぞ」

深田は口元をほころばした。

「何が」

「ソフトウエアに決まっているじゃないか。日通工の担当者から連絡があって、ソフトウエアが完成して、アダプターはきちんと動いたそうだ。試作品《プロトタイプ》はまもなくできあがる。もう完成したも同然だな」

「やった！」

近は立ち上がった。「バンザイ！」と叫ぼうと思ったのだ。でも体に力が入らず、へなへなと椅子に座り込んでしまった。

3

市外電話サービスの営業とアダプターの開発に必死で取り組んでいた第二電電は、一方で、別の難しい問題に直面していた。

それは第二電電の電話網をNTTの市内電話回線網に接続する際にNTTに支払わなければならない付加料金《アクセスチャージ》の問題である。

第二電電、日本テレコム、日本高速通信の新電電三社が自前で構築したのは東・名・阪を結ぶ基幹の長距離回線だけだ。このため基幹の長距離回線をNTTの市内回線網に接続しなければ、個人も企業も新電電の市外電話サービスを利用できない。

そこで新電電三社はNTTの市内回線網との接続を希望し、NTTの合意を取りつけた。新電電がNTTの回線網との接続を希望したときにはNTTはそれに応じなければならないと一九八五年四月施行の電気通信事業法に定められているのだ。

その際、NTTは「新電電の料金が二、三割安い程度の適正な水準なら付加料金は取らない」と約束した。

ところが昨年――一九八六年の末、「消費税の導入時期がはっきりせず、料金改定がずれこみそうなので付加料金を取らざるを得ない」という理由にならない理由でNTTは姿勢を変え、付加料金を払えと主張するようになったのだ。

民間企業に生まれ変わったとはいえ、ＮＴＴによる市内回線網の独占は続いている。電気通信事業法の精神を否定するようなＮＴＴの姿勢は、独占企業による市場支配力の乱用と言っても過言ではなかった。

しかもＮＴＴの要求は付加料金だけではなかった。

第二電電など新電電の基幹回線をＮＴＴの市内回線に接続するには、ＮＴＴの交換機にシステムを組み込まなければならない。その工事費もＮＴＴは要求していた。

それればかりではない。第二電電はだれが回線を使ったのかを特定できる認証情報をＮＴＴから送ってもらう必要があった。その情報に基づいて利用者から通話料をいただくのだ。ＮＴＴはその情報料としてなんと一回線当たり最大で月額三百円か、一通話ごとに十数円を支払えと主張していた。

「……以上が付加料金などをめぐる概況です。ＮＴＴ側とは今年――一九八七年になってから本格的な交渉を始めまして、時には日本テレコム、日本高速通信の担当者たちと一緒に何度もＮＴＴを訪ねましたが、彼らの姿勢はまったく変わりません。とても厳しい状況です」

片岡はそう言って説明を締めくくった。

稲盛はうなずき、「粘り強く交渉を続けて、なんとしてでもＮＴＴの主張を覆してほしい」と指示を出した。

第二電電にとって、付加料金を撤廃し、工事費や認証番号送出費についても適正な料金にまで下げてもらうことは至上命題と言っていい。

NTTの言い分を呑まされてしまったら、彼らよりも高い料金を設定せざるを得なくなり、電話料金を下げるという使命を果たせなくなるからだ。といって、無理に安い料金を設定したら、経営破綻の淵へと自らを追い込んでしまう。

「わかりました。早急にNTTとの交渉に臨みたいと思います」

片岡はうなずいた。

数日後、片岡と木下はNTTとの交渉の場に赴いた。

しかし、NTTの姿勢は強硬だった。

「あなたがたは理由がよくわからないと言うけれどね、私どもが付加料金をいただきたい理由は、料金改定の時期の問題だけじゃないんですよ」

NTTの担当者は片岡と木下を交互に見ながら語気を強めた。

「我々電電は……いやNTTは、市外電話の黒字で地方の市内電話の赤字を埋めています。それならおたくら第二電電も、その赤字分を負担すべきじゃないかということですよ」

片岡と木下は顔を見合わせた。

「それもよくわからないなあ」

片岡は言った。

「なぜ私たちがあなたがたの赤字分を埋め合わせなければならないの」

「ですから……」

担当者は苛立った顔をした。

「あなたがたは我々にとってドル箱の東・名・阪の市外電話サービスに参入するという。要するにクリームスキミング——収益性の高い区間のいいとこ取りじゃないですか。我々はそういうわけにはいかない。全国に通信をあまねく普及させる供給責任を負っているんです。だから、応分の負担をしてくれと言っているんです」

「地方の市内通話が赤字なのは供給責任だけが理由ではないでしょう?」

木下が言った。

「要するにあなたがたの経営の問題だ」

「あなた、それは言いすぎじゃないか?」

担当者が目をむいた。

「とにかく付加料金はいただく。この決定は覆らない」

担当者は話は終わりだとばかりに立ち上がった。

半蔵門にある第二電電のオフィスへと戻る二人の足取りは重かった。

「稲盛さんや森山さんにどう報告しますかね」

片岡が冴えない顔で木下に聞いた。

「包み隠さず報告するしかないでしょうね」

「がっかりするだろうな」

「とにかく諦めず、何度でも交渉を続けましょう。『もうダメだというときから、本当の仕事が始まる』ですよ」

「そうですね」

二人は同時にため息をついた。


胸のつかえが取れないまま、重い足取りで会社に戻った片岡の机にメモが置かれていた。京都にいる稲盛会長から電話があり、折り返し電話がほしいという。

片岡は生唾を呑み込み、電話のボタンを押した。なにごとだろう。何か悪い知らせでもあるのだろうか。

電話口に出た稲盛の声は弾んでいた。

「片岡くん、新聞、読んだか。真藤のおやじさん、またやってくれたなあ」

「は？　あの……なんのことでしょうか」

気持ちがふさぎ、すべてのページに目を通す気力が湧かなかったのだ。

「新聞くらい読みなさいよ。真藤さんのエール、無駄にしなさんな」

稲盛は電話を切った。

片岡は慌てて今朝の新聞を鞄から出し、ページをめくった。

「真藤社長表明『新電電の料金適正なら、付加料金は不要』」という見出しが載っていた。

記事はこう報じていた。

――NTTの真藤社長は五月十三日の記者会見で、「新電電の電話料金がNTTの二割安程度と適正ならば当面は付加料金を取らないようにしたい」との意向を明らかにした。会見で真藤社長はこう語った。「新電電の電話料金がNTTの四～五割安といった非常識なものであれば考える必要があるが、専用線並みの二割安程度なら消費者に迷惑をかけないためにも当面は付加料金を取らないでスタートしてもいい」。

NTTはこれまで「市内通話の赤字を市外通話の黒字で補っている収支構造なので、新電電も市内通話の赤字分を負担すべきだ」と主張していたが、これについても真藤社長は「料金体系の改定で処理するのが本筋」と明言した――。

片岡は思わず立ち上がった。

「一歩前進だ。これで電話料金を下げられる」

付加料金の問題が解決したことで、稲盛たちはいよいよ市外電話サービスの料金についての最終的な検討に入った。

料金政策は事業の成否を決めるうえで最も重要な要素の一つである。会議には社長の森山以下、中山、金田、千本、楢原、種野、片岡、小野寺、木下ら幹部が出席した。

まず種野が市外電話サービスの詳細な料金プランについて説明した。

「長距離では、三百四十キロメートル超の最遠距離がNTTは三分間で四百円なのに対して、我々第二電電は三分間で三百円に設定しようと考えています。つまり東京―大阪間で電話をかけるとNTTより二十五パーセント割安になるようにするわけです。そればかりではありません。実は目玉の区間がありまして……」

種野は書類をめくった。

「名古屋―神戸間はその一つです。NTTの三分間二百六十円に対して我々は三分間百三十九円と半額近い料金を設定したいと考えています。もちろん採算上も問題ありません」

「全体ではNTTに対してどのくらい割安に設定する?」

稲盛は聞いた。

「すべての区間の平均で、NTTより二十パーセント割安にしたいと考えています」

「なるほど。東京―大阪間で二十五パーセント、全体で二十パーセント割安というのは妥当な線だね」

稲盛は言った。種野をはじめ、出席者全員が安堵の表情を浮かべる。

「料金設定を実現するうえで、NTTの真藤社長が『付加料金は取らない』と言ってくれたのが大きかったですね。木下さんや片岡くんたちの努力で工事費や認証番号（ID）の送出費を大幅に下げることができたのもプラスになりました。とりわけIDの送出費は当初、月額三百円とか一通話ごとに十円などとんでもない料金を吹っかけられました。それを最終的には一通話ごと二円五十銭まで下げさせたんです。会長、『東京―大阪間で二十五パーセント、全体で二十パーセント割安』というのは、実は一年近く前に会長がおっしゃっていた料金なんです。覚えていらっしゃいますか」

「もちろん」

「何か数字の根拠はおありだったんですか」

種野は聞いた。

「いや、確固たる根拠はなかったんだよ。根拠となる数字を積み重ねたくても、そもそも通信は装置産業だからメーカーの原価に相当する考え方はないからね。だから『いまNTTは三分間いくらだが、ユーザーからすれば最低でもこのくらいになってほしいだろう』と考えて出したんだ。そう言えば、種野くん、『東京―大阪間を三分間百円でいく』なんて言い出して、『そんなことで採算が取れるはずないだろう』と叱ったことがあったなあ」

「やぶ蛇になっちゃったなあ」

皆が笑った。

「会長はそのとき、『値決めは経営だ』とおっしゃったんです」

「そう言っても種野くんはぽかんとしていたなあ」

笑いの渦がさらに広がる。

「日本テレコムや日本高速通信の料金はどうなっている?」

森山が聞いた。

「二社とも東京―大阪間は三分間三百円で我々と一緒ですが、通話時間によって料金を変えたり、それぞれ目玉の区間を設定したりと独自性を打ち出しています。例えば日本テレコムは小田原―大阪間を三分間二百二十円とNTTの半額近い料金を設定しています。一方の日本高速通信は甲府―神戸間をやはりNTTの半額の三分間二百二十円にして、勝負をかけています」

「最も長い距離が同じなのはよかったかもしれないね。当面は新電電同士が足を引っ張り合わず、NTTに対抗できる」

稲盛の発言に木下が同調しながらも付け加えた。

「会長もご存知のように、我々は当初、事業が許可、料金が認可なら新電電の料金はまずは横並びでスタートしてもいいじゃないかと主張しました。ところが専用サービスの料金が同じだったために郵政省は公正取引委員会からクレームを受けて、それで今回、競争上好ましくないということになったのです」

稲盛はうなずき、遠い目をした。

「それにしても、第二電電企画を立ち上げて三年、よくここまでこられたなあ。みんなの熱意と努力のたまものだね。ここまできたら、あとは決戦あるのみだ」

稲盛の言葉に全員が感に堪えない面持ちとなった。

一九八七年九月三日——市外電話サービスがいよいよスタートする前日、新電電三社のトップによる記者会見が都内のホテルで開かれた。

その席上、第二電電がこれまでに獲得した利用申し込み数を森山が発表したとき、会見場を埋めた記者たちのざわめきは頂点に達した。

その数は、四十五万回線。

日本テレコムは二十七万回線、日本高速通信は十五万回線だったので、第二電電は不利な条件を覆し、圧倒的と言っていい大差をつけてトップに躍り出たのだ。

「森山社長、正直なところ我々には少し意外な結果だったんですが、第二電電の勝因はなんだったとご自分では考えていらっしゃいますか」

森山はいたずら小僧のような笑みを浮かべて記者に聞き返した。

「第二電電が一位だったのが意外だったと？」

「あ……いや、意外な大差がついたことです」

森山は真顔になった。

「最大の理由は、会長の稲盛の決断によって、市外電話サービスがスタートする一年以上前から本格的な営業体制を敷き、着々と代理店を組織し、顧客の獲得に努力してきたことです。その際にはきめの細かい営業努力を続けてきたことも大きかったですね。『商社に丸投げはするな。だれが最も緊密にユーザーに接しているのか考えなさい』稲盛からそう指示されまして、電話設備業者やOA機器の販売店、街のタバコ屋さんなどと代理店契約を結びました。要するに汗をかくのを惜しまなかったんですな。それが私どものサービスを一般の人たちへ浸透させる原動力になったのだと自負しています」

会見場の隅でやりとりを見守っていた種野は誇らしい気持ちだった。昨年十月に開始した専用サービスでは取引・資本関係の壁に阻まれて苦杯をなめさせられたが、その敗戦をバネに決戦の舞台での巻き返しに成功したのだ。

今日のこの記者会見をきっかけに、第二電電に対するマスコミや同業他社、取引先の見方は間違いなく変わるだろう。

これまで第二電電は、日本テレコム、日本高速通信より格下に見られていた。国鉄や日本道路公団、トヨタのような強大な組織がバックについているわけではないし、資金や人材の面でも見劣りがするからだ。

「最初に立ちゆかなくなるとすれば、それは第二電電にほかならない」とだれもが思っていたはずだ。

そうした世評を今日、完全に覆したのだ。

「この先、何が待っていようとも、日本の電話料金を下げるという目標達成に向けて進もう」

種野はそう自分に言い聞かせた。

4

記者会見の終了後、九月三日の深夜、東京・半蔵門にある第二電電本社の会議室で、市外電話サービスの開始を記念するセレモニーが開かれた。

出席者は稲盛、森山をはじめ、千本、楢原、日沖、種野ら幹部たち、そしてお客からの市外電話サービスへの加入申し込みや問い合わせに徹夜で対応する社員約六十人だ。

午前零時、日付が変わり、いよいよ市外電話サービスがスタートする九月四日となった。

稲盛は社員の視線を浴びながら、電話機のボタンを押した。

市外電話サービスの開始を記念する最初の電話だ。

回線はすぐにつながり、京都のワコール本社で待機していた同社会長、塚本幸一の弾んだ声が飛び込んできた。

「おめでとう。稲盛くん！」

その瞬間、固唾を呑んで見守っていた社員たちから歓喜の声が上がった。なかには涙ぐんでいる者もいる。

通話を終えた稲盛は皆に語りかけた。

「企業化調査会社である第二電電企画を設立してから三年ちょっと、事業会社である第二電電に衣替えしてから二年ちょっとで、我々は市外電話サービスの営業を始めるところまでたどり着きました。時に素人集団などと揶揄《やゆ》されたりしながらも、日本の電話を安くしたい思いを抱いてここまで歩いてくることができたのは、多くの方々のご支持のおかげです。それから、皆さんのような若い人たちの情熱と工夫のたまものです。どうもありがとう」

間髪を入れず、大きな拍手がわき上がった。

だれかが「バンザイ！」と叫び、それが波のように広がっていく。深夜の会議室にバンザイの声が何度もこだました。

その会議室の片隅で、片岡も皆と一緒に熱い思いを噛みしめていた。稲盛会長の言うとおりだ。短期間によくここまでやれたと思う。

「しかし……」

一方で片岡は一抹の不安を拭えなかった。

ずっと気がかりだった二つの問題が、NTTとの交渉を通して、どうやら予想以上に深刻だとわかってきたのだ。

「なんだか浮かない顔をしていますね」

振り向くと部下の雨宮が隣に来ていた。入社以来、片岡と一緒に仕事をしてきた雨宮は今では片腕と言ってもいい存在だ。

「何かあったんですか？　木下さんも種野さんも小野寺さんも時々、難しい顔をしているんです。めでたい日なのに」

片岡は雨宮に耳打ちした。

「隣の部屋に行こう」

「こんな記念すべき日に話すのはどうかと思って、部員には黙っていたんだ。お前も、これから打ち明けることは明日まではだれにも言わないでくれ」

片岡の言葉に雨宮はうなずいた。

「実は市外電話サービスを始めるにあたって、心配していた問題が予想以上に深刻だとわかったんだ。このままだと、うちに申し込んでくれた人たちの多くに迷惑をかけてしまう」

「どういうことですか」

雨宮が目を見開いた。

「言うまでもないことだが、うちをはじめ新電電が市外電話サービスを始めるには、東・名・阪を結ぶ基幹回線をＮＴＴの市内回線網に接続しなければならない。利用者が相手に電話をかけるときには、うちの回線とＮＴＴの回線をいわば乗り継ぐわけだ。その際、欠かせないのは、ＮＴＴの交換機が、うちの識別番号である〇〇七を含めた利用者の認証番号《ＩＤ》をきちんと把握し、その情報をうちに送り返してくれることだ。さもなければだれが電話をかけたのかわからないので、うちは利用者に料金を請求できないし、利用者もうちの安い電話料金の恩恵に浴せない。ここまでは理解できるな」

「はい」

「ところがＮＴＴ側の調べでは、ＩＤを把握して情報を送出する発信者通知機能のない旧式の交換機がかなりの数にのぼるというんだ。これではだれが電話をかけたのかわからない。問題はそれだけじゃない。ＮＴＴが新電電に貸すために用意していた回線の容量も足りないというんだ。ＮＴＴによれば『新電電が一年ほど前に提出した需要予測に基づいて回線を用意したが、申し込みが予測を上回ったので回線が大幅に足りなくなってしまった』」

「まるで俺たちが悪いみたいな言い方ですね」

「このため、うちが昨日までに獲得した四十五万件の利用申し込みのうち、NTTとの接続工事を終え、市外電話サービスを利用できるようになったのは二十五万回線だ。残りの二十万回線はまだ工事が終わっていない。回線の容量が不足しているにもかかわらず、アダプターは最も料金が安い第二電電の回線を自動的に選択するので、このままだとつながらないケースが続出してしまう」

「接続工事が全部終わっていないのは、事務処理に時間がかかっているからじゃないんですね」

「事務処理の遅れも原因の一つではある。手続きが予想以上に煩雑だったからね。しかし問題はもっと根が深いんだ。事務処理の問題なら人手を増やせばいいが、交換機や回線の問題はNTTという相手がいるだけにやっかいだ」

片岡は頬を強ばらせた。

旧式の交換機や回線容量の不足の問題は、やがて第二電電に深刻な影響をもたらした。せっかく申し込んだのに第二電電の市外電話サービスを利用できないお客から、「電話がつながらない」「いつになれば利用できるのだ」というクレームが殺到しはじめたのだ。

「いったいいつまで待たせるんですか。代理店の営業の人は、市外電話サービスが始まる九月四日から利用できると言っていたのに、もう二カ月以上も過ぎているじゃないですか」

「早く利用させてもらえないと困るんだよ。うちの会社では通信の予算をおたくの料金で組んだんだ。サービス開始を延ばされれば延ばされるほど実際の電話代が予算よりも膨らんでいってしまう」

クレームは日を追うごとに増えていった。

楢原が率いる営業本部では、一番町FSビルの六階にある部署のデスクを取り払い、電話機を床にずらりと並べて営業部員総出でクレームの電話を受けるようにした。

しかし、それだけでは対応が追いつかなくなり、営業本部につながらない電話が他の部門にかかったりして、他部門の社員が電話での応対に忙殺されるようになった。

しかも、悩ましいのは「いつまで待てばいいのか」という相手の質問に即答できず、かえって不信感を募らせてしまう場合が少なくないことだった。

原因が旧式の交換機だったり、回線の容量だったりするクレームに対しては、接続工事ができるかどうかはあくまでNTT次第なのではっきり答えられないからだ。

「申し訳ありません。いつサービスをご利用いただけるようになるか、即答できかねるんです。原因が事務処理の問題なのか、NTT側との接続の問題なのか、はっきりしませんと。めどがつき次第、必ずご連絡いたしますので……」

そんな言葉が営業本部のフロアに飛び交った。第二電電は申込者とNTTとの板挟みの状況に置かれてしまったのだ。いつまでこんなことが続くのか。楢原はNTTに毒づいてやりたい気分だった。このままだと第二電電は顧客からの信用を失ってしまいかねない。

ただ一つ、不幸中の幸いと言えるのは、社員たちのやる気だった。皆、クレームの電話に尻込みしたりせず、呼び出し音が鳴ると積極的に受話器を取ってくれるのだ。

名古屋駅から地下鉄東山線で伏見まで行き、地下鉄名城線に乗り継ぐ。最寄り駅の上前津で下車した片岡はコートのえりをすぼめ、NTT名古屋支社を目指した。

訪問の目的は、交換機の更新だ。発信者通知機能のない旧式の交換機を、IDを認識し通知できるように改良してもらうか、新しい交換機に替えてもらうための交渉に臨むのだ。

約束の時間きっかりに到着した片岡は、担当者数人を相手に事情を話した。我ながら説明にはよどみがないなと思った。交渉の窓口はNTT本社に一括されておらず、全国の支社に散らばっている。このため片岡たちは東・名・阪の支社を個別に訪問しなければならず、いやがおうにも経験を積まざるを得なかったのだ。

「私どもとしてもやりたいのはやまやまなんですがねえ」

片岡の話を聞いていた担当者は弱った顔をした。

「交換機を改良するにしても買い替えるにしてもなにぶん予算がありますので……」

「なんとか予算を前倒しして執行するよう働きかけてもらえませんか。真藤さんは協力を約束されましたし、郵政省も同様の方針です。認めてもらえるんじゃないでしょうか」

片岡の発言ははったりでもなんでもなかった。

新電電三社の社長——森山、馬渡、菊池と、NTT社長の真藤によるトップ会談が数カ月前に実現し、その場で真藤は新電電に協力すると約束してくれたのだ。

新電電が市外電話サービスをようやく開始したばかりで立ちゆかなくなれば、民業圧迫だというNTTへの批判はいっそう強まり、分割論が勢いを増しかねない。

そのことを慮っての協力だとはいえ、真藤の発言の影響力は大きく、「なぜ新電電のために協力しなければならないのか」という当初のNTT側のかたくなな姿勢はずいぶん和らいだ。

しかし、それでもNTTの対応は迅速とは言い難かった。

「そうは言ってもねえ」

目の前の担当者もまた、できれば交換機の更新などは先送りしたい本音を隠さない。

「とにかく、何とぞよろしくお願いいたします」

片岡は頭を下げた。こういう相手には押しの一手しかないのだ。

同じころ、木下は東京・日比谷のNTT本社を訪ねていた。目的は回線と交換機の容量を増やしてもらうための交渉だ。

NTTの担当者は言った。

「やれるところからやっていく。それは約束しますよ」

「いつから始めてもらえますか」

木下は聞いた。

「それはいまははっきり言えませんので、取りかかることになったらその都度、連絡いたします。もちろん一年も二年も待ってくれなんて言いません。たぶん数カ月で取りかかれると思います」

「本当ですか?」

「こんなことでウソは言いませんよ」

「ありがとうございます」

木下は頭を下げた。

NTT側は当初、最低でも二年はかかると主張していたのだった。「新電電に貸すために用意した交換機は新機種で、ソフトウエアも新たに開発したものであり、増設するにはソフトウエアを書き換えなければならず、それには年度計画を立てて実行しなければならない」というのが根拠だった。

しかし、新電電三社が郵政省に働きかけたおかげで、NTT側の態度は変わりはじめていた。

一九八五年四月に施行された電気通信事業法は「新電電から回線の接続を求められた場合、ＮＴＴはそれに応じなければならない」と定めている。電気通信事業に競争をうながすためだ。新電電三社の話を聞いた郵政省はそうした法の精神を尊重するようにとＮＴＴに指示を出してくれたのだ。

「とにかく、できるだけ早く着手してください。よろしくお願いします」

木下はもう一度、テーブルに両手をついた。

かたくなだったＮＴＴとの交渉が少しずつ前に進み、八方ふさがりの状況からなんとか抜け出せた一九八七年十一月、山科の京セラ本社で執務していた稲盛は東京の第二電電本社にいる森山から電話をもらった。

森山は明るく弾んだ声で言った。

「稲盛さん、『第二電電』という社名が今年の新語大賞をもらったんですよ」

「え？　シンゴ……なんだって？」

「毎年、流行語や新語を表彰するイベントがあるでしょう？　今年の日本新語・流行語大賞の新語部門で、『マルサの女』や『サラダ記念日』とともに賞をもらったんです」

「ほう、それはすごいね」

「『第二電電』というわかりやすい名前の勝利ですな。もっとも私の名前は信吾だから、信吾が新語大賞をもらうのは当たり前かもしれませんな」

「アホなことを……」

「稲盛さん……」

森山の口調が改まった。

「京セラに入れていただき、第二電電の仕事をさせていただいたことを本当に感謝していますよ。いろいろ大変ですが、新語大賞の受賞も含めて貴重な経験をさせてもらっています。それに何より嬉しいのは社員たちがへこたれず一丸となってやってくれていることです。四カ月も五カ月も泊まり込んで事務処理を進めてくれているし、クレーム電話にも率先して出てくれる。稲盛さん……正しい動機とか純粋な思いというのは、大変な力を生むんですね。これが儲けたいとか、会社を大きくしたいとか、そんな目的で始まっていたら、こうはならなかったでしょうね」

翌日、稲盛は成田から欧州へと向かった。

欧州では、西ドイツのデュッセルドルフに本社を置く京セラヨーロッパの経営陣とのミーティングや現地拠点の視察、販売代理店との打ち合わせが隙間なく組まれていた。稲盛は精力的にスケジュールをこなしたが、ふと一人になると、森山の言葉がしきりに思い出された。

稲盛さん、本当に感謝していますよ――。

サイレンのような物音に眠りを中断された稲盛は、ベッドの脇にある電話がさっきから鳴り続けているのに気づいた。

「こんな時刻にどうしたんだろう」

そう思いかけて、いま自分はデュッセルドルフのホテルにいるのだと思い出した。デジタル時計の時刻は午前六時を回っている。この時刻だと日本からの電話だろう。

稲盛は受話器を取った。

「会長、お休みのところ申し訳ありません」

相手は第二電電の社員だった。

そのせっぱ詰まった声を聞いて、稲盛は胸騒ぎを覚えた。

「何かあったのか？」

相手は震える声を絞り出した。

「森山社長が倒れて、意識がないんです。雑誌社が主催する会合が帝国ホテルで開かれて……会社の社長さんとかそういう人たちの集まりです。そこでスピーチに立って、『第二電電はかく戦う』という話をした後、『気分が悪い』と訴えて、救急車で虎の門病院に運ばれました」

「そのときは意識はあったんだね」

「はい。病院に着いたときには意識ははっきりしていて、初めのうちは医者の質問に自分で答えていたそうです。でも精密検査の最中に意識を失って……」

「体調は悪そうだったのか」

「いえ、倒れるような兆しはなくて、お体の変調には気づきませんでした。週末はゴルフ、一昨日は『日本新語・流行語大賞』の受賞パーティーに出られて、例のジョークを連発されていて……」

「そうか……」

第二電電の社名が今年の「日本新語・流行語大賞」の新語部門で賞をもらい、「私の名前は信吾。信吾が新語大賞をもらうのは当たり前」と嬉しそうに駄じゃれを飛ばしていたのを思い出した。

「至急、日本へ帰ろう。それまでに何かあったらすぐ電話で知らせてほしい。何時でもかまわないから」

稲盛は受話器を置いた。

出張を切り上げ、急いで帰国した稲盛は、成田空港から東京・半蔵門にある第二電電本社に直行した。

オフィスでは社員たちが待ちかねたように、稲盛の周りに集まってきた。だれの顔にも不安が浮き出ている。

「いま、帰ってきた。もう大丈夫だから」

稲盛が声をかけると、張り詰めていた空気がいくらか和らいだ。

「容態は？」

稲盛に尋ねられた日沖は顔を曇らせた。

「脳内出血を起こしているそうです。医者は『厳しい』と……」

「病室を教えてくれるか。すぐに行ってやらないと」

病院に駆けつけ病室に入っていくと、森山の妻が立ち上がり会釈した。

ベッドに横たわる森山の顔にはマスクがあてがわれ、空気を注入する人工呼吸器の音が静かな病室に響いていた。その表情は凍りついたように動かない。ほんの数日前、新語大賞をもらってはしゃいでいた姿が遠い昔のように思われた。

「なんとか持ち直してくれ」

稲盛は心の中で何度も祈った——。

願いは、しかし、叶わなかった。

十二月九日十二時五分、第二電電の会長室にいた稲盛は、「たったいま森山が息を引き取った」との知らせを聞いた。

虎の門病院の霊安室に安置された森山の遺体を前に、稲盛は声もなく立ちつくした。享年六十一——。

第二電電企画を設立して三年半、この九月に市外電話サービスを始めたばかりの、志半ばの死、惜しんでもあまりある無念の死だった。

十二月十一日午後、下目黒の日本キリスト教団行人坂教会で密葬が執り行われ、二十二日には青山葬儀所で社葬が催された。

稲盛は弔辞を読んだ。

——生者必滅、会者定離は人の世の常とは申しながら運命のはかなさに今はただ茫然とし深い悲しみに言うべき言葉もありません。森山さん、ご家族のこと第二電電のこと京セラ並びに稲盛財団のことなどやり残したこと思い残したことが多々あったでしょう。誠に痛恨の極みであります。

森山さん、あなたは私にないすばらしいものをたくさん持っておられました。この難しい第二電電の事業を進めていくうえで、杖とも片腕とも思っておりましただけに今日のこのお別れは本当に身を裂かれる思いで胸がいっぱいであります。

森山さん、あなたは情報通信の自由化の機運が徐々に高まってくるなかで、私が大胆にも新しい情報通信事業に乗り出していこうという決意をしたときも、大賛成してくれ私をはげましてくれました。盛田さんや牛尾さんや飯田さんらのご協力を得て第二電電を設立する際にあたっても多くの出資会社、監督官庁との調整といろいろ難しい折衝がたくさんありました。私の最も不得手とするこの渉外活動を見事に成し遂げてくれたのは、森山さん、あなたでした――。

社葬に先立つ十六日、稲盛は森山の後を継いで社長に就任し、会長兼社長となった。社員の動揺を静め、自ら先頭に立って弔い合戦に臨むためだった。

翌年――一九八八年一月、新年最初の経営会議で、稲盛は大胆な決断を打ち出した。

「アダプターをただで利用者に配る」

幹部社員たちの顔つきが一変した。

アダプターはこれまで有料で提供していた。複数の回線を制御する法人向けがリースで一回線当たり月額三百円、買い取りで一回線一万円。一回線の一般家庭向けがリースで月額三百円、買い取りで一万三千円だ。それを無料にするというのだから、驚くのは当然だ。

「昨年九月に市外電話サービスを始めたとき、うちは利用申し込み件数で新電電のトップに立ちました。しかし、その割にはトラフィックつまり通話量が思うほど増えず、通話料収入が伸び悩んでいます。木下くんや片岡くんらの努力で、NTT側が少しずつ交換機を新しくしてくれたり回線の容量を増やしてくれて、市外電話サービスを利用できる回線が徐々に増えているにもかかわらず、なぜトラフィックが上がらないかと言えば……」

「アダプターが思ったほど普及していない」

種野が言った。

「そのとおり。アダプターは〇〇七七を回す面倒を省き、トラフィックを上げるために開発したが、有料であることがその普及を妨げてしまっている」

「アダプターの開発・製造コストはどうやって回収するんですか」

深田が聞いた。

「通話料収入の伸びで回収します。通信事業というものは結局、装置産業だから、人が使ってくれるようになれば売り上げは継続的に伸びていく。喩えは悪いかもしれんけれど、お寺や神社の賽銭箱と同じように、チャランチャランとお金が落ちてくる」

「なるほど通話量を増やして、アダプターの元を取るというわけですね」

木下が言う。

「うちが開発したアダプターは料金改定のデータをオンラインで書き換えられる、ほかにはない画期的な製品です。これを活用しない手はない。一気にトラフィックを増やして、森山さんの弔い合戦になんとしてでも勝ちましょう」

稲盛の言葉に全員が力強くうなずいた。

一九八九年九月――。

京都府八幡市、羽柴秀吉と明智光秀による山崎の戦いで名高い洞ヶ峠の西麓に建つ広大な禅刹円福寺で、京セラ従業員の墓の慰霊祭が催された。

森山の遺骨が分骨・安置された墓前に手を合わせた稲盛は、今年もまた心の中で森山に語りかけた。

「森山さん、安心してください。あなたの遺志を果たそうとみんな必死でやっておりますよ」

第二電電はスタート時の苦しみをようやく乗り越え、いまや本格的な成長軌道に入りつつあった。

一九八八年二月にアダプターを無料で配布しはじめてから、通話量は一気に伸びた。NTT側の交換機の刷新や容量の増加が徐々に進んでいるのもこれを後押ししてくれた。

この結果、一九八八年三月期に八十八億円だった売上高は、一九八九年三月期には四百六億円へと一気に五倍近くに膨らみ、四十四億円の経常黒字を達成、初の単年度黒字を実現した。

さらに一九八八年十月にはマイクロウェーブの山陽ルートが完成し、岡山、広島、山口、福岡、佐賀、香川の六県で市外電話サービスを開始した。東・名・阪から全国へとサービスエリアを広げる第一歩を踏み出したのだ。

　これまでの常識からすれば、NTTよりもはるかに体力が劣る新電電は、通信の需要が最も大きい東・名・阪に集中して効率的なサービスを行う〝いいところ取り《クリームスキミング》〟をするのが普通だ。事実、日本高速通信は東・名・阪に事業を集中している。

　しかし、種野や片岡、小野寺たちから「東・名・阪から地方へ、あるいは地方から東・名・阪へかける電話の需要は非常に大きく、サービスエリアが東・名・阪に限定されていてはやはり使い勝手が悪い。一見、無駄に思えても、サービスエリアを全国へと広げていくことで、収益源になる東・名・阪の売上高も増えていくはずです」という提案を受けて、リスクを覚悟で決断し、迅速に手を打ったのだった。

　この決断が第二電電の右肩上がりの成長をさらに加速し、このままのペースでいくと一九九〇年三月期の売上高は九百億円を突破する予定だ。

　さらに全国への展開は、思わぬ副産物をもたらした。東・名・阪だけではなく全国で事業をする、つまり全国の電話料金を安くするのだという思いが社員たちのやる気にさらに火をつけたのだ。

　日沖があるとき、感に堪えない様子でこう言った。

「第二電電は急成長しているから、毎年、新入社員が大量に入ってきて、入社二年目の社員の下に五人、十人と張り付いたりする。これで会社が成り立つかいなと心配していたんですが、一年もたたないうちにみんな、『電話を安くする』という目標を自分のものにして、やるべきことを率先してやり、あらゆる混乱を収めていくんです。人って偉大だなとつくづく思いましたね」

稲盛はふと、かつて尋ねられた質問を思い出した。

「そう言えば、いつだったかこの中の誰かが『僕たちを第二電電のプロジェクトに選んだのは稲盛さんだったのか』と聞いたことがあったなあ」

山森や雨宮たちがうなずいた。

「答えは『そのとおり』だよ。森山さんや千本くんの意見も参考にしながら、最後は私が決めたんだ」

「僕たちを選んだ理由を覚えていますか」

山森の質問に稲盛はもちろんと答えた。

「人間には三種類いると僕は思っていてね。僕みたいに自ら燃える自燃性の人間、火を近づけるとぼおっと燃え上がる可燃性の人間、火を近づけても燃えない石ころみたいな不燃性の人間。いくら燃やそうと思っても燃えない奴はいらんわな。せめて私が一時間二時間喋ったら、一緒になって燃え上がってくれる人間でないとね」

「そういうのってすぐにわかりますか」

だれかが聞いた。

「すぐにはわからないけれど、三十分、一時間も話をしていれば見当はつくね。結局、燃えられるとか感動できるというのは資質だから、そういうのがない人に植え付けようとしても無理だと思う。しかし燃えたり感動したりするから人間は難しい仕事に長期間耐えていけるのであって……恋をしたことがある奴にはわかるだろう？　惚れればどんな苦労でもする。それを苦労だと思うような奴はもともと恋愛なんかできない」

皆がどこか思い当たるような顔をした。

「森山さんも可燃性だったな。それも自燃性に近い可燃性。私が何か言うとすぐに燃えてくれた」

稲盛は空を見上げた。雲ひとつない冬の空は目にしみるように青く、上空でトンビがゆっくり輪を描いている。

その空の上から森山がこちらを見ている気がした。あの照れたような笑みを浮かべながら。

第4章 ぶどうの房と外様大名

1

通信の自由化と電電公社の民営化を定めた電気通信事業法が施行され、第二電電企画が事業会社である第二電電へと社名を変更した一九八五年春、日本の通信のあり方を根底から変える激震がまたしても起きる予兆を稲盛は感じていた。

「自動車電話に代表される日本の移動体通信の市場は閉鎖的であるとして、アメリカが全力を挙げてその門戸をこじ開けに来る」

そんな予感を抱いたのだ。

発端はアメリカ大使館を通して流されたアメリカ政府のメッセージである。

商務省の審議官、プレストウィッツはアメリカ大使館での定例の記者会見でこう発言した。

「この四月一日に電気通信事業法が施行されたにもかかわらず、自動車電話のような移動体通信は電波法の制約からNTTの一社独占が続いており、端末の販売も自由化されていない。アメリカ政府は、これを保護主義的な貿易障壁にほかならないと問題視しており、今後の日米通信交渉では移動体通信にNTT以外の通信事業者が新規参入できるよう求めるとともに、端末の自由化も要求していきたい」

アメリカでは昨年——一九八四年一月、AT&Tの傘下にある二十二の地域通信会社の分割がついに実行された。

この結果、これら二十二社はどこからでも通信機器を購入できるようになり、日本メーカー製の自動車電話の端末が市場に大量に流入している。それに引き換え、日本の移動体通信の市場では相変わらずNTTの独占が続いている。

日本側の言い分はさておき、公正な競争はアメリカの資本主義を成り立たせる基本的な理念である。アメリカの政府関係者や業界関係者にとって、日本の通信市場は公正の理念を逆なでするものに映っているのだ。

ほどなく、稲盛の予感は的中した。

一九八五年四月二十六日、アメリカのオルマー商務次官と小山森也郵政事務次官による電気通信分野についての次官級協議が郵政省内で開かれ、自動車電話の市場を早急に開放するよう強く求めたオルマー次官に対して小山次官はこう回答したのだ。

「自動車電話への新規参入を認めるため、近くこの問題を電気通信技術審議会に諮る」

さらに、これに先立つ四月二十三日には佐藤文生郵政相が記者会見でこう発言した。

「NTTがこれまで独占してきた自動車電話やポケットベルの分野に、NTT以外の第一種電気通信事業者が新規参入できるようにするとともに、端末の販売もNTT以外の企業が手がけられるようにしたい」

稲盛は確信した。

固定電話に続き、移動体通信の自由化が遠からず実現する。

日本の通信のあり方が根底から変わる歴史的な改革期はいよいよ第二幕を迎えるのだ。

一九八五年五月――。

幹部社員が集まる定例の経営会議で、稲盛は今後起きるであろう激変を見すえて、携帯電話事業への進出を提案した。

「この何カ月か、日本の電気通信の将来像と、その中での第二電電のあるべき姿をずっと考えてきました。その結果、第二電電としてなんとしてでも携帯電話事業に進出するべきだという結論に行き着いたんです」

出席者たちは目を見開き、稲盛を見つめた。だれかの生唾を呑み込む音が聞こえた。

「というのも、我々がNTTと戦うには、携帯電話事業を取り込んだ、ある構想をどうしても実現しなければならないと考えたからです。その構想とは、喩えを使うと〝ぶどうの房〟構想とでも呼べるものなんだけれど……」

「ぶどうって、果物の……？」

千本が聞いた。

「そのとおり、果物のぶどう。いま建設中のマイクロウェーブによる長距離の基幹回線が幹になり、そこからローカル網となる携帯電話のネットワークが全国にいくつも〝ぶどうの房〟のようにつり下がっている。そんなイメージなんだけれど、絵がらを思い浮かべられるかな？」

全員がうなずく。

「なぜ〝ぶどうの房〟かと言えば、足回りの市内を結ぶローカル網を持たない限り、NTTには太刀打ちできないからです。NTTを長距離電話会社と地域電話会社に分離する改革案がどこかに遠のいてしまったいま、我々は各家庭までのラストワンマイルを絶対に持たなければならない。しかし、どうやってそれを実現するのか。毎日のように考えていて、あるとき、ふと気づいたんです。郵政省は近い将来、移動体通信の自由化に踏み切るだろう。ならば携帯電話によってローカル網を作ればいいと。そうすれば長距離電話からローカルまでNTTにまったく依存しない一気通貫の通信ネットワークができあがる」

しばらくの間、出席者たちは身じろぎもせず、押し黙っていた。

やがて副社長の中山一が口を開いた。

「いまの移動体通信の主流は自動車電話ですが、会長が考えているのは携帯電話なんですね」

中山は郵政省の出身で、電気通信政策局総務課長や四国郵政監察局長を務めた後、一九八四年七月に第二電電に入社した。いまは主に総務部門を担当している。

「そのとおりです。取りかかりは自動車電話でも、それは出発点であってゴールではない。僕が考えているのは手軽に戸外に持ち出せて、いつでも、どこでも、だれとでも通話できる小型の携帯電話です」

稲盛は一呼吸置いて続けた。

「皆さんには釈迦に説法だけれど、いまの移動体通信の市場は固定電話に比べたら微々たるものでしかない。ＮＴＴが一九七九年から手がけている自動車電話の利用者数は約六万人にすぎないし、ＮＴＴが今年、発売した、車外に出るときには取り外して持ち出せるショルダーホンもほとんど浸透していない。新規の設置費用に約二十万円、月額の回線使用料に二万円以上もかかり、送受話機や無線装置、電池を合わせると三キログラムもあるというのでは、利用が広がらないのも無理はない。しかし、それはあくまでも〝いま〟の話だと思っています」

「今後は違うと……」

種野の問いに稲盛はうなずいた。

「僕は京セラで半導体の仕事をしているから、その集積度が上がるスピードを日々、痛感させられています。まさに日進月歩で、このままでいけば数年以内には、すべての送受信機能が手のひらサイズの携帯電話に収まるようになるでしょう。もちろん僕は移動体通信の専門家ではない。携帯電話と聞いて思い浮かぶのは、自宅の庭にあるプールサイドで男性が日光浴をしていると電話がかかってきて、執事が銀のトレーに載せたコードレス電話を持ってくるといったアメリカ映画の一シーンだったりする。しかし半導体の技術進歩についての予測に間違いはありません。そして移動体通信がいよいよ自由化されたあかつきには、半導体の技術進歩が携帯電話に活用される機会は格段に増える。その結果、携帯電話が小型化される一方で価格が低下していき、いつか臨界点に達した瞬間、その市場は爆発的に拡大するはずです。それを見すえて、我々は携帯電話事業についても新電電の先陣を切って参入すべきだと思っているんです」

「でも、会長、我が社はまだ専用サービスさえ始めていないんですよ」

千本が口を開いた。

「東・名・阪のネットワークセンターもリレーステーションもまだ完成していません。この段階で移動体通信に進出するのはやはり危険が大きいのではないでしょうか。NTTの自動車電話は赤字ですし、アメリカでも採算は取れていないはずです」

「僕が考えているのは携帯電話だよ」

「いや……おっしゃることはわかります。移動体通信にはたしかに将来性はあります。でも、いまの段階ではどこも苦戦を強いられているのですから……」

「私も千本くんと同意見です。おっしゃることはよくわかるのですが、第二電電はいま収入を得ていません。この段階で固定電話と移動体通信の両方をやるのはやはり危険ではないでしょうか」

副社長の金田秀夫が言った。中山同様、郵政省の出身で、通信・放送衛星機構システム企画部長や電波研究所次長を務めた技官である。一九八四年七月に第二電電に入社し、技師長を務めている。

「ほかのみんなはどう思う?」

稲盛は全員を見回したが、だれもが押し黙ったままだった。

もっとも反対の意思表示をしているのではなかった。どう判断していいかわからないのだ。それが証拠に皆の顔には迷いととまどいが浮かんでいる。

「移動体通信への進出、私は面白いと思いますね」

それまで部屋の片隅で静かに話を聞いていた片岡志津雄が立ち上がった。

年齢は四十代前半、郵政省からの転身組で、一九八四年八月に第二電電に入社した。郵政省では無線の技術畑を歩き、退職する直前は中国電波監理局航空海上部長を務めていた。

「いつでも、どこでも、だれとでも通話できる携帯電話は電話の究極のあり方です。それに移動体通信を自由化すると言っても、有線の固定電話とは違い、移動体通信の電波の割り当てには限りがありますので、郵政省は参入する企業を絞り込もうとするでしょう。だとしたら早いうちに手を挙げておくべきです」

「そうか、君は賛成か」

「はい、絶対にやるべきだと思います。やれると思います」

「ほかのみんなはどうかな。だれもやろうとしないのなら、君と二人でもやろうか」

稲盛は冗談めかして言ったが本気だった。携帯電話の事業は石にかじりついてでもやり遂げなければならない。

「少しお時間をいただけませんか」

千本が言った。

「我々としては、判断したくても材料がありません。しばらくの間、検討させてください。どうだろう、みんなは?」

「僕も同じ意見ですね。少し調べてみたいです」

種野が言った。

「いかがでしょう、会長、一週間いただければ検討できると思います」

千本の問いに稲盛は「わかりました」と返した。

会議終了後、廊下に出た片岡は後ろから肩を叩かれた。種野だった。

「稲盛さん、本気ですね。みんなが反対したら本当にあなたと二人でやるつもりですよ。それはともかく、片岡さん、あなたはさっき携帯電話の事業をやれると言ったよね。その根拠はどこにあるの？」

「僕は郵政で無線の仕事をしていたでしょう。そのとき、移動体通信への潜在需要の大きさを痛感したんですよ。例えばここ数年、ポケットベルやパーソナル無線の利用者が急激に増えている。これも潜在需要の巨大さの表れだと思う」

パーソナル無線とは九百メガヘルツ前後の周波数を利用する簡易無線通信のことだ。音声が鮮明なうえに資格を取得しなくても利用できるので、一九八二年十二月に運用が許可されて以来、トラックなどの自動車に搭載して利用する人が急増している。

「それに……」

片岡は続けた。

「携帯電話の事業に乗り出すにはいまが絶好のチャンスだと思ったんですよ。固定電話の事業はやろうと思えばだれにでもやれる可能性がある。しかし会議でも言ったとおり、移動体通信は、郵政省が電波を割り当ててくれない限り、やりたくてもやれない。それが稲盛会長によれば、郵政省は近いうちに移動体通信を開放し、NTT以外にも電波を割り当てるという。まさに千載一遇のチャンスですよ。それで思わず手を挙げたんです」

「なるほど」

「種野さん、あなたはどう思っているの？　会議でははっきり言わなかったけれど、反対ですか」

「いや、実は僕も面白いと思ったんだ。ただ、いきなりだったもので、どう返していいかわからなかった。もしかしたら、みんなも同じかもしれないな。やれるものならやりたいが可能性もリスクもわからないので黙らざるを得なかったのかもしれない」

種野と別れて自分のデスクに戻った片岡は、「やりましょう」と手を挙げた理由で、一つ言い忘れたことに気づいた。

移動体通信は、郵政省で無線の仕事をしてきた片岡にとって、自らの存在意義を存分に発揮できる分野なのだ。その長所も短所も知っているし、法制面の知識も豊富だ。だから携帯電話に乗り出すのならきっと皆の力になれる——そのようにも思ったのだった。

片岡が第二電電に参加したきっかけは、郵政省の上司から「京セラが母体となって新電電のプロジェクトが動き出しているのだが、参加してみないか」と提案されたことだった。

片岡は当時、広島市の中国電波監理局にいて、いまのままではいけないという焦りにも似た気持ちに苛まれていた。

官庁で働く人間のやる気の原動力は突き詰めれば「俺たちは国のために身を粉にしているのだ」というプライドに行きつく。それなのに中国電波監理局での仕事は地方機関の例に漏れず、中央からの通達を実施するだけで創意や工夫が入り込む余地はまったくない。どんなに優秀であろうと力を発揮できるのはゴルフだけと言っても決して過言ではないのだ。

片岡は提案を受け入れた。与えられたこのチャンスをつかまなければ人生は変わらないと決意したのだ。

もちろん四十代前半の転身だから迷いはあった。第二電電への入社が近づくにつれて精神的なプレッシャーも募っていった。初めての民間企業で実力を発揮できるだろうか。そもそも新電電を立ち上げ、NTTに対抗するなどという途方もないプロジェクトが本当に成功するだろうか。

郵政省のある幹部は「電電公社が百年かけて築き上げた電気通信のシステムを新参者に作れるわけはない」と吐き捨てるように言った。もし失敗したら、小学生と中学生の子供を路頭に迷わせてしまいかねない……。

しかし、そんな迷いやプレッシャーは、第二電電に参加したとたんに消えた。稲盛が掲げた「日本の電話料金を安くする」という目標は明快で、その意思決定にぶれはなかった。社員たちは皆若く、生き生きと仕事をしていた。だれもが前向きで活力に満ちていた。この春入社したばかりで、まだ右も左もわからないはずの新入社員でさえ稲盛が掲げた目標を実現しようと懸命に頑張っていた。

そんなリーダー、仲間たちとともに歴史に残るプロジェクトに挑めるのは一年前には想像さえしなかった幸運だった。

その幸運に恩返しするためにも、皆の力になりたい――そう考えたのだ。

稲盛の提案から一週間後、幹部社員たちは再び第二電電の会議室に集まった。

幹部社員たちはこの一週間、移動体通信の市場性や技術動向について調査していた。それらの情報を踏まえて、携帯電話事業への進出の是非を検討するのが今日の会議の趣旨だが、皆の顔つきが前回の経営会議とは明らかに違っているのに稲盛は気づいた。だれもが生き生きとした光を目に宿している。

「まずはそれぞれが調べたことを発表してもらいましょうか。だれからいこう？」

「それでは私から……」

片岡志津雄が手を挙げた。

「アメリカの状況について報告させていただきたいと思います。アメリカは移動体通信で日本の二、三年先をいっていますから、日本国内の市場性を予測するうえでおおいに参考になるはずです」

稲盛はうなずいた。

「結論から言うと、アメリカではセルラー方式の自動車電話をはじめとする移動体通信の市場が我々の想像をはるかに上回る勢いで伸びています。サービスの開始は一九八三年十一月で、米連邦通信委員会（FCC）がシカゴで認可しました。一九八四年にはロサンゼルスやニューヨークなど二十都市でサービスが始まり、いまでは自動車電話への加入は約五十万台に達しています。うち一割が車外に出るときに取り外して持ち出せるハンディーホンです。大きさはNTTのショルダーホンよりだいぶ小さくて、トランシーバーを想像してもらえればいいかと思います。これら自動車電話やハンディーホンを総称してセルラーホンと呼んでいます。それでセルラー方式について補足しますと……」

片岡はメモ用紙を掲げた。マジックペンで輪が描かれている。

「セルラー方式とは、一九七〇年代前半からAT&T系のベル研究所が中心になって開発を進めてきた移動体通信の技術です。自動車電話などのサービスエリアを、いくつものセルと呼ぶ半径五、六キロメートルの小さな営業区域に分け、一つの営業区域に一つの無線通信局——基地局を置きます。従来の移動体通信よりはるかに多くの利用者を受け入れられるのが利点で、それが今日のアメリカでの爆発的と言ってもいい、自動車電話の利用者増をもたらしています」

「FCCは各都市に二社、免許を与えているんだったね」

千本が口を挟んだ。

「ええ、一社は電話会社、もう一社は電話会社ではない別業種からの参入を受け入れています。この結果、放送や金融、電力など異業種からの参入が相次ぎ、ビジネスが盛り上がっています。それで今後ですが……」

片岡が続ける。

「業界ではこの伸びは当面続くと見ていて、二年後の一九八七年には百万台、一九八八年から一九八九年には百五十万台にまで利用が伸びると予測しています。付け加えますとセルラーホンと呼ぶ自動車電話の端末で市場シェアが最も高いのは通信機大手のモトローラで、日本からは松下電器産業やNEC、富士通などが進出しています」

「日本の予測はどうだったかな」

「電気通信技術審議会の需要予測によれば、二〇〇〇年にはいまの八万台から四百五十万台に達するとのことですが……」

片岡が途中まで言ったのを稲盛が引き取った。

「それはあくまで自動車電話を前提とした数字だね。携帯電話が本格的に登場したら、もっと伸びる」

「私もそう思いますね。一千万台はゆうに超えるのではないでしょうか」

片岡に続いて、小野寺が立ち上がった。

「それでは私から移動体通信に乗り出すための設備投資額についてざっと説明したいと思います。設備で重要なのはセルの基地局となる無線通信局です。その規模によって増減しますが、アメリカでは基地局を一つ建設するために二億円から三億円の資金が投入されています。つまり二十、三十の基地局からスタートした場合、数十億円から百億円に達するわけです。これはもちろん大変な金額ですが、基地局の用地を〝点〟で確保し、そこに必要最小限の設備を建設すればいいので、光ファイバーや衛星で固定電話のネットワークを作るのに比べたら、投資額は一けた少ないと言っていいと思います」

稲盛はひととおりの説明を聞いた後、しばらくしてから言った。

「第二電電として携帯電話事業への進出をどう考えるか、そろそろみんなの考えを聞かせてもらいましょうか」

「私は成算はあると思います」

小野寺が発言した。

「自動車電話ではなく、その先の携帯電話を見すえて事業を展開すれば、うまくいく可能性は十分にあります」

「私もやってみるべきだと思います」

木下が言った。

「先日、会長が言われた〝ぶどうの房〟構想、これはぜひ実現させたい」

「ほかのみんなはどうだろう」

片岡増美が口を開いた。

「私も賛成です。リスクはありますが、会長のおっしゃるように、いまは携帯電話の市場が爆発する前夜です。いち早く名乗りを上げるべきだと思います」

「反対の人はいますか」

だれの顔にも異存はないと描いてある。

「どうやら片岡志津雄くんと二人だけでやらないですみそうだな」

稲盛は冗談めかして言ったが、すぐ真顔に戻った。

「今後は携帯電話事業に進出するためにはどんな問題を解決しなければならないのか、徹底的に洗い出してください。技術的な課題、隠れたリスク、郵政省の動き、さらには技術の方式や営業エリアの選択、端末の調達についても細かく検討してほしい」

稲盛の指示に全員が力強くうなずいた。

2

携帯電話事業への進出を決断した第二電電は、稲盛の指揮のもと準備を始めた。まず着手したのは、日米の携帯電話の技術方式についての調査、検討だった。

そんな折、一九八五年六月初旬に開かれた日米政府間協議で、アメリカ政府は移動体通信の自由化を改めて迫る一方で、アメリカのセルラー電話の技術方式を日本でも採用してほしいと求めた。

この技術方式はTACS《タックス》方式と呼ばれ、モトローラが開発した規格である。といってもモトローラの独自技術ではなく、欧米では移動体通信の事実上の標準《デファクトスタンダード》として広く受け入れられている。

アメリカ政府がTACS方式の採用を強く求めてきた根拠は、NTT独自の通信方式と技術基準が参入障壁になっていると見たからだ。

日本の自動車電話の技術方式はNTT方式と呼ばれる。NTTに通信機器を納入するには、このNTT方式にのっとった細かな技術基準を満たさなければならない。アメリカ政府は、これが欧米の通信機器メーカーにとって日本への輸出の障害になっていると考えているのだ。

続く八月下旬に開かれた日米次官級協議――通称MOSS（市場重視型個別協議）で、日本側は改めて自由化を約束し、さらに「TACS方式を導入するかどうか十二月中に中間報告を発表し、結論を出す」と回答した。

そして十二月、郵政省はついにTACS方式の導入を認めた。中間報告に「TACS方式とNTT大容量《ハイキャップ》方式との共存は可能だ」と明記したのだ。

さらにその数日後、郵政省は「来年――一九八六年夏をめどに電波法の郵政省令を改正し、移動体通信への新規参入の申請を受け付ける」と発表した。

稲盛が予見したとおり、日本の通信のあり方を根底から変える革命の第二幕がついに上がった。来年夏、移動体通信におけるNTTの一社独占もまた終わるのだ。


郵政省がTACS方式の導入を認めたことを受けて、稲盛たちは携帯電話の技術方式を、TACS方式と、NTT方式の改良型であるNTT大容量方式のどちらにするか検討を積み重ねた。

そして、十二月中旬、最終的に決断を下す会議を開いた。

稲盛が着席し、会議が始まった。携帯電話事業の成否を左右する決断を下すだけに、だれの顔にも緊張がにじんでいる。

「TACS方式とNTT大容量方式の特徴、その長所や短所についてはこれまで嫌と言うほど議論してきたので、みんなの頭にはたたき込まれているとは思うけれど、もう一度、簡単に復習しておこうか。種野くんから説明してもらえるかな」

稲盛にうながされ、種野が立ち上がった。

「NTT大容量方式もTACS方式も、サービスエリアをいくつものセルに分けるセルラー電話の方式で、技術的な優劣はほとんどありません。とはいえ、どちらを選んでも同じだというわけではありません。仮にNTT大容量方式を選んだ場合、我々の携帯電話とNTTの自動車電話との互換性は百パーセント保証されます。NTTの自動車電話の利用者との通話が百パーセント可能だということですね。ただしTACS方式とNTTの自動車電話との互換性がないわけではありません。技術的なすり合わせや改良を施せば、両者の通話は可能だと思います」

小野寺がその後を続けた。

「一方のTACS方式の最大の利点は、NTTの風下に立たされないですむことです。我々がNTT大容量方式を採用した場合を考えてください。仮にNTT大容量方式に新たな改良が施されたとします。NTTはしばらくの間、それを自分たちだけで使うでしょう。その間、我々は古い技術でNTTと戦わざるを得ません」

「だれか種野くんと小野寺くんの説明に補足することはありますか？　なければ、しばらくの間、自由に考えを述べてもらいましょう」

稲盛は意見をうながしたが、発言はまばらだった。幹部社員たちの多くは、どちらがよいのかまだ決めかねているのだ。

「よろしいでしょうか」

小野寺が手を挙げた。

「いろいろ考えたんですが、私はTACS方式でいくべきだと思います。NTT大容量方式を採用したら、NTTに技術をすべて握られてしまい、NTTからライセンスを交付してもらわなければなにひとつできません。これでは圧倒的に不利です」

「しかし互換性を考えるとNTT大容量方式は魅力的だな。NTTの自動車電話との互換性が百パーセント保証されるのはやはりメリットだ」

千本が言い、数人がうなずいた。

それをきっかけに何人かが自分の考えを述べたが、双方を推す声はほぼ拮抗し、なかなか意見がまとまらない。

やがて幹部社員たちは黙り込み、稲盛の発言を待つ空気が生まれた。

「どうやら意見は出尽くしたみたいだね」

稲盛は全員を見回した。

「結論を言うと、僕はTACS方式でいきたいと思っています。小野寺くんは先ほど、NTT大容量方式を採用したら、NTTの風下に立たされてしまうと言った。まさにそのとおりだと思います。加えて携帯電話の端末についても不利を背負わされてしまう。国内の通信機器メーカーに対するNTTの影響力は絶大だから、通信機器メーカーが新しい端末を開発したら、まずNTTに納入するに違いない。我々は古い世代の端末でNTTと戦わなければならない。周回遅れの技術で戦ったら、もともと体力に劣る我々に勝ち目はない」

幹部社員たちがうなずいた。

「さらに言えば、日本国内の移動体通信がすべてNTTの方式になってしまうのはまずいと僕は思うんです。NTT大容量方式があり、TACS方式があるというように複数の方式が競い合い、切磋琢磨することで技術は進歩するものです。どうだろう。僕の決断に異存はあるかな。もしなければ、TACS方式を導入する準備を早急に進めてほしい」

幹部社員たちはもう一度、うなずいた。

明くる年——一九八六年の初頭、稲盛はシカゴのオヘア空港に降り立った。目指すはシカゴ近郊の街シャンバーグにあるモトローラの本社、訪問の目的は携帯電話事業でのモトローラとの提携交渉である。社長であるロバート・ガルビンに面会し、アメリカのシステムであるTACS方式の導入や、モトローラ製の端末の供給について話し合うのだ。

都市部を抜けた車はフリーウェイを下り、緑豊かなシャンバーグに入った。やがて広大な敷地を持つモトローラの本社が見えてきた。

モトローラは一九二八年、ロバート・ガルビンの父親であるポール・ガルビンによって設立された。

設立当時の社名はガルビン・マニュファクチャリング・コーポレーション。社員六人の町工場だったが、一九三〇年に世界で初めてカーラジオの開発に成功し、業容を急速に拡大する。ちなみに今日の社名のモトローラは、自動車を意味するモーターカーと音を意味するオーラの合成語で、移動中の音を示唆したものだ。

一九五六年、ポールは会長兼最高経営責任者（CEO）となり、ロバートが社長に就任した。ロバートは同社を、半導体、さらにポケットベルや携帯電話を世界に先駆けて開発する、今日の創造性あふれる大手通信機器・半導体メーカーに育て上げた。

社長のロバート・ガルビンは玄関ロビーで稲盛を出迎えた。

「シャンバーグにようこそ」

ガルビンは満面に笑みを浮かべた。

年齢は六十代半ば、稲盛よりひと世代年上だが、まっすぐに伸びた背筋や血色のよい頬は精力的で若々しい印象を与える。

ガルビンとは旧知の間柄だった。ソニーの盛田会長が引き合わせてくれて、お互いの事業や経営に対する考え方を語り合ったことがある。

日本の財界やマスコミの間では、ガルビンは日本叩きの急先鋒あるいは政商といったイメージが定着している。「日本製のセルラーホンがアメリカ市場で不当な安値で売られている」と商務省と米国際貿易委員会（ITC）にダンピング提訴したり、日本が自社のTACS方式を採用するようにアメリカ政府に働きかけたなどと伝えられたりしているからだ。

しかし、直接言葉を交わした印象では、反日的な考えの持ち主にも、裏に回って工作するタイプにも見えなかった。むしろ自由と公正を尊ぶ筋金入りの起業家にほかならないと思った。

稲盛は温めている計画について打ち明けた。

日本の移動体通信の自由化は秒読みに入っており、自由化され次第、新規参入の申請を行いたい。

ただし自動車電話はあくまで通過点であり、その先にある携帯電話を見すえている。いまのハンディーホンをさらに小さく、軽くして、利用者が持ち歩いて使える携帯電話の事業を早ければ三年以内にスタートさせたい。営業エリアはまず東京、大阪を考えている。その後は名古屋や福岡などほかの大都市部にも拡大していきたい。

やれる自信はある。いまのNTTの自動車電話はシステムの使用料金が高くて、新規の設置費用に三十万円以上もかかる。これが普及の妨げになっているので、技術革新やコスト削減によって利用価格をうんと下げ、普及をうながしていきたい。

そもそも第二電電を立ち上げたのは、欧米に比べてはるかに高い日本の電話料金を下げるのが目的だ――。

興味深げに稲盛の話に聞き入っていたガルビンは、深くうなずいた。

「実にすばらしいプランだし、我々にとって非常に興味深い話です。お手伝いできることがあればなんでもいたしましょう」

ガルビンは手元のメモ用紙に絵を描き、稲盛に見せた。それは携帯電話の絵だった。

「私たちはいま、手のひらにすっぽり収まるくらい小さくて軽い端末の開発を目指しています。半導体やバッテリーの技術進歩を考えると、それほど遠くない将来に実現できるでしょう」

ガルビンはメモ用紙を二つに折りたたんだ。

「ちょうどこのくらいの大きさの筐体の中に送受信機もバッテリーもすべて収まるんです。そうなったとき、自動車電話という言葉は死語になると私は考えています。もちろん自動車の車内で電話をかける需要がなくなるわけではない。それどころか、そうした需要はますます増えるでしょう。しかし、そのときには自動車電話を使うのではなく、携帯電話を車内に持ち込んで使うんです」

ガルビンは得意げに微笑んだ。

3

携帯電話の方式をTACS方式とNTT大容量方式のどちらにするか最終的に検討していたその時期、重大な情報が稲盛にもたらされた。

郵政省での打ち合わせから戻ってきた副社長の金田が会長室にやってきて、こう報告したのだ。

「先ほど、郵政省の担当者から聞いたんですが、日本高速通信も移動体通信に参入すると郵政省に内々に伝えてきたそうです」

それを聞いた稲盛は「やはり出てきたか」とつぶやいた。

日本高速通信の大株主であるトヨタの社長、豊田章一郎は自動車電話の事業に並々ならぬ関心を寄せていたので、いずれ手を挙げるだろうと予想していたのだ。

「計画の中身も聞きましたか」

「はい、サービス開始は二年後の一九八八年秋を予定しているそうです。まず首都圏で始めて、大阪、名古屋へと順次、拡大していくとのことですから、計画自体は我々と大差はありません。しかし、我々とは大きく異なっている点が二つあります。まず彼らがやろうとしているのは……」

「あくまで自動車電話……」

「おっしゃるとおりです。そこが決定的な違いです。トヨタは近い将来、自動車電話を自動車のダッシュボードに組み込み、普及させる戦略を練っているそうで、日本高速通信はそれを実現するための先兵という位置づけですね」

稲盛はうなずいた。いかにもトヨタが考えそうな事業だった。

「もう一つは技術の方式です。日本高速通信はＮＴＴ大容量方式を採用するそうです。日本高速通信にはＮＴＴやＮＥＣなど電電ファミリーからの出向者が何人もいますので、彼らの意見が通ったのでしょう」

それはあり得ると稲盛は思った。日本高速通信や日本テレコムではＮＴＴからの出向者は通信のプロとして大きな発言力を持っていると聞いていた。

もちろん第二電電にも、ＮＴＴの前身である電電公社の出身者は千本や小野寺、種野をはじめ何人もいる。しかし彼らは皆、電電公社を辞め、第二電電に飛び込んできたのだ。

電電公社に限らず、第二電電は出身企業を辞め、自ら退路を断って飛び込んできた社員がほとんどだ。その点は、ＮＴＴのみならず出資企業からの出向者が多い日本高速通信や日本テレコムとの大きな違いの一つだった。

「それから新電電三社の中のもう一社、国鉄系の日本テレコムですが、三菱商事や住友商事と組んでポケベルサービスに乗り出すとのことです。ポケベルサービスは、日本テレコム以外にも清水建設・日商岩井のグループや、東京電力・三井物産のグループなど、いくつもの企業グループが参入を予定していますが、郵政省は日本テレコムのグループを中心に一本化を進める予定だと担当者は教えてくれました。これについては関係者の間で、自動車電話・携帯電話に参入しなかった日本テレコムへの見返りではないかとの憶測も流れているそうです」

ポケベル――ポケットベルとは手のひらに収まる小型の液晶端末にデータを送信する移動体通信で、電話を使って相手のポケベルの着信音を鳴らすことができる。ポケットベルはNTTが一九六八年から始めたサービスの名称だが、ページャーサービスつまり無線呼び出しサービスを意味する言葉として一般に定着している。

「ポケベルか。僕にはどうしても本筋には思えないのだけれどね」

稲盛は言った。

ポケベルはいまそれなりに普及している。とりわけ警察や医療機関では緊急時の連絡手段に使われている。多くの人にいっせいにメッセージを送る同報機能があるためだ。

しかし、その限定された機能を考えると、携帯電話が普及するまでの、つなぎのサービスに思えてならなかった。

「ポケベルはさておき、日本高速通信が出てきたとなると、我々としては郵政省の動きが非常に気になるな」

金田はうなずき、眉根を寄せた。

「実は担当者がこっそり教えてくれました。『郵政省の上の方の人間は、新規参入企業を一社に絞り込みたい考えのようだ』と。つまりNTT以外はあと一社、計二社にとどめたい考えなんです。NTTを入れて三社が参入すると、新規参入企業のために用意している電波が足りなくなってしまうし、そもそも三社が並び立つほど市場規模は大きくないという判断ですね。ですので『日本高速通信と合弁企業を作り、一緒にやったらどうか』と、我々に提案してくる可能性は十分にありますね」

「一本化しろと言うのか」

「そのとおりです」

「うむ……」

稲盛は腕組みした。

郵政省の担当者がこっそり耳打ちしてくれた話は、ほどなく現実のものになった。

移動体通信への参入について内々に話があると郵政省に呼び出された小野寺はこう言われたのだ。

「郵政省としては第二電電と日本高速通信とでじっくり話し合ってもらい、事業の一本化を実現してほしいと考えています」

「やはりそういう話ですか。あなたがたが言う一本化とは、合弁企業を立ち上げろという意味ですか」

小野寺は聞いた。

「いえ、それについては我々は何も指示できません。あなたがた民間企業の問題ですから。ただ第二電電は一九八八年春にサービスを開始し、首都圏から大阪、名古屋へとサービスエリアを拡大していきたいとおっしゃる。日本高速通信も同年秋に首都圏でサービスを開始し、以降、名古屋、大阪へと広げていきたいと言う。事業の戦略について一致点は多いんじゃありませんか」

「通信の方式が違いますよ」

小野寺は口を挟んだ。

「我々はTACS方式を採用します。一方、日本高速通信はNTT大容量方式でいくと言っています」

「それについてもねえ……」

担当者は声をひそめた。

「あくまでここだけの話ですが、郵政省の上の方の人間にはNTT大容量方式での参入を望む声が多いんですよ。NTTの自動車電話との互換性を考えるとTACS方式よりはるかに効率的ですからね」

「そうは言いますけどね……」

反論しかけた小野寺を担当者がさえぎった。

「ここだけの話なので忘れてくださいって。こんな話が漏れたら、アメリカ側から批判されかねないからね」

「いつまでに一本化しろと言うんですか」

「とくに期日は設けていませんが、できれば移動体通信への新規参入申請の受付を始める今年八月一日までに一本化調整を終えてほしいですね」

「一本化しろというのは、NTTに加えて新たに二社が参入するのは多すぎるという判断ですか」

小野寺の質問に担当者はうなずいた。

「おっしゃるとおりです。NTTの自動車電話への利用件数はいま全国で六万台強で、その料金収入は一九八五年四月から九月までの半年間で約百十億円と、NTTの全収入の〇・四パーセントにすぎません。市場規模を考えるとNTTプラス一社が適切です」

「もし一本化できなかったら、どうなります」

「郵政省としては、それはあまり考えていないんですが、方法は二つでしょうね。新規参入者向けに用意していた電波の周波数を二つに割って半分ずつあなたがたに割り振るか、サービスエリアを二つに分割するかです。しかし、そうなると、あなたがた新規参入者にとってはきついですよ。まず周波数を二分割する方法ですが、我々が用意している二十五メガヘルツの電波のうち、あなたがたに用意している分は十メガヘルツです。NTTが十五メガヘルツを使いますからね。それを第二電電と日本高速通信で分けるとなると、それぞれ五メガしか用意できず、あなたがたが契約できる利用件数はそれぞれ一地域当たり三万台が限度になってしまう。それで採算に合いますか」

「無理だな。最も採算性が高い首都圏でも五、六万台の契約を取らないと採算は合わない」

「でしょう? それならサービスエリアの分割はどうかと言えば、話がまとまらないんじゃありませんか。NTTの自動車電話は需要の六割が東京に集中している。当然、第二電電と日本高速通信とで東京という大きな市場の争奪戦になりますよ」

小野寺は唇を噛んだ。

第二電電の本社に戻った小野寺は郵政省の担当者とのやりとりを稲盛に報告した。話を聞き終えた稲盛はため息まじりに言った。

「郵政省の言っていることはわからないでもないが、日本高速通信との一本化は困難だね。こちらに経営権を持たせてくれれば合弁もあり得るが、彼らが我々に株式のマジョリティーを譲るとは思えない」

「おっしゃるとおりでしょうね。あくまで自動車電話をやりたい日本高速通信は、第二電電に経営権を与えたら携帯電話に行ってしまうと拒否反応を示すでしょうね。郵政省の情報によると、日本高速通信は、自動車電話を手がける子会社を設立する計画だそうです。社名は日本移動通信で、日本高速通信やトヨタが大株主になるとのことですから、彼らの自動車電話へのこだわりは一筋縄ではありませんね」

「しかし、頭から一本化は無理だと言っていたら何も始まらない。この段階ではあらゆる可能性について検討してみる必要はあるな」

稲盛はしばらくの間、思案してから言葉を続けた。

「『一度お話をしませんか』と、こちらから日本高速通信にボールを投げてみようか。彼らが何を考えているのか知るだけでも無駄ではないからね。まずは先方の担当者と接触してくれないかな。一本化についてどう考えるか、合弁企業を立ち上げてもいいと思っているのかどうか、もしそうだとしたら、経営権や事業の目的についてどう考えているのか、ぜひ聞いてみてほしい」

小野寺はうなずいた。

一カ月後、第二電電と日本高速通信の担当者による一本化のための話し合いが郵政省で開かれた。

会合に臨んだ小野寺は、第二電電と日本高速通信とではやはり水と油であり、一本化は困難だと改めて痛感した。

一本化に対して、まず拒否反応を示したのは日本高速通信だった。

日本高速通信の担当者は困惑を顔に浮かべてこう言った。

「一本化と言われましても我々と第二電電とでは経営哲学が百八十度違いますからね。こう言ってはなんですが、稲盛会長が率いる第二電電はベンチャーで暴れ馬ですよね。トヨタ自動車を親会社に持つ我々とは社風が違うでしょう？」

「まあまあ、いきなり核心に触れなくても。今日はお互いの計画や考え方を理解し合うというのが趣旨ですから」

郵政省の担当者がとりなしたが、日本高速通信の担当者はさらに言った。

「こういう大事な話は、初めにはっきりさせておいた方がいいと思いましてね」

「そうしますと、日本高速通信としては我々と一緒に合弁事業を立ち上げるのは論外ですか」

小野寺が聞いた。

「いや、必ずしもそうではありません」

「というと？」

「例えば日本高速通信が発行済み株式の七割を取得し、あなたがたが残りを取るといった形で我々が経営権を握れるのであれば、交渉の余地はあるかもしれない」

「あり得ないですね」

小野寺が口を挟んだ。

「そうでしょうか。だって合弁企業を設立するとき、企業規模や格に勝る企業がマジョリティーを取るのは一般的ではありませんか」

「我々にとってはあり得ないと言ったんです。通信の方式についてはどう考えています？」

「合弁企業を立ち上げた場合ですか？　それは言うまでもなくＮＴＴ大容量方式を使いますよ。ＮＴＴの自動車電話との互換性を考えたら選択の余地はありません」

「ＴＡＣＳ方式にもＮＴＴの自動車電話との互換性はありますよ。両者間の通話に問題はないはずです」

「それはどうかな」

「まあまあ……」

担当者が割って入った。

「それぞれの考えをぶつけ合うのもいいですが、お互い、ぜひ歩み寄りの姿勢も見せてくださいよ。そうでないと一本化が困難になってしまいます」

一本化のための会合はその後、何度も開かれた。

しかし「親会社のトヨタ自動車は経済界きってのエスタブリッシュメントである」と自負する日本高速通信は、第二電電の経営哲学や社風への拒否感を隠そうともせず、どちらが経営権を握るか、どちらの通信方式を採用するかで話し合いは平行線をたどった。社長同士の会談も行われたが意見はまとまらなかった。

やがて新規参入申請の受け付けが始まる八月一日となったが、一本化調整がまとまらないため、第二電電、日本高速通信ともに申請を先送りせざるを得なかった。

稲盛は焦る気持ちを押し殺しながら、一本化調整がうまくいってもいかなくても速やかに事業をスタートできるよう準備を進めた。稲盛の指示を受けて小野寺たちは事業計画の細部を詰め、その一環として無線基地局の設置数や設置場所を決めるシミュレーションを行った。

九月が過ぎ、十月になった。

そして十一月に入り、日本テレコムを中心とするポケベル事業の一本化が実現されるとのニュースが入ってきた。

記事によれば、首都圏では日本テレコムを中心に、清水建設・日商岩井のグループ、東京電力・三井物産のグループなど五つのグループがまとまって、十二月中旬に東京テレメッセージを設立するという。

日本テレコムを中心とする一本化は、自動車電話・携帯電話に参入しなかった日本テレコムに一社参入という見返りを与えるためではないかとの憶測もあると金田は言った。その真偽はともあれ、ポケベルの一本化調整は日本テレコムが望む形で決着したのだった。

膠着していた局面が一転して動き出したのは翌年──一九八七年の正月明けだった。

郵政省は一月十七日、第二電電と日本高速通信の一本化調整を断念し、それぞれ単独での新規参入を認める方針だと発表したのだ。

ほどなく、第二電電と日本高速通信の社員が郵政省に呼ばれた。

郵政省の担当者は言う。

「あなたがた二社がそれぞれ別個に単独で事業を行うとなると、残る方法は二つしかありません。用意していた十メガヘルツの電波を半分ずつ、あなたがたに割り振る『割り当て電波周波数の二分割』か、サービスエリアを二つに分割する『サービスエリア二分割』です。しかし、あなたがたもよくご存知のとおり、五メガヘルツでは一地域の契約件数の上限が約三万台にすぎず、採算が合いません」

「NTTに振り向ける十五メガヘルツの電波を削っていただいて、我々に回してもらうことはできないんですか」

日本高速通信の担当者が聞いた。

「我々も同感ですね。日本高速通信さんと珍しく意見が一致した。ぜひそれをしてもらいたい」

小野寺は冗談めかして言ったが、郵政省の担当者は硬い表情で否定した。

「それは無理です。NTTに十五メガヘルツを割り当てる方針に変更はありません。つまり現実的な選択肢は『サービスエリア二分割』だということです。より具体的に言えば、東日本と西日本に分ける方法です」

「そういうことなら我々は東日本をいただきたい」

日本高速通信の担当者が語気を強めて言った。

「我々が設立を予定している子会社の日本移動通信は東京でのサービスを前提にしています。西日本では事業が成り立たない」

「ちょっと待ってください。東京を重視しているのは私たちだって変わらない」

小野寺は勢い込んで言った。

NTTの自動車電話は需要の六割が東京に集中している。電気通信技術審議会による自動車電話の需要予測では、七年後の一九九四年には東京が三十五万台に達するのに対して大阪は十五万台、名古屋は七万台にとどまっている。第二電電にとっても東京は事業を成立させる生命線だった。

「あなたがたの言い分はよくわかりますが、どちらか西日本を選択する可能性は……」

「あり得ないな」

「それは私たちも一緒です」

「しかし……どちらかが折れてくれないと話はまとまらないんですよ」

郵政省の担当者は困惑した顔で小野寺と日本高速通信の担当者を交互に見た。

その翌週に開かれた二回目の話し合いも、双方ともに東日本を営業エリアにしたいという主張がぶつかり合い、まとまらなかった。

小野寺から報告を受けた稲盛は会長室の会議テーブルの上で両手を組み、吐息をついた。

「東西の地域割りについてクジ引きで決めたらどうかという提案も却下されてしまったんだね」

小野寺はうなずいた。

「『なんてことを言うんだ』と一言のもとに否定されました。それどころか郵政省の課長から叱られてしまいましたよ。『ナショナルプロジェクトをクジで決めようだなんて不遜だ。そんな子供みたいなことを言っていないで話し合いなさい』と」

「話し合いがつかないからクジ引きでと言ったんだけれどね……」

思い上がった考え方だと受け取られたのは心外だった。クジ引きは公平だし、アメリカでは米連邦通信委員会（ＦＣＣ）が自動車電話サービスを認可するとき、クジ引きで絞り込む方法がまじめに議論されたのだ。

「このままではお互いどこまでいっても平行線をたどりそうだな」

稲盛は目を閉じ、どうすべきか考えた。

これ以上、交渉を長引かせないために、日本高速通信がどうしても東日本に固執するなら彼らに東日本を譲り、我々は西日本を取る――そうした譲歩案もあり得ないではなかった。

たとえ東京というドル箱の市場を得られなくても、西日本で携帯電話のサービスを定着させられれば事業は成立する。それは同時に足回りの市内を結ぶローカル網を確保して〝ぶどうの房〟を実現することにもつながる。

しかし、譲歩するうえで重大な問題があった。

東日本、西日本と言っているが、その境界線をどこに引くかだ。箱根か、静岡県の大井川か、あるいは百歩譲って浜松か。これまでの交渉では西日本と東日本の線引きについてはまったく議論されていなかった。

常識的に言えば、関東地方以東か静岡県以東が東日本、東海地方以西が西日本だろう。しかし法令で定められているものではない。日本高速通信がどう考えているのか、予断を許さなかった。

一九八七年二月四日――。

郵政省で開かれた営業地域分割のための話し合いに稲盛は出席した。日本高速通信からは会長の花井正八、社長の菊池三男が部下を伴って列席している。

郵政省の担当者は日本高速通信、第二電電双方に意見を求めた。

「我々は方針にまったく変更はありません。東日本で事業を展開したいと考えています」

日本高速通信側が答えた。

「第二電電としてはいかがですか」

稲盛は立ち上がった。

「日本高速通信がどうしても東日本でやりたいと言い、我々もまた東日本に固執していたら、話し合いはどこまでいってもまとまりません。ですので我々としてはここは譲ってもいいと考えてはおります」

稲盛の発言に出席者たちがざわめいた。

「ただし、その前にはっきりさせなければいけないことがあります。東日本と西日本の具体的な線引きです。そこが明確にならない限り、第二電電としては譲歩のしようがありません」

「東日本、西日本の線引きは我々にとっては非常に明確です」

日本高速通信側が立ち上がった。

「NTTの自動車電話の営業エリアの区分では東日本と言うときには名古屋以東のエリアを指しています。日本高速通信としてはその区分の仕方をここでも踏襲してもらいたいと考えています」

ざわめきが先ほどより大きくなった。常識的な線引きとは異なる日本高速通信側の主張に郵政省の担当者を含めて他の出席者たちが驚いたのだ。

「つまり、あなた方は東京に加えて、名古屋でも営業を行いたいと、そう言いたいわけですか」

郵政省の担当者の質問に、日本高速通信側はそのとおりだとうなずいた。

「それはあまりにもアンフェアではありませんか。NTTの自動車電話の契約件数は東京、名古屋地区の合計が五万四千台、対する大阪以西は九州を合わせても二万四千台にすぎない」

稲盛は反論した。郵政省の担当者もうなずいたが、日本高速通信側の主張は強硬だった。

「我々としては東京、名古屋は絶対に外せません。逆に言えば東京、名古屋で営業をスタートできるなら他の地域は第二電電に譲り渡してもかまいません」

稲盛は日本高速通信のあまりに虫のいい主張に呆れた。

需要の大きい東京と名古屋に絞り込んで、自動車電話のサービスを行いたいというのだ。投資効率を考えたら、これほどおいしい話はない。

もし日本高速通信の主張を呑んだら、第二電電が得られる営業地域は大阪を除けばすべてルーラルエリア――いわば地方部になってしまう。北海道、東北、北陸、中国、四国、九州――どこも需要は相対的に小さく、投資効率は悪い。

しかし、このまま地域割りの話し合いがまとまらなかったら、どうなるか。

今日は一九八七年二月四日、郵政省が新規参入申請の受付を始めた昨年の八月一日からすでに六カ月が過ぎている。

この先も双方の主張が平行線をたどったら、郵政省が再び一本化を持ち出してくるのは明らかだった。「やはり一本化以外には解決策はない」として、日本高速通信と第二電電の合弁企業による参入のみを認める最終的な裁定を下すに違いない。

その裁定に沿って合弁企業を設立したら、株式のマジョリティーは日本高速通信に取られてしまう。親会社であるトヨタ自動車と京セラを比較した場合、企業規模や格ではトヨタ自動車が勝っているからだ。結果、第二電電はマイナーな出資者の一社という位置づけになり、経営権を手放さざるを得なくなる。

そうなったら第二電電独自の戦略を展開できず、〝ぶどうの房〟の実現は水泡に帰してしまう。

「第二電電としてはいかがですか」

郵政省の担当者が質問し、出席者全員の視線が稲盛に注がれた。

「お互い、このように角を突き合わせていたのでは、どこまでいってもまとまりません。日本高速通信がどうしても『東京だ、名古屋だ』と言うのなら、饅頭のおいしいあんこは自分たちで食べて『皮だけをやる』と言うのなら、いいでしょう、あとの地域を私たちがやりましょう」

出席者たちが驚きの声を上げた。

社長の菊池や会長の花井ら日本高速通信の幹部たちさえ、信じられないという顔をした。

「つまり第二電電としては東京、名古屋を日本高速通信に譲ると……皆さん、静粛にしていただけますか……それで本当によろしいのですね」

稲盛は怒りと口惜しさを噛み殺し、うなずいた。

「日本高速通信としてはいかがですか。聞くまでもないかと思いますが、第二電電の営業エリアについて異存はありませんね」

「ありません」

郵政省の担当者の質問に日本高速通信側は間髪を入れずに答えた。菊池も花井もポーカーフェースを装っているが、してやったりという喜びを隠しきれず、頬が紅潮している。

稲盛は唇を噛みしめた。

第二電電として取り得る唯一の策だったとはいえ、日本高速通信に比べてはるか風下からのスタートを強いられる結果となってしまった。

稲盛はその日、役員会を開き、半年にわたる交渉の結果についてソニー会長の盛田やウシオ電機会長の牛尾、セコム会長の飯田ら第二電電の役員たちに報告した。

役員たちは唖然とした顔をした。

「稲盛さん、捨て台詞に饅頭の喩えを使ったそうやけれど、まさか本当に饅頭のおいしいあんこをあげてしまって皮だけもらってきただなんて……。日本高速通信はまさにいいとこ取りやないか」

牛尾が悔しげな顔をする。

「稲盛くん、どうして相談してくれなかったんだよ。いくら会長だとはいえ、我々に一言もなく不利な条件を簡単に呑んでしまって……」

盛田が稲盛をなじった。

「盛田さんは簡単にと言われるけれど、これは考えに考えたあげくの結論なんです」

「だけどね……」

「それに相談したところで結論は同じだったと思います。我々が譲らなかったら、どこまでいっても話はまとまらない。残る選択肢は日本高速通信との合弁だけれど、その場合はトヨタに経営権を握られてしまう」

「だけどね、どう考えても今回の結論は馬鹿げているよ。こんな不公平な分割を呑むことはないじゃないか」

盛田はなおも言いつのり、牛尾と飯田がそのとおりだと相づちを打った。

「不公平は百も承知です。僕が言いたいのは、これが第二電電として取り得る唯一の策だったということです。それに『負けるが勝ち』という言葉もあります。ここはいったん退却せざるを得なかったけれど、後で必ず勝ってみせます」

「成算はあるのか」

牛尾の質問に稲盛は「ある」と力強くうなずいた。

4

負けるが勝ちという言葉もある——盛田たちに返した言葉は、売り言葉に買い言葉でも、その場を丸く収めるための言い逃れでもなかった。

稲盛は今後の戦略を必死に考え続けていたのだ。

第二電電は圧倒的に不利な立場に追い込まれてしまっていた。戦国時代に喩えれば、武将たちが集まる評定《ひょうじょう》で、他の武将たちに謀られて肥沃な土地をすべて奪われてしまい、残りの、面積こそ広大だが肥沃とはとうてい言えない土地をあてがわれたようなものである。

逆に日本高速通信は有頂天になっているに違いない。彼らは労せずして人口の集中する東京、名古屋を手中に収めたのだ。こんなに簡単に思いどおりになっていいのかと驚きつつも、ほくそ笑んでいるだろう。

どうすればこの困難な状況を突破できるだろうか。どうすれば不利な条件を覆し、日本高速通信を抜き返せるだろうか。

稲盛はとことん考え続けた。

それぞれの地域に確固たる営業基盤を築き上げれば、ＮＴＴの自動車電話が掘り起こせなかった需要を開拓できるだろう。では、どうすれば地域に根ざしたサービス体制を展開できるだろうか。第二電電単独では無理だ。だとすると、だれかと組むべきだろうか。

やがて、これしかないという、ある一つの戦略が稲盛の頭の中で具体化していった――。

稲盛は経営会議を開き、その戦略を幹部社員たちに伝授した。

「我々は大変悔しく、また残念なことに今回、苦渋の選択を呑まざるを得ませんでした。おいしい饅頭が目の前にあるのに、あんこを全部取られてしまい、あんこがほんの少しついた皮が我々に残されただけでした。しかし皮でも食べていれば死ぬことはありません。

それどころか饅頭の皮を黄金の皮に変える方法があります。それを実現するのは困難ですが、悔しさをバネに必死で頑張れば必ずやり遂げられると思っています。その方法とは〝外様大名〟と組んで〝ぶどうの房〟を実現する策です」

全員が食い入るように稲盛を見つめた。

「ここで言う〝外様大名〟とは何かというと、電力会社です。みんなもよく知っているように日本の電力供給は電気事業法による地域独占体制が堅持されています。全国を北海道、東北、首都圏、中部、北陸、関西、中国、四国、九州のブロックに分けて、それぞれ北海道電力、東北電力、東京電力、中部電力、北陸電力、関西電力、中国電力、四国電力、九州電力が電力供給事業を独占的に営んでいます。これら電力会社は室町・戦国時代の外様衆、江戸時代の外様大名さながら、地元に密着し、地域経済に君臨し、域内の産業界に絶大な影響力を誇っています。そうした電力会社に対していわば〝密使〟を放ち、彼らを我々の味方につけるんです」

「味方につけるとは、一緒に合弁を立ち上げるということですか」

小野寺が聞いた。

「そういうことです。東京電力と中部電力を除く七社と組んで、それぞれの地域に合弁で携帯電話のサービス会社――セルラー会社を立ち上げる。関西電力と合弁で関西エリアに関西セルラーを、中国電力と合弁で広島や岡山など中国エリアに中国セルラーを、東北電力と合弁で東北エリアに東北セルラーを……という具合に東京、名古屋を除いた全国にセルラー会社を設立し、短期間で全国的な〝ぶどうの房〟を作り上げるんです」

幹部社員たちがその大胆な着想に感嘆の声を上げた。

「ただし、合弁を設立する際には我々が株式のマジョリティーを持ち、電力会社の出資は二十パーセントにとどめてもらいます。社長は電力会社から出してもらってもいいが、議決権はあくまで我々が持つんです」

「折半ではないんですね」

千本の質問に稲盛はかぶりを振った。

「合弁に折半の出資はあり得ない。それでは意思決定の軸が定まらず、経営が迷走し、いずれ行き詰まってしまう」

「面白いですね！」

片岡志津雄が感に堪えない口調で言った。

「北は北海道から南は九州に至るぶどうの房、遠からずその構想が実現したら、饅頭の皮は日本高速通信にとって自分たちを取り囲む包囲網に見えるでしょうね」

小野寺が続けた。

「しかも電力会社が持っている送電などのための鉄塔は、携帯電話の受発信装置を取り付ける格好のポイントになります。用地を確保する時間もコストも削減できる」

経営会議が終わるやいなや、第二電電は〝ぶどうの房〟の実現に向けて動き出した。〝外様大名〟に向けて〝密使〟を放ったのだ。

一方、日本高速通信は二月十八日、東京と名古屋の両市場を手に入れるのを待っていたかのように、自動車電話を専門に手がける日本移動通信（IDO）の設立を正式に発表した。

発足は三月九日で資本金は五十五億円、日本高速通信とトヨタ自動車を中核に、東京電力や日産自動車、大手商社など十八社が出資する。

社長には日本高速通信副社長の池田一雄が、会長には日本高速通信会長の花井正八が就任する。サービス開始は従来どおり、一九八八年秋を予定しているという。

これをきっかけに、新聞や雑誌などのメディアは固定電話だけでなく移動体通信の事業でも日本高速通信が圧倒的に有利で、第二電電の苦戦は避けられないと報道した。

しかし全国の〝外様大名〟を味方につける〝ぶどうの房〟の形成は水面下で順調に進んでいた。

六月一日、第二電電は関西電力などと合弁で、セルラー会社の第一号である関西セルラー電話を設立した。営業エリアは予定どおり大阪、京都、兵庫、和歌山、奈良、滋賀の近畿二府四県で、二年後の一九八九年七月のサービス開始を目標に掲げた。

社長には関西電力支配人の青戸元也が就任、関西電力社長の森井清二や大阪ガス社長の大西正文、サントリー社長の佐治敬三らが設立発起人に名を連ね、まさに関西財界挙げての立ち上げとなったが、経営権はあくまで六十五パーセントを出資して筆頭株主になった第二電電が握った。関西電力の出資比率は稲盛が指示したとおり、二十パーセントである。

十月、第二電電は関西セルラーに続いて九州を営業エリアとする九州セルラーを九州電力などと合弁で設立した。

翌十一月には中国電力と合弁で中国セルラーを設立。

さらに一九八八年四月には東北電力と合弁で東北セルラーを、五月には北陸電力と組んで富山、石川、福井の北陸三県を営業エリアとする北陸セルラーを設立した。

いずれも関西セルラー同様、電力会社出身者が社長に就いたが、第二電電が筆頭株主となり、経営権を握った。

〝ぶどうの房〟は少しずつ、その姿を現しはじめていたのだ。

一九八九年初頭——元号が昭和から平成に変わった数日後、第二電電の携帯電話事業の前途を明るく照らす情報がモトローラ社長のロバート・ガルビンによってもたらされた。

世界最軽量、最小の携帯電話の端末を開発し、四月に発売するという。商品名はマイクロタック（MicroTAC）。

モトローラから届いた試作品を見た瞬間、会議室に集まった幹部社員たちは歓声を上げた。

「これは革新的だな」

稲盛は言った。

マイクロタックは重量が約三百グラム、ポケットに入るサイズで、蓋を開けるとプッシュボタンが姿を現す簡素なデザインも洗練されている。

NTTが一九八五年に発売したショルダーホンは重量が三キログラム、大きな辞書ほどのサイズだった。NTTはその後、改良を重ね、軽量・小型化を進めてきたが、最新型の携帯電話でも六百グラムを超え、レンガほどの大きさだ。両者を比較するとマイクロタックの先進性は際だっている。

「サービス開始に向けて頼りになる味方が生まれたね」

稲盛の問いかけに小野寺はうなずいた。

「我々が手がけているのは携帯電話サービスであることを訴える格好の端末ですね」

七月、関西セルラーはついにサービス開始を迎えた。

開業を翌日に控えた七月十三日、大阪・梅田駅前の広場で開業セレモニーが開催された。

多くの関係者が見守るなか、稲盛は挨拶に立った。

「いよいよ関西セルラーの携帯電話サービスが始まることとなりました。携帯電話の時代が幕を開けたわけです。そして近い将来、私は〝個人電話の時代〟が必ずくるだろうと考えております。赤ちゃんが一人生まれたら、名前をつけてもらう前に電話番号をもらう。一人ひとりが携帯電話をポケットに入れていて、いつでも、どこでも、だれとでも通話する。そんな時代が必ずくるだろうと考えております……」

続いて稲盛、関西セルラー社長の青戸たちによるテープカットが行われ、テープが切られるのと同時に数多くの紅白の風船が高層ビル街に舞い上がった。

さらに大阪の目抜き通りである御堂筋でパレードが行われた。鼓笛隊を先頭にバトントワラーやクラシックカーが行進し、関西セルラーによる携帯電話サービスの開始をアピールした。

そして十四日午前零時、いよいよ携帯電話サービスが始まった。

その反響は爆発的で、翌日には関西セルラーの契約件数は四千台を突破した。そのうちわけは携帯電話専用端末が四十五パーセント、車外に持ち出せる自動車・携帯兼用端末が十五パーセントで、自動車電話専用端末は四十パーセント。

前年十二月に東京二十三区でサービスを始めた日本移動通信は、契約端末数八千台のうち自動車電話専用端末が九十七パーセントで、携帯電話専用端末は三パーセント。

携帯電話事業ではすでにこの時点で第二電電グループが日本高速通信グループを凌いだのだった。

関西セルラーはその後も急速に契約件数を増やし、業績を伸ばしていった。当初、基地局などの設備は二万七千人の利用者に対応できる分を用意したが、一九八九年末にはそれでは足りなくなってしまい、翌年六月、二倍の五万四千人の利用者に対応できる設備へと増設した。

この結果、一九八九年度には売上高六十八億円、経常損失十一億円だった関西セルラーの業績は、一九九〇年度には売上高二百四十億円、経常利益四十九億円となり、単年度で黒字に転換したばかりか累積損失を一掃し、四億円の内部留保を生んだ。

関西セルラーの躍進は、〝外様大名〟を味方に〝ぶどうの房〟を実現する戦略を練った当の稲盛自身をも驚かせた。

もちろん、うまくいくと確信していた。しかし、こんな短期間に垂直立ち上げを果たせるとは思わなかったのだ。

関西セルラーが成功した理由は、第一にはマイクロタックの人気が大きかった。「固定電話の営業で訪問しているのに、僕がマイクロタックを持っているのを見ると、お客さんが『そっちがほしい』と言い出す」と種野がぼやくほど引き合いは旺盛で、モトローラの日本に振り向ける分の生産が間に合わず、なかには一年も待たせてしまった利用者もいた。

二つ目の理由は事業の成否を左右する料金体系が的確だった点だ。関西セルラーは基本料金をNTTより約三割安くし、通話料金も、土・日、祝日を除く昼間の場合、近畿内はNTTの三分間二百八十円に対して二百円、隣接県または百六十キロメートル以内の地域はNTTの二百八十円に対して二百六十円と、四パーセントから二十九パーセント安く設定した。さらにNTTは自動車電話の利用者から十万円の保証金を預かっているが、これも撤廃した。

そして携帯電話に対する潜在需要の大きさ。稲盛は携帯電話事業への進出を提案したとき、「携帯電話が小型化される一方で価格が低下していき、いつか臨界点に達した瞬間、その市場は爆発的に拡大する」と予測した。その爆発の大きさは、想像以上だったのだ。

稲盛は森山のことを思った。一九八七年十二月に倒れ、帰らぬ人となるまで、彼は稲盛の指示に従い、通産省、とりわけ資源エネルギー庁の長官時代に培った電力会社との太いパイプを生かして〝外様大名〟を味方につけるための〝密使〟として全国を飛び回ってくれたのだった。

そう言えば、一度、稲盛に対して弱音を吐いたことがあった。

「稲盛さんは合弁を設立する際には電力会社の出資を二十パーセントにとどめてもらうと

言われましたが、なんとか上限を上げてもらえませんか。実は電力会社のお歴々は『なぜ我々が二十パーセントなのか』と渋っていましてね。巨大企業である電力会社からすれば、第二電電は中小企業にほかなりません。『それなのにどうしてマジョリティーを取られなければならないのか。せめて五十対五十《フィフティー・フィフティー》にすべきではないか』。そう不満を募らせているんです」

稲盛は答えた。

「それはできません。我々がマジョリティーを取るのはこの事業の生命線で、五十対五十にしたらセルラー会社の経営は立ち行かなくなってしまいます。『出資比率は二十パーセントである代わりに、社長はあなたがたから出してもらいますから』と言ってなんとか説得してください」

森山はそのとき、稲盛の言葉に納得していなかったかもしれない。しかし、それ以来、弱音や不満の類はひと言も洩らさず〝外様大名〟を味方に引き入れる説得工作を続けてくれた。

森山が第二電電にかかわったのはごく短い期間にすぎない。しかし、その間に固定電話と携帯電話という二つの花を咲かせる大事な仕事を成し遂げたのだった。

関西セルラーに続いて、全国に設立したセルラー会社は次々にサービスを開始していった。一九八九年十二月に九州セルラーと中国セルラーが開業、一九九〇年に入ると四月に東北セルラー、八月に北海道セルラー、九月に北陸セルラー、十二月に四国セルラーがサービスを始めた。

これらセルラー七社は地域によって業績のばらつきがあるものの、どこも新規契約者の純増数でNTTを大幅に上回った。それどころか関西セルラーはついにNTTを上回る市場シェアを獲得し、関西でトップに躍り出た。

そして一九九一年六月、全国で〝八番目〟のセルラー会社、沖縄セルラーが設立された。資本金は三億円、第二電電が六十パーセント、残りを沖縄電力、琉球石油、琉球銀行、沖縄銀行、オリオンビールなど地元有力企業が出資し、社長には琉球石油社長の稲嶺恵一が就任した。

沖縄セルラーは、稲盛が〝外様大名〟を味方につけて〝ぶどうの房〟を実現する策を練り上げたとき、その構想には入っていなかった。その時点では組む相手として考えていたのは東京電力、中部電力を除く七電力で、沖縄電力と組む予定はなかった。

それが沖縄セルラー設立に至ったのは、稲盛の沖縄の人たちへの思いと地元財界人の自立への強い願いが一致したからだ。

昨年——一九九〇年十月、元日本興業銀行頭取の中山素平の呼びかけで、本土と沖縄の有力な経済人の交流によって沖縄経済・文化の振興を図る沖縄懇話会が発足し、本土側代表幹事に牛尾治朗が就任、稲盛も会合に出席した。

とはいえ経済人が交流して沖縄を盛り上げるといっても、これはという妙手はなかなか出てこない。何かいい知恵はないだろうか。そう思いつつ、議論を聞いていた稲盛の心にやがて一つの考えが芽生えた。

「ここ沖縄には、九州電力と組んで設立した九州セルラーの支社か支部をいずれ開設することになるだろうと思っていた。九州に会社を設立したら、沖縄はあくまでその支社を置く場所だとみなすのがごく普通だからだ。しかし、ここに独立したセルラー会社を設立したらどうか……」

稲盛は鹿児島県出身であることも手伝って、もともと沖縄には高い関心を持っていた。沖縄の人たちは、優れた文化と洗練された美意識のもとに独自の文化、生活圏を育んできた。しかし一六〇九年の薩摩藩による琉球王国侵攻によって、沖縄は薩摩藩の支配下に置かれた。過ぐる大戦では本土の盾になり、大変な犠牲を払わされた。

沖縄は九州の一部ではない。九州の会社の支社ではなく、沖縄の人たちによる沖縄の人たちのための企業があってしかるべきではないか。

稲盛は思いのたけを打ち明けた。

——私は日本の電話を安くするという志を抱いて第二電電を立ち上げ、固定電話に続いて、携帯電話事業も手がけるようになった。その携帯電話の市場はいまや急成長期を迎えている。半導体の進歩によって携帯電話の端末は手のひらに収まるようになり、一人ひとりが携帯電話をポケットに入れて使う時代がついにやってきたからだ——。

そして、こう呼びかけた。

「もし、皆さんが携帯電話の事業をやるとおっしゃるなら、お手伝いしたいと思います。第二電電がマジョリティーを持ち、地元の方々にも出資していただいて、セルラー会社をここ沖縄に設立し、沖縄の人たちのための携帯電話サービスを始めるんです。社長は地元の企業から出ていただいて、社員も主に地元の人を採用します」

稲盛の発言に感激した沖縄の財界人は一人や二人ではなかった。沖縄を代表する企業が次々に出資したいと名乗りを上げた。ある企業のトップはこう打ち明けた。

「本土のトップクラスの経済人が嘘偽りなく対等の立場で沖縄の経済人に対してくれたのは、稲盛さん、あなたが初めてでした」

設立総会から一年五カ月後の一九九二年十月二十日、沖縄セルラーは那覇市、沖縄市、石川市、名護市及びその周辺でサービスを開始した。関西セルラーなど先行するセルラー会社の業績は好調だったが、沖縄セルラーに限っては、その先行きには懐疑的な向きが多かった。なかには「なぜ沖縄に独立のセルラー会社を設立したのかわからない。携帯電話を使えない空白地帯だっていいじゃないか」と言う者さえいた。

彼らが言うとおり、沖縄のマーケットは小さかった。電気通信事業法が施行された一九八五年度のNTTの自動車電話の契約数は千四百台にすぎなかった。

しかし稲盛は沖縄セルラーもうまくいくと考えていた。理由は、経営に参加した沖縄の経済人たちの「郷土の経済を盛り上げなければ」という使命感であり、「絶対に成功させてやる」という自立への強い思いだ。

果たして沖縄セルラーは「つながりにくい」と苦情がくればすぐ現地へ飛び電波の死角をつぶす地域密着できめの細かいサービスや、必死の営業活動によって契約者数を伸ばし、NTTドコモを上回る市場シェアを獲得した。会社設立五年後の一九九六年三月期の売上高は七十六億二千三百万円、経常利益は九億六千三百万円、市場シェアは六割に達し、沖縄を代表する高収益企業へと成長したのだ。

そして一九九七年四月十五日、沖縄セルラーはセルラーグループ八社の中で最後発ながら、携帯電話会社で初めて株式を公開した。

〝外様大名〟を味方につけて〝ぶどうの房〟を実現する——窮地に追い込まれた第二電電の携帯電話事業を成功させた大胆な構想は、やがて沖縄セルラーというローカルな地に咲く花を生んだ。そして、そのたわわな結実は、沖縄の経済人の心に誇りをもたらし、地方の自立とは何かを考える貴重なヒントとなったのだった。

第5章

不死鳥のように蘇れ

1

事業会社への移行から四年目の一九八九年三月期に経常利益四十四億円を計上し、初の単年度黒字を実現した第二電電は、その後も一貫して増収増益を続けた。一九九一年三月期には売上高が一千五百五十四億三千八百万円とついに一千億円を突破し、二百六億七千九百万円の経常利益を達成した。一九九三年三月期には売上高が二千三百七億円、経常利益が二百四十億円に達した。

その間、日本経済は険しい山・谷を経験した。

バブル景気とその崩壊である。

一九八〇年代後半から右肩上がりのカーブを描いて上昇を続けた株価や地価は、やがて実需をはるかに上回る水準に跳ね上がり、一九八九年十二月二十九日、日経平均株価の終値は三万八千九百十五円と未曽有の高値を記録した。

　この空前の活況は、一九九〇年に入り、大蔵省による土地取引の規制、いわゆる総量規制をきっかけに一気に冷え込んだ。株価、地価の暴落によって経営破綻に追い込まれる企業が続出し、金融機関の不良債権が膨張。金融システムは機能不全となり、日本経済は、景気後退が物価下落を招き、物価下落が景気後退を加速するデフレスパイラルに陥った。

　第二電電はそんな暴風雨をものともせずに力強く成長を遂げたのだった。

　そして一九九三年九月三日、第二電電は新電電三社のトップを切って東京証券取引所市場第二部に上場した。企業化調査会社である第二電電企画設立から九年、事業会社に移行してから八年という短期間での株式公開である。実は当初、一九九二年に株式公開を予定していたのだが、この年は証券市場が大きく落ち込み、とりわけ新規公開市場が低迷していたため、一年先送りしたのだった。

　第二電電に対する市場の期待は大きかった。三百七十万円の公募価格に対して、初値は五百五十万円に達した。第二電電は百七十億二千五百万円の資金を調達し、増資後の資本金は二百七十八億五千三百万円となった。

　上場は、第二電電を立ち上げ、ここまで育て上げた稲盛たちにとってまさに一つの節目だった。

一九八七年九月にスタートした市外電話サービスはいまや全国にネットワークを張り巡らせていた。一九八九年七月に営業を開始した携帯電話事業も、関西セルラーが一九九一年三月期の決算で経常利益四十九億円を計上するなど予想を上回る成長を続けていた。社員数は約二千七百人。一握りの人員でスタートした会社は大企業へと成長していたのだ。

そんな第二電電にとって上場は大きな意味を持っていた。

固定電話から携帯電話までを手がけ、NTTに対抗するためには、上場による資金調達力の向上は不可欠だ。世間への認知度が上がることも営業力、ブランド力を強化するうえでプラスに働く。

さらに上場は予想していた以上の副産物をもたらしてくれた。

上場申請に必要な資料を作成したり、東証に出向いて業界の状況などについての説明を毎週のように行った総務部長の下坂博信や、総務部の望月和彦らによれば、社員たちはこれまで以上にやる気になっているという。

望月は言った。

「みんな、大変喜んでいて、『上場企業に勤めているんだと思うとやる気がいっそう湧いてくる』そんな声があちこちから聞こえてきます」

下坂が続ける。

「『上場企業で働くことが夢だった』。そう言う社員さえいます。立派な会社で働いている。そういう自覚は人をさらにやる気にさせるものなんですね」

上場を果たした翌日、常務の日沖昭がやってきて、上気した顔で言った。

「稲盛会長、少しよろしいですか。一言、私の感謝の気持ちというか感激を伝えたいと思いまして」

「うん」

「まずですね。社員たちは大変喜んでいます。『上場企業に勤めているんだと思うとやる気がいっそう湧いてくる』そんな声があちこちから聞こえてきます」

「下坂くんたちが昨日、言っていたよ」

「それから、古い社員は私も含めて、本当にもったいないようなごほうびをいただきました」

日沖は株式の社員への割り当てのことを言ったのだった。

話は六年前の一九八七年十一月にさかのぼる。

稲盛は、社員一人ひとりが経営者である意識を持ってほしいという思いと、これまでの大変な努力と苦労に報いたい気持ちから、千三百株を社員に割り当てる決断を下した。

対象は一九八六年十二月以前に入社した社員百四十九人で、購入価格は一株五万円。手もとに余裕資金のない社員に対しては、銀行から個人として借り入れができるように、第二電電が社として便宜を図った。

その株が上場によって五百五十万円に跳ね上がった。株を割り当てられた社員たちは住宅ローンの頭金ぐらいはすぐに支払える含み益を結果的に得たことになる。

「そうだった。よかったな」

「稲盛会長、私が言いたいのはですね……」

日沖は身を乗り出した。

「稲盛会長はその株をまったく受け取らなかったじゃないですか。覚えていますか？　社員への株式の割り当てについては、私が素案を作って稲盛会長のところへ持っていったんです。そのとき、稲盛会長は『僕はいらないから』とおっしゃいました。私がびっくりして『トップは株を持たないといけないのではないですか』と返したら、『それなら僕は市場で第二電電の株を買うから』って」

「そうだったね」

「私は驚きましたよ。稲盛会長は『動機善なりや、私心なかりしか』とおっしゃっていましたよね。まさにそれを貫かれたんだなと思いました」

「そう言うときれいな話に聞こえるけれど、これにはいきさつがあってね」

稲盛は照れたような顔をした。

「幹部への株の割り当てを決めたとき、その話を宮村先生に話したんだよ」

「公認会計士の宮村久治先生ですか」

「うん、君たちは僕も幹部の一人として株を受け取ることになるだろうと思っていただろう？　僕もまあそういうことになるのだろうなと思っていた。それで何かの折に宮村先生に『僕も幹部の一人として株を受け取ることになる』と話したら、彼が『稲盛さん、それはあきまへん』と言われてね。『会社を作るときから、動機善なりや、私心なかりしかと言っておられたでしょう？　株を受け取ってはいけません』と」

「ほう」

「宮村先生とは、京セラの監査を担当してもらうことになって以来、二十年以上の付き合いで、非常に仲がよくて、何でも言い合える仲だから、『あなた、何を言うんですか』と言い返したんだ。けれど宮村先生は『絶対にもらってはいけない』の一点張りでね。それで僕も説得される形で納得したんだよ。僕だって聖人君子ではないから、実はそういう裏話があったんだ」

「そう言いますけれどね、稲盛会長は第二電電では給料ももらっていないじゃありませんか。全身全霊を捧げて経営に携わっておられるのに」

「僕は京セラのトップと兼務で、報酬は京セラでもらっているからね」

「そんなことができる人はいません。私はそれを伝えたかったんです」

日沖は頭を下げ、部屋を出て行った。

株の割り当てについて日沖に打ち明けた話は本当だった。最初は他の幹部社員と同じように株の割り当てを受けてもいいだろうと思っていた。それでその話を公認会計士の宮村にしたら、「もらってはいけない」と諭されたのだった。

宮村と知り合ったのは一九七〇年のことである。稲盛は三十九歳、宮村は四十八歳だった。京セラを大阪証券取引所市場第二部に上場しようと考えて、信頼できる監査法人を探していたところ、取引のある金融機関の支店長から紹介されたのがきっかけである。

「先生はどのような考え方で監査をされますか」

そう質問した稲盛に宮村は答えた。

「会計の原理原則にのっとって厳格に対処することが私の主義です。経営者の中にはあまり堅いことを言うなとか言う人がいますが、私は経営者たるもの常にフェアでなければいけないと思っています。正しいことを、正しく貫ける経営者でなければ私はいくら頼まれても監査を引き受けません」

「それはまさに私の生き方であり、経営哲学でもあります」

そう応じた稲盛に対して、宮村はこう言った。

「経営者の方々は皆そう言うんですよ。それでいざ会社の経営が悪化すると、あまり堅いことを言わないでくれとか細かいことには目をつぶってくれとか言うんです。あなたはそういう類の人ではないでしょうね」

そんな初対面だったから、稲盛は宮村に対して「けったいな人だな……」という印象を抱いたのは事実だった。

しかし徹底して公明正大に企業を監査する姿勢に強く惹かれた稲盛は京セラの監査を依頼し、宮村もまた人間として何が正しいかを基準にし、経営を実践する稲盛を信頼し、以来二十数年、二人は無二の親友として公私ともに親しく付き合っている。

その宮村に諭され、なるほどそれもそうだなと思い、

「株はもらわない」

そう決心したら、空が晴れ渡るようにすっきりとした気分になったのだった。

いまでは受け取らなかったのは正しかったと確信している。

第二電電は日本の電話料金を安くする大義のために立ち上げた。そこに私心はみじんもない。ならば株を受け取るべきではない。経営者が株の割り当てを受けること自体はごく普通のことだし、そこにやましい気持ちなどまったくないが、「動機善なりや、私心なかりしか」を貫くためには、行動においても自らを律しなければいけない。さもなければあらぬ誤解を招きかねないし、また心に迷いが生じないとも限らないからだ。

数日後、第二電電は上場を記念して、全社員に月額給与の〇・五カ月分の特別ボーナスを支給した。

その日の朝礼で、稲盛は社員たちに趣旨を説明した。

「皆さんには言うまでもないことですが、いま世の中は大変な逆風が吹いています。景気が落ち込み、企業の多くがもがき、苦しんでいます。そんな環境のもとでも、事業会社に移行してたった八年というこれまでに例のないスピードで上場を果たせたのは、皆さんの力があったからこそです。しかし、皆さんもご存知のように、第二電電を待ち受ける環境は順風とは言えません。それどころか、いよいよ激しい嵐への船出だと言っていいでしょう。NTTという強大な敵は牙をむいて襲いかかってくるでしょうし、他の新電電二社も必死でキャッチアップしようとしてくるに違いありません。どうか今後ますます一人ひとりが経営者の意識を持って、創意工夫を重ね、挑戦を続けていただきたい」

社員たちは真剣に稲盛の話に聞き入った。

2

上場という一つの節目は、新たな戦いの始まりでもあった。

強大な敵が牙をむいて襲いかかってくる——その言葉はすぐ現実のものになったのだ。

九月七日、NTTは市外電話サービスの大幅な料金引き下げを郵政相に申請した。

十月十九日から実施する予定の値下げ幅は平均で二十一・四パーセント。百六十キロメートルを超える最遠距離の通話を平日の昼間で三分間二百円から百八十円に引き下げるほか、三十キロメートルを超える通話を最低で十円、最大で六十円引き下げるという。

このままでいくとNTTの市外電話サービスは一部を除き第二電電と同額かそれ以下になり、第二電電の価格面での優位性はすっかり失われてしまう。

NTTの値下げはまさに肉を斬らせて骨を断つ捨て身の反撃だ。

NTT側の発表によれば、この値下げによって同社の収益は年間二千七百億円も圧迫されるという。この結果、一九九四年三月期の経常利益は当初予想の一千四百九十億円から一気に赤字に落ち込む可能性も出てきた。その場合、期間の利益では株主への配当をまかなえなくなり、繰越利益でなんとか配当を維持する状況に陥ってしまう。

にもかかわらず、NTTが敢えて常識では考えられない値下げに踏み切ったのは、第二電電などの新電電に流れている市外電話サービスの顧客を自分たちの側に一気に引き戻し、シェアを奪い取ろうと考えたからにほかならない。

翌朝、稲盛は緊急の経営会議を招集した。

出席者は、三和銀行で副頭取を務め、一九八八年に第二電電の非常勤取締役になり、一九八九年六月に社長に就任した神田延祐、郵政事務次官を務め、一九九三年六月に副社長に就任した奥山雄材、同じく副社長の金田、専務の千本、藤田、青山、常務の楢原、三野、日沖、取締役の下坂、片岡、小野寺、種野、木下たち経営幹部である。

ＮＴＴの反転攻勢を知らされ、会議室に飛び込んできた幹部たちはだれもが深刻な顔をしている。

稲盛は第一声を発した。

「知ってのとおり、体力、資金力ではるかに勝るＮＴＴが背水の陣を敷いて、我々に逆襲してきました。上場をきっかけにいっそうの攻めをと目論んでいた我々は一転して守勢に立たされてしまったわけです。第二電電としてどうするか、この会議で決めたいと思います。まずは自由に意見を言ってもらいましょうか」

稲盛は全員を見回したが、だれも口を開かない。

「だれか意見はないかな。種野くん、何か言いたそうな顔をしているけれど、どうだろう」

「それは……」

種野は弱った顔をして言った。

「できるならＮＴＴの新しい料金に一挙に追いつき、追い抜きたいと思います。ＮＴＴが百六十キロを超える最遠距離の通話を、平日の昼間で三分間二百円から百八十円にすると言うなら、我々は百七十円にしたい。第二電電のサービス開始以来、電話料金は常に我々の方がＮＴＴよりも安かったですから、その優位性は守りたいです。でも……」

「でも……なんだね」

「一挙に追いつこうとすると大幅な減収を招いてしまいます」

「減収幅はどのくらいになる」

「それは……」

「料金設定によって変わりますが、いっぺんに赤字になるほどの金額です」

言いよどむ種野に代わって木下が答えた。

「例えば種野さんが言ったように最遠距離を百七十円にすると、それだけで五パーセントの収入減になります。さらに八十キロから百キロの区間のようなNTTの新料金の方が我々より安くなっている区間を同額にした場合、全体で二十パーセント近い減収を覚悟しなければなりません。仮に十一月から思い切って値下げしたとすると、今期で約百六十億円の減収、年間に換算すると約四百億円もの減収になります。一九九三年三月期の経常利益は二百四十億円でしたので、それがいっぺんに吹き飛ぶ金額です」

「いまの収益体質を変えない限り、赤字になるということだね」

稲盛の質問に木下はそのとおりです、とうなずいた。

「では、赤字を恐れてこのままNTTの攻勢に手をこまぬいているか。しかし、その場合はNTTに顧客を奪われ、シェアを落としてしまうのは火を見るよりも明らかだ。その結果、収益も悪化する。ほかに意見はないかな」

稲盛は全員を見回したが、意見は出なかった。だれもが口を閉ざし、唇を噛みしめている。

「それなら僕の方からみんなに質問だけれど、これで料金の値下げは終わりか。我々は日本の電話料金を安くする目標を完全に果たしたのだろうか。小野寺くん、どうだろう」

「いえ……まだ目標を果たしてはいないと思います」

「NTTはどうだろう。今回の値下げで終わりか、それともまだまだ下げてくるか。種野くん、どう思う？」

「たぶん終わりではないと思います。いずれまた下げてくるでしょう」

「だとすれば、我々がすべきことは明らかだと僕は思う。第二電電は日本の電話を安くするために立ち上げた。NTTはこれからも料金を下げてくるに違いない。ならば、我々はここでNTTに追いつき、追い越す料金改定をすべきではないかな」

「しかし、それでは赤字になってしまいます。上場したばかりだというのに……」

日沖が言い、何人かがうなずいた。

稲盛は続けた。

「たしかに収益体質を改善しないまま、NTTに対抗して料金を引き下げれば赤字になってしまうだろう。しかし、体質を改善したらどうか。営業経費や労務費、その他の経常費から無駄を徹底的に洗い出してコストを削り、料金を引き下げても黒字が出る、より筋肉質の体質に生まれ変われれば、我々はNTTの捨て身の反撃を跳ね返すばかりかもう一度、羽ばたくことができるのではないか？」

稲盛は言ったが反応は鈍かった。

だれもが硬く、暗い表情をしている。

「みんなは永遠の時を生きるという伝説上の鳥、フェニックスのことを聞いたことがあるだろう？　古代ギリシャ・ローマなどで伝わる不死鳥、火の鳥。伝説によれば、フェニックスは何百年かに一度、自ら火の中に飛び込んで焼死し、その灰の中から再び蘇ってくるという。我々もそのフェニックスになるべきではないか。さながら不死鳥のように、焼け跡から蘇る」

稲盛は一呼吸置き、隣に座っている神田に聞いた。

「第二電電の株価は昨日の終値が六百五十万円でした。今日も積極的に買われているようですね」

「はい、皆さん、よくご存知のように上場時の初値は五百五十万円で、昨日はこれが六百五十万円まで上がっております。昨日のＮＴＴの大幅な市外電話サービス料金の値下げは第二電電にとっては非常に悪いニュースですが、そうした悪条件に見舞われながら六百五十万円もの株価がつき、今日も買われているのは、株主や世間の人たちが我々の将来性や復元力を高く評価してくれていることの表れだと思います」

「つまり『第二電電はＮＴＴの値下げによって一時的に打撃を受けてもやがて必ず復活す

るだろう』そう見てくれているということですね」

「そう思います」

「だとすれば……」

稲盛は言った。

「我々は大変な期待を背負っており、なんとしてでも彼らの期待に沿わないといけないのではないか。フェニックスのように蘇ることで株主、社会に応えていく。これはまさに我々の使命だと思う」

稲盛はそう明言し、再び全員を見回した。

だれもが唇を噛みしめていたが、先ほどまでの暗く沈んだ表情とは違い、眼差しに光が灯っている。

「一度焼け死んでも、そこから蘇ってくるフェニックスか。目に見えるようだな」

種野が言った。

小野寺がうなずき、続けた。

「なんだか目の前が明るくなった気がする」

「みんな、やりましょう！」

神田が皆に声をかけた。

「ＮＴＴに追いつき追い越して、なおかつきちんと黒字を出し、我が社を再び成長軌道に乗せるんです」

「その意気だね」

稲盛が言った。

「ただちに料金政策を再検討する一方で、経費の見直しに着手してほしい。営業経費、労務費、その他あらゆる経費についての考え方、仕事の進め方を抜本的に改革し、半減を目標にしてほしい。名づけて『フェニックス作戦』です」

緊急会議が終了するやいなや、フェニックス作戦は始動した。

ほどなく社長の神田が中心になってコスト削減の細目、目標をまとめ、神田が直接、稲盛に報告した。

「まず市外電話サービスや専用サービスなど固定電話の営業費を五十パーセント削減します。具体的には新たに利用者を獲得したり、顧客とアダプターの設置契約を結んだりするごとに代理店に支払っていた成功報酬（コミッション）や、アダプターの工事費などの変動費を、期初に設定した金額の半分に削減します。加えて下期に二十八億六千万円の支出を予定していた販促イベントの費用やパンフレットの印刷代なども三十パーセント、金額にして八億六千万円、削減します。さらに広告宣伝費も各地域に振り向けていたエリア広告宣伝費を中心に四億三千万円削減します。続いて労務費ですが……」

神田は資料をめくった。

「こちらは残業代を中心に削減します。残業代は毎月、全社を合わせると一億四千万円に達しております。効率的に仕事を進めることで残業を抑え、これを三十パーセント、金額にして四千二百万円削減します。同時に市外電話サービスへの利用申し込みなどの事務処理をしてもらっている派遣スタッフの経費や業務委託費なども期初に設定した四十四億五千万円を十パーセント削減します。加えて交通費や出張旅費、事務用品費など他の経常経費を一カ月で一億円削減する計画です。これが実現できれば、半年間で六億円の経費を削減できる計算です」

「目標をすべて達成すると利益額はどうなります?」

「私の試算では、下期で約百億円の経常利益を確保できると見ています。上期の経常利益は約百三十億円ですから、通期で約二百三十億円です。したがいましてフェニックス作戦を達成すれば、年間二百億円の利益を得られる体質に転換できるはずです」

「そして、さらにもうひと踏ん張りすれば、前期までの収益力を取り戻せるわけですね」

「はい、そのとおりです」

「なんとしてでもやり遂げてください。我々には、第二電電の復元力を信じてくれている株主や世間の期待に応える義務があります。それと、これから言う二つのことを、フェニックス作戦を遂行するうえで、ぜひ徹底してほしいんです」

「はい」

「一つは営業費の半減についてです。半減とはあくまで営業費の半減であって、営業活動の半減ではないことを社員に浸透させてください。営業費を半分に削ったうえで、残り半分を有効に活用し、営業効率を高める――それこそが本来の目的であるということですね。もう一つは、これまで契約を結んできた販売代理店にコミッションの削減をお願いするときのこちら側の姿勢です。いわば痛みを伴う措置で、もしかしたら契約を打ち切る代理店もなかには出てくるかもしれません。我々としては心を鬼にしてやらなければいけないが、得手勝手に我々のエゴでやれば大変な反感を買ってしまう。思いやりの心を持ちながら、話し合いによって納得していただくということを徹底してください」

神田はうなずいた。

フェニックス作戦はただちに実行に移された。

社長の神田以下、第二電電の経営陣・幹部は目標達成に向けて、社員へのコスト意識の徹底を図った。

しかし、すぐに効果は表れなかった。代理店との交渉は難航し、残業も減らなかった。第二電電は一九八九年三月期に黒字転換を果たして以来、ずっと増収増益を続けてきた。また社員数は本体だけで二千七百人に達していた。拡大路線を走ってきた全社員にコスト意識を浸透させるのは容易ではなかった。

そうしたなか、第二電電は十一月に市外電話サービスの値下げに踏み切った。百六十キロメートルを超える最遠距離をNTTより十円安い百七十円に設定、八十キロメートルから百キロメートルなどNTTの新料金より高い区間をすべて同額に下げた。

この結果、第二電電の収益構造は一気に悪化した。十一月、第二電電は月次決算で赤字に陥ってしまう。これまでの増収増益が当たり前だった業績は大きな曲がり角を迎えたのだった。

その翌月、神田が社長を退き、奥山雄材が新社長に就任した。一九五四年に郵政省に入省し、通信政策局長や電気通信局長などを歴任した後、一九八八年に郵政事務次官に就任した奥山は、退官し、外郭団体に勤務していたとき稲盛に請われ、一九九三年に顧問として第二電電に入社した人材である。

奥山は神田の後を引き継ぎ、フェニックス作戦を実行した。しかしコスト削減のかけ声に対して、なかには反発する社員さえ現れた。

社長に就任してほどなく、奥山は営業部門の社員から「ぜひお話ししたいことがある」という電話をもらった。

社長室にやってきた営業部門の社員は思いつめた顔をして「営業費の半減を撤回してほしい。せめて我々の部署は除外してもらいたい」と奥山に迫った。

「それはできません。例外は認めない方針ですからね」

「しかし営業費を半分に減らされたら我々は何もできません。例えば代理店に支払うコミッションを削れということですが、我々は代理店とは非常にいい関係を結んでいて、それが営業の成果に結びついています。ここで関係に水を差すようなことをしたら逆効果です」

「あなたの言うことはわからないでもないですが、代理店に支払うコミッションは、我々だけではなく業界全体として高すぎるんです。これはなんとしてでも改善しないといけません」

「そうかもしれませんが……」

「あなたが何を言おうとも方針に変わりはありません。いま思い切ったコストダウンを実現しなければ我が社に未来はないんです」

「しかし、コストをいちいち気にしていたらベンチャー精神が枯れてしまいませんか」

「そんなことはありません。ベンチャー精神とはチャレンジする精神のことで、お金を湯水のように使うことではありません。チャレンジする気概を持ってフェニックス作戦を実行してください。これは社長からの業務命令です」

奥山はフェニックス作戦をさらに徹底させた。営業経費を切り詰める一方、残業を抑制するなど無駄の排除に全力を傾けた。

奥山がフェニックス作戦の遂行に必死で取り組んだのは、言うまでもなく経営者としての使命感からだ。しかし、もう一つ、稲盛の気持ちに応えたい強い思いもあった。

奥山が稲盛から電話をもらったのは一九九二年のことである。「第二電電にいらっしゃいませんか」と稲盛に請われた奥山は「男冥利に尽きます」と即答した。郵政省の電気通信技術審議会の委員をしていた稲盛に接した奥山は、稲盛のその優れた経営手腕や人がらに畏敬の念を持って感銘を受けていた。後で聞いたところ、稲盛も奥山のことを「官僚に似つかわしくない考え方をする人だ」と評価していたという。

ところが、いざ第二電電に加わろうというとき、奥山は病に倒れてしまう。

奥山は稲盛に手紙をしたためた。

「このたびのお話、大変ありがたく、感激して頂戴いたしましたが、病に伏してしまい、お力になることはかないません。無念ではありますが、どうか辞退させてください……」

すると稲盛はこう返してくれたのだ。

「治るまで待ちますから、いまは治療に専念されてください」

奥山は病が癒えるのを待って、第二電電に入社した。

待ちますから――そう言って、活躍の場を与えてくれた稲盛の気持ちに報いるためにも、奥山は第二電電を再び浮上させたかった。

一九九四年三月期、奥山たちの努力が実り、第二電電は黒字を維持した。

しかし第二電電単体の営業利益は前年比六・七五パーセント減の三百億四千七百万円、

経常利益が同六・〇一パーセント減の二百二十六億三千九百万円と、通年で初めての減益決算となった。

会長室を訪れた奥山は決算の概況を改めて説明した後、稲盛に思いを打ち明けた。

「結果を出せずに大変残念です。神田さんが社長をされていた四年間はずっと増益を続けてきたのに、私が社長に就いたとたんに減益に陥ったものだから、社員のなかには私を貧乏神などと揶揄する向きもありまして……しかし、そうした批判も甘んじて受けるしかありませんね」

「貧乏神はちょっとひどいけれどね」

稲盛はわずかに表情を和らげたが、すぐ真顔になった。

「どんな手を打ちます?」

「フェニックス作戦をさらに徹底させます。実は作戦の成果が出てきたのは今年に入ってからだと私は見ているんです。昨年は『コストのことをいちいち気にしていたらベンチャー精神が枯れてしまう』みたいなことを陰に日向に言う幹部が少なくありませんでした。『新しいことに挑戦するのなら、お金を無尽蔵に使ってもいい。それがベンチャー精神だ』などと思い込んでいたんです。しかし、それが少しずつ変わり、いまでは無駄を意識するようになりました。片岡増美さんなどは、ネットワークセンターやリレーステーションの草刈りさえ、業者を雇うとお金がかかるので自分たちでやると言っています。今後はお金を使うとき、どこに重点投資し、何を省くべきか、メリハリを意識できるように指導していきたいと思っています」

「うん、いま、いいことを言いましたね」

稲盛はこくりとうなずいた。

「フェニックス作戦の本質はまさにそこです。無駄を省き、限られたお金をメリハリをつけて有効に使う。それを徹底するとき、これが参考になりませんか」

稲盛は決算書を指さした。

「僕が時間を見つけてはこまめに会社の数字に目を通しているのは知っているでしょう？なぜかと言えば、会社の数字とりわけ会計上の数字は、会社の実態を如実に物語ってくれるからです。僕にとっては、単なる数の羅列ではなく、『私はこういう会社なんです』とつぶさに語りかけてくれる物語だと言ってもいい。逆に言えば数字が語りかけてくれる物語を読み解けなければ、経営者として失格だということですね。そして物語という点では、今期の決算書も例外ではない。第二電電の健康状態や病の兆候を数字が語ってくれています」

奥山は決算書を手に取り、うなずいた。

「実は私も今回の決算はある重要な事実を物語っていると思っていました。第二電電単体では減益になっていますが、連結ベースでは売上高、経常利益ともに順調に増えています」

「そこから何が読み取れます?」

「固定電話の時代からセルラー電話――携帯電話の時代に移ったことです。市外電話サービスや専用サービスが頭打ちになったのとは対照的に、携帯電話の事業は好調で、それが連結での好業績を支えています。ちなみにセルラー八社を合わせた業績は、一九九二年三月期の売上高が一千二十一億円、経常利益が百五十五億円でした。これが一九九四年三月期は売上高が一千二百三十五億円、経常利益が二百十七億円に伸び、売上高経常利益率は十七・五パーセントに達しています」

「その変化を踏まえて、思い切った手を打てませんか」

奥山ははっと気づいた。

「固定電話の事業から、携帯電話の事業へ思い切って資金をシフトさせる。メリハリをつけた投資を行う……」

「そのとおりです。固定電話は今後、国内総生産(GDP)の成長率を少し上回る程度の伸びしか見込めないでしょう。そうした状況でかつての高収益体質を取り戻すには、限られたお金を思い切って携帯電話に投入するしかありません」

「固定電話の担当者たちは反発するでしょうね。とりわけ種野くんとか、ねじ込んできそうです」

「そこは理解してもらうしかないでしょうね」

奥山はそのとおりですね、とうなずいた。

奥山の指揮のもと、第二電電はフェニックス作戦をさらに徹底させた。営業費を削減し、残業を抑制し、その他経常費を減らすことで毎月六十億〜七十億円の経費を削減。さらに固定電話への投資を抑える一方、携帯電話事業には一千億円単位の設備投資を思い切って行った。

また携帯電話事業の急成長は、代理店に対する成功報酬の削減交渉を進めるうえで思わぬ追い風となった。

「市外電話サービスのコミッションは下げざるを得ないが、携帯電話事業は急成長している。私たちについてきてくれれば、明るい将来が必ず待っている」。そう代理店を説得することができるようになったのだ。

一九九五年三月期、第二電電の単体の売上高は前年比二十八・七パーセント増の三千七百七十八億六千八百万円、営業利益が同十九・六パーセント増の三百五十九億六千二百万円、経常利益が同二十九・六パーセント増の二百九十三億四千七百万円に達した。

またセルラー各社を合わせた第二電電グループの同期の連結決算は、売上高が前年比三十四・九パーセント増の五千百三億九千百万円、営業利益が同二十二・一パーセント増の七百九十四億四千六百万円、経常利益が同三十二・二パーセント増の六百八十七億五千八百万円に達した。

第二電電は再び高収益会社としての輝きを取り戻したのだ。

3

第二電電のフェニックスのような復活を示す日々の数字を目の当たりにして、経営管理部の両角寛文は言葉にできないほどの達成感を味わっていた。

フェニックス作戦の成功には、両角たち経営管理部の社員が作成に携わった精緻な管理会計制度が大きくかかわっていたからだ。

いや、それどころか、独自の管理会計制度が存在したから、フェニックス作戦を立案、実行できたと言えるだろう。

フェニックス作戦は当初、営業費の半減を掲げたが、この管理会計制度がなければ、そもそも営業費の中のどの項目をどれだけ削減するかという目標を具体的に示せなかったし、「今月は月次で赤字になりそうだ」とその月の早い段階で予測し、機敏に対策を講じることもできなかった。さらに市外電話サービスの料金値下げによって収支がどのくらい悪化するかの試算にも時間がかかっていたに違いない。

言い換えれば、NTTや他の新電電にはフェニックス作戦の立案・遂行は不可能だった。NTTや他の新電電が導入している一般的な会計制度では、例えば月次の決算についても営業の数字を締めてみるまでは黒字か赤字かわからない。

第二電電の管理会計制度は、世に名高い京セラの精緻な管理会計制度をもとにしたものだ。

まず部門ごとの収入や、その収入を得るために要した費用が費目ごとに細かく日次で集計され、各部門のリーダーに知らされる。リーダーたちは自らが率いる部門の最新の経営の数字を適時、把握できるのだ。

そして各部門の数字を積み上げたものが部、事業本部といったより上位の組織の数字となり最終的に会社全体の数字となる。経営陣はこれらの数字をタイムリーに把握することで最新の経営状況を正確に理解し、必要な手段を講じるのだ。

フェニックス作戦の「下期に二十八億六千万円の支出を予定していた販促イベントの費用やパンフレットの印刷代を三割、金額にして八億六千万円、削減する」「毎月、全社を合わせると一億四千万円に達する残業費を三割、四千二百万円削減する」といった具体的な目標はこれらのデータを踏まえたものだ。

両角はいまさらのように、ここまで精緻な管理会計制度を築き上げた稲盛たちの指導力や先輩たちの努力に尊敬の念を抱いた。

稲盛の指示によって管理会計制度の構築に着手したのは、第二電電が市外電話サービスをスタートさせた一九八七年のことである。「会社の実態を如実に物語ってくれる数字がなければ正しい経営はできない」という稲盛の持論に基づいた決断からだった。

以来、第二電電は大変な苦労と試行錯誤を繰り返しながら十年近くをかけて精緻な管理会計制度を構築し、現在も日々、進化させているのだ。

両角がそれまで勤めていたパイオニアを退職し、第二電電に入社したのは、第二電電が管理会計制度の構築に着手した一九八七年のことである。

年齢は三十一歳、パイオニアでは経理の仕事をしており、その経験を買われて経理部に配属となったが、入社一週間目に経営管理部に異動となった。

経営管理部は、稲盛の指示によって創設された重要な部署で、京セラの管理会計制度に基づいた第二電電の管理会計制度の構築や、それを運用するためのルールづくりをミッションとしていた。

部署を管掌する担当役員は、京セラの管理会計制度に知悉した第二電電専務の青山令道である。部長の飯開利秋や課長の波多江徹也らも京セラ出身者だった。

京セラの管理会計制度はアメーバ経営としても知られ、稲盛自らが考え出し、青山たちの協力を得ながら、構築したものである。

新任の両角に青山はさっそく指示を出した。

「京セラに話を通しておいたから、直接出向いて、京セラの採算管理手法や京セラフィロソフィを勉強してきなさい」

両角は京都・山科に赴き、京セラの経営管理本部の人たちから指導を受け、彼らから京セラの採算管理手法の基本である「全員参加で経営すること」「目標を周知徹底すること」「日々、採算を作ること」の大切さをたたき込まれた。

京都から戻った両角に、青山は「日々、採算を作ること」を命じた。

「毎朝、早く出勤して市外電話サービスの前日の売り上げをまとめて帳票に記し各部門に配布するんだ。それだけじゃない。月曜日から日曜日までの売り上げを日々、チェックしていると、やがて曜日ごとの売り上げの傾向や各月の売り上げの動向を予測できるようになる。そうなったら毎月、一カ月分の売上計画を立て、それと実績を比較して、どのくらいの乖離が生じているのかを算出し、各部門に配布するんだ」

青山は続けた。

「いずれ各部門のリーダーたちには日次で部門の採算を管理してもらうことになる。そのために、まず彼らに日々の売り上げへの関心を持ってもらわなければならない。いわば部門別採算管理を浸透させるための地ならしだな」

こんな発想はパイオニアにはなかった。両角は青山の指示に驚き、とまどいながらも日次で採算を管理する重要性を実感していった。

年が変わり、一九八八年に入り、第二電電独自の管理会計制度の構築はいよいよ本格化していった。

目指したのは、「全員参加の経営」を実現する部門別採算管理の徹底だった。

まず第二電電の社内を、精緻な採算管理を行う単位としての部門に分けていった。その条件は、明確な収入が存在し、その収入を得るために要した費用を算出できる、つまり独立採算組織として成り立ち、また一つの独立した事業として成り立つことだ。両角たちは青山の指示に従い、全社の事業、仕事の流れを分析し、市外電話サービスの営業部、全国に散らばる支店、営業所など、部門別採算管理の最小単位となる部門に分けていった。

続いて部門ごとの収入や、その収入を得るために要した費用の分類に着手した。費目は一般の決算書の勘定科目よりはるかに詳細だ。例えば営業費なら販売代理店に支払うコミッション、販促のためのパンフレットの制作代・印刷代などに細かく分類する。また本社の社屋や支店、営業所の家賃もそれぞれの部門が占めるスペースに応じて案分する。

そして、それらの数字を日々、各部門のリーダーに部門別採算表という会計・経理の専門家でなくても一目で理解できる形式でフィードバックするのだ。

この結果、各部門のリーダーは自らが率いる部門の経営の内容をタイムリーかつリアルタイムに把握できる。リーダーたちは、その数字に基づいて「売り上げを最大にし、経費を最小にして、その差である利益を最大にする」という原理原則にのっとり、部門別の採算管理を実践するのだ。

ところが、ここで大きな壁にぶつかった。

管理会計制度のもとになった京セラと第二電電とではコスト構造が大きく異なっていたのだ。

京セラはメーカーであり、製品に占めるコストは材料費の比率が大きく生産設備などの固定費は相対的に小さい。一方、第二電電が営む電気通信は装置産業なので固定費の比率がきわめて大きく、また顧客を獲得するための営業費も莫大だ。

このため京セラの仕組みをそのまま導入するわけにはいかない。第二電電の収入・支出項目を独自に分類し、かつ、それぞれの費目を第二電電のそれぞれの部門にきちんと割り振らなければならないのだ。

そこで両角たちは、まず第二電電のコスト構造を徹底的に分析し、全社的に管理する全社管理経費と部門ごとに管理する部門管理経費に分け、さらに全社管理経費を「税金や借入金の金利などの会社経営費」「通信設備の減価償却費などのネットワーク運営費」「広告宣伝費」などに分類した。

そして翌年、部門管理経費の分類、割り振りを行い、月次の経理データから部門管理経費に該当する費目を抽出し、月次実績としてすべての部門にその帳票を配布するとともに、経費管理担当者を任命して毎月の予定を作成してもらうように働きかけた。

その際、両角たちは稲盛の指導、アドバイスを仰ぎ、何度もダメだしをされながら、第二電電の経営、組織の実態に即した分類、割り振りを模索した。

稲盛はことあるごとに言った。

「部門管理経費をきちんと分類し、割り振ることとは、部門別採算管理を正しく機能させるうえで欠くべからざる条件だ。各部門にしてみれば、自分たちで把握・管理できない費目を割り振られてもまったく意味はない。意味のない数字が並んでいたら運用できないどころか誤った方向に部門の経営の舵を切ってしまいかねない」

いったん割り振った経費に対して、「この経費を俺のところに振るのはおかしい」という文句が出てきたりすることも少なくなかった。

そんなとき、経営管理部の社員たちはすぐに再検討し、場合によっては割り振りを変更した。稲盛からこう指導されていたのだ。

「部門別採算管理をよりよいものにするためには朝令暮改でもいい。朝令暮改は困ると言う人もいるが、本当に困るのは現場が部門別採算管理をきちんと運用できないことだ」

困難を伴ったのは経費の分類、割り振りだけではなかった。収入もまた一筋縄ではいかなかった。とりわけ問題になったのが、電話料金収入をどの部門に割り振るかだ。

これがメーカーなら、例えば東北支店で販売した収入は東北支店のものになる。東京工場で製造した製品を出荷した収入は東京工場のものだ。

しかし電話の場合はそう簡単には割り切れない。例えば東北から東京への電話は東北支店、東京本社のどちらの収入になるのか。

経営管理部の社員たちは稲盛にアドバイスを仰ぎ「電話を発信した側の支店の収入とする」とした。東北から東京への電話は、東北支店の収入になるようにルールを定めたのだ。

これは営業で成果を上げた側が収入を得るという考えに基づいている。東北から東京への通話が第二電電の収入にカウントされるためには、発信した側の電話にアダプターが取り付けられていなければならない。それはまさに営業努力の成果だからだ。

一方、東京と大阪で連携して専用サービスの顧客を獲得した場合、東京本社と大阪支店の営業がそれぞれどれくらい貢献したのかを検討し、五対五で割り振るか七対三にするかといった配分を定めるルールを設けた。

このようにして管理会計制度の詳細を詰める作業と並行して、経営管理部の社員たちは青山の指揮のもと、部門別採算の考え方を全社に浸透させるため様々な手を打った。

まず毎月、本社で採算検討会議を開催した。

全役員に参加してもらい、会社全体の採算実績とマスタープランに対する進捗状況を踏まえて、課題や問題点を議論してもらったのだ。

また各支店に出張して、支店長や営業所長、ネットワークセンター長を対象とした採算検討会議も精力的に開催した。青山自らも今日は福岡、明日は広島といった具合に地方行脚をして、啓蒙に努めた。

青山は熱っぽく語った。

「部門別採算管理を機能させるうえで、『目標の立案・実践』は部門のリーダーである皆さんの義務です。皆さんは日々、フィードバックされる収入や費用の数字を踏まえて今月はどのくらいの収入を得られるか、またその収入を得るために、いつ、どれだけの経費が発生するかを分析し、月次の売上予定・経費予定を立案しなければなりません。さらに月次の売上予定・経費予定を積み上げた年度計画であるマスタープランも作成しなければなりません。いいですか？」

部門のリーダーたちは生唾をごくりと呑み込んだ。

「そして皆さんはそれらの目標と日々の実績を比較し、進捗状況を把握しながら必要な手を打っていくのです。予定した売り上げの達成が遅れている場合には、達成に向けた対策を講じ、経費予定に対して経費を使いすぎている場合は出費を厳しくコントロールしなければなりません。この結果、何が起きるか。皆さんは、小さな部門であってもその経営を任されることで自分も経営者の一人だという意識を持つようになり、業績向上のための創意工夫や挑戦に積極的に取り組むようになります。つまり部門別採算管理は全員参加の経営を目指しているんです」

青山は続けた。

「部門別採算管理を実践していくためには各部門で発生する収入、経費が日々、正確に更新されていかなければなりません。さもなければ、どんなに仕組みが優れていても、部門別採算管理は機能しません。ですので皆さんをはじめ、皆さんの部下に以下のことを徹底してもらいたい。何か支出があれば即座に支払伝票を発行し、何か収入があれば即座に計上する。数字の入力ミスや漏れ、改竄《かいざん》がないようダブルチェックを行う……」

終了時間を過ぎても青山の話はしばしば終わらなかった。

苦労は、しかし、これで終わりではなかった。

一九八九年七月、関西セルラーがサービスを開始し、第二電電グループは固定電話に加えて携帯電話の事業を手がけるようになった。

これに伴い、両角たちは固定電話とは異なる採算管理手法の構築を迫られるようになった。しかも携帯電話サービスは一九九四年以降、携帯電話の端末を安く販売して契約者を増やし、基本料金や毎月の通話料金で得た収入によって携帯電話の端末の販売で生じた赤字を回収し、収益を上げるビジネスモデルへと転じた。これまで作り上げてきた固定電話の事業を対象にした採算管理手法とは発想が異なる、新たな採算管理の手法を打ち立てなければならなくなったのだ。

両角たちは稲盛の指導を仰いだ。

稲盛は言った。

「携帯電話事業は、よく考えれば携帯電話の端末を販売するビジネス、新規契約を獲得するビジネス、通話を担うネットワークの三つのビジネスに分解できる。それぞれを分割して収入、支出を計上し、採算を管理できるようにしたらいい。事業全体を漠然と見ているだけでは、どこがうまくいったから事業が成功したのかわからない」

これに従って、両角たちは携帯電話事業を、携帯電話端末の販売についての収入・支出を管理する「端末販売勘定」、新規契約の獲得に伴う「契約一時金勘定」、通話を担う「ネットワークオペレーション勘定」の三つに分割し、それぞれに採算を管理する手法を構築した。

この採算管理手法のもとでは、携帯電話サービスのビジネスモデルを反映して、新規獲得が増加すればするほど契約一時金勘定の赤字は膨らむ。携帯電話の販売に伴う赤字を補填しなければならないからだ。しかし、契約者が増え、通話量が増えれば「ネットワークオペレーション勘定」の収益性は高まっていく。

そこで「契約一時金勘定」の赤字を補って余りある収益を「ネットワークオペレーション勘定」がどのくらい上げられるかどうか、つまり「ネットワークオペレーション勘定」の利益率をどれだけ高められるかを事業の最大の課題としたのだ。

ここまで考えて、両角は物思いに耽るのをやめた。

過去を振り返るのはもう終わりだ。部門別採算管理はこれからも日々、進化させていかなければならないのだ。

第6章
小異を捨てて大同に

1

一九九六年春――。

通信の自由化と電電公社の民営化を定めた電気通信事業法の施行によって幕を開けた日本の通信革命は曲がり角を迎えていた。

既定路線だったはずのNTTの分離・分割が反故にされようとしていたのだ。

NTTを民営化したうえで長距離電話会社とローカル電話会社に分離し、公正な競争条件を整備することは、第二次臨時行政調査会いわゆる土光臨調が一九八二年に発表した基本答申を踏まえた政府の方針だった。

また社会的な約束ごとでもあった。一九八五年に施行された電気通信事業法は「NTTの経営形態について五年後に改めて見直す」と定め、郵政省電気通信審議会（豊田英二会長）はこれを受けて一九九〇年三月、「一九九五年度をめどにＮＴＴを長距離電話会社とローカル電話会社に分離する」との答申を出したのだ。

そして一九九六年二月、電気通信審議会（那須翔会長）は一九九八年にＮＴＴを長距離電話会社と二社のローカル電話会社に分離するＮＴＴ分離・分割答申を発表、ＮＴＴの経営形態について「一九九六年三月末までに結論を出すべし」と期限付きで政府に要求した。

ところが政府は通りいっぺんの議論を行っただけで、「ＮＴＴの分離・分割には依然として慎重論が根強く、一九九六年三月末までには結論を出せない」と結論を先送りしてしまった。「総選挙が近いので、ＮＴＴ再編のようなやっかいな問題には踏み込みたくない」と浮き足だった与党三党――自民党、社会党、新党さきがけに押し切られた格好だ。

しかも与党のワーキングチームによる有識者のヒアリングでは、意見を聞いたのはＮＴＴ分離・分割反対論者だけで、当初から電気通信審議会の答申を骨抜きにする意図が見えだった。

反対論者はこう主張した。

「この数年間で通信を取り巻く環境は大きく変わり、国際競争力がこれまで以上に要求されるようになった。そんな状況のもとで、ＮＴＴの国際競争力、技術開発力を削ぐような分離・分割を行うのは得策ではない。加えて、これまで競争がなかったローカル電話の分野についてもＣＡＴＶやＰＨＳ（簡易型携帯電話）の参入が増えており、競争が始まっている。要するに電気通信審議会が答申を発表した一九九〇年とは状況が大きく変化しており、当時の答申はすでに意味を持たなくなっている」

稲盛は苦々しい思いで、事態の推移を見守り、反対論者の意見を聞いていた。

反対論はどれも詭弁でしかなかった。

彼らは分割すると国際競争力が落ちると言うが、ではいまのＮＴＴは国際競争力を持っているだろうか。ＮＴＴが開発した交換機やネットワークシステムは世界的に評価を受け、普及しているだろうか。否である。移動体通信にしてもキャプテンシステムにしても、ＮＴＴが開発した技術はＮＴＴ方式と呼ばれ、世界の標準とは異なり、国際的にはまったく通用していない。それどころか海外の通信機器メーカーが日本市場に参入する際の障壁として問題視されているのだ。

またローカル電話の分野で競争が生まれているという判断も早計だ。ＣＡＴＶを放送だけでなく通信に利用してもいいという郵政省の方針は明確だが、ＣＡＴＶの普及率はまだ低く、通信網としては機能していない。ＰＨＳもやっとサービスが始まったばかりだ。しかもＰＨＳの基地局はＩＳＤＮ（総合デジタル通信網）回線でＮＴＴのローカル電話網に組み込まれている。ＮＴＴとの競争状態どころか、ＰＨＳの利用率が上がれば上がるほどＮＴＴのローカル電話の売り上げが伸びる仕組みなのだ。

このように反対論にはあちこちに綻びがあるのにもかかわらず、与党が分離・分割に及び腰だったのは、NTTや、NTTの労働組合である全国電気通信労働組合（全電通）からの強い政治的な働きかけがあったからだ。とりわけ連立与党を構成する社会党の最大支援組織である全電通は、一九八五年の電電公社の民営化に際して自らの組織を守るため民営化賛成・分割反対の姿勢で政府に臨み、NTTの分割を阻止した実績を持っていた。

「このままではアンフェアな状況は改善されんな」

稲盛は悔しい思いを噛みしめた。

第二電電がスタートしてから十年強、稲盛たちはずっと不公平な競争を強いられてきた。もしNTTが民営化と同時に分離・分割されていれば、長距離電話会社である第二電電の競争相手はNTTから分離された長距離電話会社になるはずだった。

しかし分離・分割は先送りされ、第二電電は、長距離電話・ローカル電話を併せ持つ売上高六兆円、従業員二十万人を抱える強大な独占企業との競争を心ならずも続ける結果となった。

それだけではない。第二電電は、固定電話のサービスを行うためには既存のNTTのローカル網に接続しなければならないため、NTTに高額の接続料金を支払わされているのだ。その金額は一九九四年度で一千三百七十億円と第二電電の電話料収入の三分の一強に達している。

こんな状況も、いずれNTTが長距離電話会社とローカル電話会社に分離されれば改善されるはずだ——稲盛はそう信じ、期待し続けてきた。

しかし、それがもはや叶わない情勢になりつつあるのだ。

一九九六年暮れ、稲盛の情勢分析は最悪と言っていい形で的中した。電気通信審議会が答申した形でのNTTの分離・分割は実現せず、その経営形態は自民党の政治裁定に委ねられることになったのだ。

十二月六日、政治裁定によって決着したNTTの経営形態は、持ち株会社による一体運営だった。

政府の発表によれば一九九九年七月をめどに、ローカル電話事業を東日本電信電話（NTT東日本）と西日本電信電話（NTT西日本）の東西に分割する。一方、長距離電話事業はNTTコミュニケーションズ（NTTコム）を設立して引き継がせる。その際、NTTコミュニケーションズは完全民営化を果たし、NTTの悲願だった国際通信にも参入する。

これだけ読めばNTTは一応、長距離電話会社と複数のローカル電話会社に分離・分割されたように見えるが、実はまやかしの分離・分割にほかならない。

NTT自身が持ち株会社になり、東日本電信電話、西日本電信電話、NTTコミュニケーションズを傘下に収め、一体経営はそのまま継続されるのだ。

しかも持ち株会社であるＮＴＴは、一九九二年に設立した携帯電話事業を手がける子会社のＮＴＴ移動通信網（現ＮＴＴドコモ）と、一九八八年に設立した主に企業のデータ通信を担当する子会社のＮＴＴデータ通信（現ＮＴＴデータ）も引き続き傘下に収める。

つまり今回の再編によってＮＴＴは分離・分割されるどころか業務範囲・業容を拡大し、これまで以上に強大な企業に生まれ変わることになる。一体経営は強化されると言ってもいい。まさに焼け太りである。

第二電電をはじめとする新電電は今後、これまで以上に不公正な競争を強いられる結果になってしまったのだ――。

一九九六年十二月十七日、第二電電本社に出社した稲盛は社長の奥山を会長室に呼んだ。奥山はこの間、ＮＴＴの分離・分割の行方や、それを受けての通信業界の再編の動きについて情勢を分析してきた。そうした情報を踏まえて今後の基本方針について指示を出すためだ。

「最悪の政治裁定です」

会長室を訪れた奥山はそう言って顔を強ばらせた。

「まったくですね」

稲盛は憤然とした思いを噛みしめつつ、うなずいた。

一九八五年の電気通信事業法施行によって幕を開けた通信革命は、NTTの一体経営強化という反革命によっていままさに頓挫しようとしていた。

しかも持ち株会社はまだ法律で認められていない（持ち株会社が解禁されたのは独占禁止法が改正された一九九七年）。自民党の政治裁定は遵法精神をも踏みにじっていたのだ。

「今回の政治裁定で通信業界は一変するでしょうね」

「間違いないでしょう。持ち株会社によるNTTの一体経営と同時に、国際電信電話株式会社（KDD）法の廃止が決まった。NTTがいっそう強大になる一方で、国内・国際通信の垣根が消滅し、KDDの国内通信への参入が認められる代わりに、他社も自由に国際通信に乗り出せるようになる。すでにNTTコミュニケーションズは国際通信への参入に名乗りを上げている。これによって通信会社同士の競争はいっそう激しくなり、一社ではとても生き残れないと考える企業が増えるでしょう。通信業界は一挙に流動化するでしょうね」

「再編の動きが本格化すると……」

稲盛はうなずいた。

「業界再編の動きが出てきたのは昨年、NTTの経営形態についての議論が再開されたころからでした。それが今後、一気に加速されるはずです」

「そういう状況のもとで、第二電電としてはどうしたらいいでしょう」

奥山は身を乗り出した。

稲盛は答えた。

「以前から再三言っているとおり、第二電電の経営基盤をしっかり固めることがまず何よりも大切です。そして第二電電自ら、業界再編の渦になるんです」

「渦——つまり中心になるということですね」

「そういうことです。一体経営を加速し、より強大になるNTTに対抗するためには、第二電電自らが強力な対抗軸を作らなければならない。そのために、まず我々に接触してきている通信会社との提携・合併折衝を本格化してほしい」

「グローバルワンと日本国際通信（ITJ）ですね」

奥山は言った。

グローバルワンは、アメリカの新電電であるスプリントがフランスの通信会社フランステレコムとドイツの通信会社ドイツテレコムを巻き込んで設立した国際連合で、今年二月、国際電話を手がける日本法人のグローバルワン・ジャパンを立ち上げた。

早くから国際的な提携を模索しており、今年五月にはスプリントの最高経営責任者（CEO）エズレーが稲盛のもとを訪れ、通信業界の将来像について意見を交換した。

他方、日本国際通信は一九八六年に設立された国際電話の新電電（NCC）である。

住友商事、三菱商事、三井物産、松下電器産業など錚々たる企業が出資してスタートしたが、国内電話市場の二十五分の一に満たない小さな国際電話市場で、先行するKDDや、やはり国際電話のNCCである国際デジタル通信(IDC)と激しい競争を繰り広げており、経営が圧迫されていた。

このうえNTTグループが国際電話に参入してきたら生き残りは不可能になる――そんな強い危機感から、つい先日、日本国際通信の社長が稲盛と奥山に懇談を申し込み、その席上、「我々のような国際電話のNCCはこの先どう転んでみても明るい将来はありません。ぜひ稲盛さんにご指導をいただきたい」と意味深長な発言をしたのだった。

「見ていなさい。我々がグローバルワンや日本国際通信との交渉を進めているうちに、それらの噂が通信業界を駆けめぐり、やがてKDDをはじめ他の通信会社からも必ず働きかけがあるはずです。他の新電電――日本テレコムや日本高速通信にしても、いまのところはお互い疑心暗鬼になっているけれど、いずれ状況は必ず変わる。だから他の通信会社の動向を常に把握し、何か動きがあったら必ず知らせてください」

稲盛は言葉を区切り、一呼吸置いて続けた。

「奥山さん、これに関連してもう一つ、あなたにぜひしてもらいたいことがあります。提携や合併の交渉は本来なら社外の取締役に諮らないといけない。しかし今回はとりわけ機密性を要する話で、ごく少人数で内密に進めなければならない。そこでウシオ電機の牛尾さんやセコムの飯田さんたちに、『提携、合併の折衝・交渉はすべてこちらに任せてもらいます。いきなり新聞などで報道されても決して驚かないでください』。そう説得してほしいんです」

「わかりました」

奥山はうなずいた。

2

稲盛の指示を受けた奥山はグローバルワン、日本国際通信の双方に接触し、提携・合併に向けて動き出した。

しかし、それぞれの経営状況や本当の狙いが明らかになるにつれて、交渉は一筋縄でいかないことがわかってきた。グローバルワン、日本国際通信ともに主要な株主企業の思惑が食い違っているうえに、きわめて打算的な真意が透けて見えてきたのだ。

グローバルワンについては、スプリントのCEOのエズレーが稲盛のもとを訪れた後、稲盛は一九九六年七月にアメリカ、九月にドイツとフランスを訪ね、それぞれグローバルワンのCEO、ドイツテレコムの総裁、フランステレコムの会長と会談していた。

ドイツテレコム総裁やフランステレコム会長は稲盛のフィロソフィや実績に敬意を表し、フランステレコム会長に至っては「これまで数多くの日本の経営者と会ったが、初めての対話でこれほど共感を覚えたことはない」と初対面で稲盛に傾倒した。

しかし、奥山が中心になって進めた実務者レベルでの交渉で、グローバルワンの設立を仕掛けたスプリントが、第二電電をグローバルワン・ジャパンの現地代理店として利用しようと考えていることが明白になっていった。スプリントの経営は悪化しており、フランステレコム、ドイツテレコムとの関係もぎくしゃくしていた。

日本国際通信は、ある意味ではもっとひどかった。

同社の社長は稲盛に傾倒しており、第二電電による救済合併を望んでいたが、大株主の三菱商事、住友商事、松下電器産業が日本テレコムとの合併を望んでいたのだ。社長といえども、大株主の意向には逆らえない。

にもかかわらず、日本国際通信の社長のみならず大株主の担当者さえもしきりに第二電電に接触し、交渉を長引かせようとしている真意は、より高い金額で日本テレコムに買収してもらいたいからにほかならなかった。

一九九七年二月、奥山は稲盛にこれまでの経緯と状況を報告した。

話を聞き終えた稲盛は、しばらく目を閉じて考え、

「日本国際通信の目的はあくまで日本テレコムとの合併か……」

奥山はうなずいた。

「日本国際通信の社長は純粋に我々との合併を望んでいますが、彼の思いは大株主にはまったく通じていません。彼は私がなんとかまとめますからと言っていますが、無理でしょう」

「残念だけれど日本国際通信との交渉はここで打ち切りだね」

「はい」

「グローバルワンについては、こちらの疑問点を手紙に列挙して送付し、その返事を待って対応を決めましょう。彼らがきちんとした回答を送ってこなければ、こちらの交渉も打ち切らざるを得ない」

結局、グローバルワンからは稲盛たちの懸念を払拭する明快な回答は返ってこなかった。第二電電は日本国際通信に続いて、グローバルワンにも交渉決裂を通告した。

一九九七年三月十二日、第二電電と日本国際通信が破談になったのをまるで待っていたかのように、日本テレコムと日本国際通信が合併合意を発表した。

それによれば、一九九七年十月をめどに日本テレコムが日本国際通信を吸収する形で新会社を発足させるという。存続会社は日本テレコムで、社名も日本テレコムになる。合併比率は未定だが、日本国際通信の株十二株に対し、日本テレコムの株一株を割り当てる案が有力だという。

新聞や雑誌などのメディアは日本テレコムをもてはやし、業界再編に向けた合併戦略で第二電電に一歩も二歩も先んじたと盛んに書き立てた。

——国内初の大手通信会社同士の合併によって、日本テレコムの売上規模は四千億円を超えるばかりか、国際通信のインフラやノウハウを手に入れたことで国内・国際の一貫サービス体制を迅速に整えられるようになった。さらに欧米の通信会社との国際提携に踏み出す際にも、自前で国際業務を手がけていることは、より有利な条件を得るための大きな材料となる。

対する第二電電は合併戦略で大きな後れを取ってしまった。とりわけ国際事業の将来性には黄信号が灯っている——。

日本テレコムによる日本国際通信の吸収合併が発表された直後、奥山は稲盛の部屋を訪ねた。

「社外取締役たちからお叱りを受けました。『日本国際通信を日本テレコムに取られてしまうだなんて、稲盛会長に恥をかかせたんだぞ』と」

肩を落とす奥山に稲盛は言った。

「奥山さん、落ち込むのはまだ早いですよ。以前にも言ったでしょう? 我々がグローバルワンや日本国際通信との交渉を進めているうちに、やがて他の通信会社からも必ず働きかけがあるはずだと。焦る必要はない。第二電電単独でもやる覚悟があれば、道は必ず開けます」

稲盛の言葉はほどなく的中した。

「第二電電と緊密な関係を構築したい」

そう秋波を送ってきていたKDDが、第二電電と日本国際通信が完全に破談になったのを見て、正式に合併交渉を申し入れてきたのだ。KDDの経営陣は、いずれNTTコミュニケーションズが国際電話市場に参入してきたら、KDD単独ではもはや生き残れないという強い危機感を抱いていた。

奥山はKDDのトップと何度も会合を持ち、合併の条件についてすり合わせた。

しかし、話し合えば話し合うほど双方の溝は深まっていった。「我々KDDはかつては唯一の国際電話会社であり、長い歴史を持っている」――そんなプライドから、KDD側はあまりにも自社を過大評価していたのだ。

KDD側が最後までこだわったのは、合併後の社名だった。彼らはこう主張した。

「我々には百年の歴史とブランドがある。AT&T、BT、KDDと言われるほど世界では評価されているんです。第二電電の歴史とブランドはたかだか十五年でしょう？　ですから合併後もぜひKDDのブランドを残していただきたい」

さらに彼らは歴史とブランドへの強いこだわりから、合併比率についても非常識な意見を主張した。

「合併比率を決めるうえでの我が社の株価をもっと高く見積もってもらいたい。我々には百年の歴史とブランドに加えて、国に代わって国際条約に署名する権限がある。これら無形の資産を株価に反映してもらいたい」

「株価は市場で決まり、それによって合併比率も決まるんです。それが経済原理ではありませんか」

奥山は何回も説明を試みた。また稲盛と打ち合わせ、「合併して発足する新会社の社長はKDDから出してもらっていい」「社名もKDDに近い社名でかまわない」と精一杯の譲歩案を示したが、KDD側は納得しなかった。

奥山から報告を受けた稲盛はため息をついた。

「非常識というか、経済の原理がわかっていないんだな……」

「はい。合併しなければ早晩、苦境に追い込まれてしまうのは彼らなのに、また彼ら自身それをわかっているのに、異様に高いプライドが邪魔をしているんです」

「そういう人たちと組んだらいけないな」

稲盛の指示を受けた奥山はKDDの社長を訪問し、交渉を打ち切りたいと通告した。

KDDの社長はうろたえた様子を見せた。

「どうか早まらないでください。我々としてはぜひあなたがたと一緒になりたいんです。

そのことをぜひ稲盛会長にお会いしてお伝えさせてください。そうすれば我々の誠意をわかっていただけると思います」

翌々日、彼の意を汲み、稲盛はＫＤＤ側と会談した。

ところが、なんとその席上でもＫＤＤ側は社名にこだわり、歴史とブランドを株価に上乗せしてくれと主張した。

「この話はなかったことにしましょう」

稲盛はきっぱりと言った。

一九九七年九月四日、ＫＤＤとの交渉は正式に幕を閉じた。

それを知ったＫＤＤの現場の社員たちは落胆の声を上げていた、と奥山は種野から知らされた。種野たちはＫＤＤと共同で営業キャンペーンを展開する計画を進めていたのだ。ＫＤＤの社員たちは自社の先行きに強い危機感を抱いていた。その思いは経営陣以上だったかもしれない。それだけに彼らは第二電電との合併の実現をとりわけ期待していたのだった。

3

第二電電とＫＤＤの合併交渉が暗礁に乗り上げた直後、国内で新たな再編の動きがあった。

一九九七年十一月二十五日、KDDと日本高速通信が合併合意を発表したのだ。

計画では一九九八年十月に新会社を発足させ、KDDのブランド力と日本高速通信の光ファイバー通信網という強みを組み合わせた国内電話・国際電話の一貫サービスを提供するという。

細かな合併条件は未定だが、これまでの交渉では「KDDが存続会社となり、社名もKDDを踏襲する」「日本高速通信の親会社であるトヨタ自動車が新会社の一〇%強の株式を保有し筆頭株主となる」などで大筋、合意しているとのことだった。

KDDと日本高速通信の合併は、一九九九年七月をめどに進められているNTTの一体経営とNTTコミュニケーションズの国際電話への参入を控えて、いよいよ危機感を募らせている両社の自己防衛本能の産物にほかならなかった。

そうでなくても両社の経営は悪化していた。日本高速通信は累積損失を一掃するため増減資を実施する方針を打ち出していたし、一方、KDDもグループ企業への出向者を含めた総勢五千三百人の社員を二〇〇〇年度末までに四千八百人にまで減らす計画を発表していた。

そして一九九八年七月二十九日、KDDと日本高速通信は合併契約書に調印し、十二月一日の新会社発足を正式に発表した。当初は十月にスタートの予定だったが、合併比率の問題で折り合いがつかず、延び延びになっていたのだ。存続会社及び社名は予定どおりKDDで、社長にはKDD社長の西本正が、会長には同会長の中村泰三が就任する。

この合併の前後から、奥山のもとに、トヨタ側のアドバイザーを務めたゴールドマン・サックス日本法人の担当者から日本移動通信（IDO）についての情報が寄せられるようになった。日本移動通信は一九八七年三月、主に自動車電話などの移動体通信を手がけるため、トヨタが中心になって設立した企業である（第4章参照）。

「日本高速通信が片付いたら、日本移動通信をなんとかしたいとトヨタは考えているようです」

当初、そのように耳打ちしていたゴールドマン・サックスの担当者は、やがて「トヨタ側は日本移動通信の扱いについて第二電電と話し合いたい意向だ」との情報を奥山にもたらした。

これに先立つ一九九七年三月、第二電電は日本移動通信との間で新たなデジタル携帯電話についての技術・サービス面での提携を実現していた。米クアルコム社が開発したCDMA（符合分割多元接続）方式の規格を共同で採用し、ｃｄｍａＯｎｅの統一ブランドで営業、サービスを展開するというものだ。

こうした情勢やゴールドマン・サックスがもたらした情報は第二電電と日本移動通信の

ベクトル——方向性が合っていることを示していた。

状況を報告した奥山に稲盛は言った。

「知ってのとおりトヨタとは携帯電話事業に乗り出すときサービスエリアの地域割りについて意見の食い違いがありました。以来、関係はぎくしゃくしていたが、それを是正するいいチャンスだね。しかも第二電電と日本移動通信が合併すれば、携帯電話の事業についてこれ以上はない補完関係が成立する」

「我々のセルラー各社は関東・中部を除く全国でサービスを展開している。一方、日本移動通信の営業地域は関東・中部。両社が合わされば全国をくまなくカバーできるということですね」

「そのとおり。トヨタ側に接触して、合併についての正式な話し合いに入れるかどうか探ってください。相手がどのくらい本気かをつかむんです」

奥山はうなずいた。

九月一日、奥山はトヨタとの最初の会合に臨んだ。場所は東京・麻布の料亭である。トヨタ側は専務が出席した。さらにトヨタ側の意向で、最初の出会いでの発言をめぐる後々のトラブルを避けるため、ゴールドマン・サックスの担当者が立ち会い人として同席することになった。

席上、まず口を開いたのはトヨタ側だった。

「本来ですとこの案件は副社長の担当になりますが、副社長は次の人事で異動いたします。そこで私が特命を受け、担当することになりました。今日、私が話すことはすべて最高首脳まで通じています。つまり最高首脳の意を呈してお話をさせていただくとご理解ください」

トヨタ側の担当者である専務は一呼吸入れて、いきなり奥山に聞いた。

「ＫＤＤとの話が決裂した理由はなんですか」

奥山の顔をのぞき込む相手の表情から、第二電電側がＫＤＤに何か無理難題を言ったのかどうか探ろうとしているのだと察せられた。奥山は社名と合併比率の問題で折り合いがつかなかったと説明し、質問を返した。

「日本高速通信とＫＤＤの合併の調印が延び延びになった理由はなんですか」

専務は合併比率についての主張に食い違いがあり、調整に時間がかかったと答えた。

奥山はうなずき、さらに聞いた。

「今回のことで日本移動通信自体からも直接、接触を試みてきそうな気配です。時には我々の真意を測るための観測気球的な話が聞こえてきたりもします。第二電電として日本移動通信への対応をどう考えたらいいですか」

専務は明言した。

「本件についてはすべてトヨタで仕切ります。日本移動通信も了解済みですので、いっさい接触する必要はありません」

「私どもの方からも発言させていただいてよろしいでしょうか。ひとつ、ご提案させていただきたいことがありまして」

ゴールドマン・サックスの担当者が発言した。

「本日は両社ともに首脳がご出席され、私どもはこれは本気だとお見受けいたしました。そこでぜひ提案させていただきたいことがあります。私どもは日本高速通信とKDDの合併のお手伝いをいたしました。そのとき、トヨタ、KDDともに対等の立場に立つという前提で合併協議をスタートさせていただきました。その経験にかんがみて、今回も対等の立場という前提でスタートするのがよいかと思います。いかがでしょうか。トヨタさん、第二電電さんともにそれでよろしいでしょうか」

「私どもとしては異論はまったくありません」

トヨタの専務がうなずいた。

「第二電電さんはいかがですか」

「対等の立場というのはかえって混乱のもとだと考えています」

奥山は言った。

トヨタの専務、ゴールドマン・サックスの担当者が驚いた顔をして奥山を見た。

「これは稲盛の持論でもあります。対等の立場ということで合併して、それが後々の問題を引き起こすことは無数にあると」

「それなら……」

ゴールドマン・サックスの担当者は鼻白みながら言った。

「『対等の精神』ではいかがでしょう。『対等の精神に沿って合併協議をスタートさせていただく』と。これなら問題はないでしょう?」

「いや……」

奥山は首を振った。

「それでも問題なしとは言えませんね」

「しかし……」

「これについては持ち帰らせてくれませんか。稲盛と話をしませんと」

ゴールドマン・サックスの担当者はわかりましたとうなずいた。

「いずれにしましても……」

トヨタの専務が言った。

「私は『正式な合併協議に入ることになったら命がけでやれよ』という命を受けています。何とぞよろしくお願いいたします」

翌々日、奥山は京都の京セラ本社に赴き、会談の内容を稲盛に報告し、「対等の精神でスタートする」というゴールドマン・サックスの文言で問題ないかどうか指示を仰いだ。

稲盛はかぶりを振った。

「『対等の精神』と言っても、『対等の立場』『イコールパートナー』と言っても結局は同じことです。そういう前提でスタートするといずれ失敗してしまう」

稲盛は続けた。

「これは決して大げさではなくて、日本企業の対等合併にはいい合併は一つもないと言っていい。例えば銀行同士の合併はすべて対等合併で、頭取などのトップの人事はたすきがけです。合併した銀行が代わりばんこに出身者をトップに就けるわけですね。そんなやり方で活力が生まれるわけがない。本来は経営の中心に軸があり、それにみんなが結集しなければいけないのに、トップたちがそれぞれの出身企業の意を呈して『俺が俺が』と自分を主張していたら意思決定がぶれて、経営が迷走してしまう」

「なるほど……」

「ところが日本の企業文化にはそれがないんです。だれかが中心になり、他を束ねていく発想がない。だから僕がそれを言うと、みんなが『覇権主義だ』と言うわけです。『稲盛さんは威張りたくて、そう言うのだろう』と。もちろんそんなことはあるはずがない。僕は威張りたがり屋じゃないですからね。合併して生まれた会社をすばらしい会社にしようと思うなら、一本にまとめなければいけない、ただそう思うだけです。実際、救済合併でうまくいく例が多いのは、吸収された側が吸収した側の意思決定にきちんと従うからです」

稲盛は奥山を見つめた。

「奥山さん、いまの僕の考え方を——真意をトヨタ側に伝えてくれませんか。これはきわめて重要なことです。呑めないというのであれば、正式な合併協議に入れなくても仕方がない。呑めないままに合併協議に入ったら、いずれ誤解と混乱を招くだけだからね」

奥山はトヨタの専務に接触を図り、稲盛の真意を伝えた。

専務は弱った声を出した。

「これは私には処理しかねる問題ですね。直接、私どもの首脳に話してもらうしかないと思います」

「首脳とは……」

「会長の豊田章一郎、社長の奥田碩。とはいえ第二電電さんからうちの首脳に直接、説明してもらうというのもおかしな話ですね。それなら、こうしたらどうでしょう、ゴールドマン・サックスの担当者に間に入ってもらい、彼から、あなたがたの考え方をうちの首脳に伝えてもらうんです」

九月四日、稲盛はゴールドマン・サックスの担当者に会い、対等の立場・精神についての考え方を説明した。

担当者は「一言一句漏らさず伝えます」と約束し、その場を辞した。

十日後——。

トヨタ側からなんの音沙汰もなく、今回もまた破談かと諦めの気持ちが芽生えはじめた九月十四日、トヨタとゴールドマン・サックスの双方から奥山のもとに連絡が入った。

「稲盛会長の真意、第二電電の趣旨を拝受いたしました。私どもとしてはぜひ御社と正式な合併協議に入りたいと思います」

合併交渉の幕がついに開いたのだった。

稲盛は奥山に指示を出した。

「今回の合併の基本線は三つです。まずNTTへの強力な対抗軸を作り上げることを戦略展開の基軸とする。そして経営はあくまで第二電電が把握する。さらに、その経営を京セラとトヨタとで支える体制を強固にする」

4

奥山は動き出した。正式な交渉を始めるにあたっての懇談会をトヨタ側に働きかけて実施し、その後、頻繁にトヨタ側の代表である専務と接触して合併条件の細部を詰めた。

そうしている間に新たな展開があった。十月一日、日本高速通信と合併するＫＤＤの経営陣が第二電電に対して救済合併を求めてきたのだ。

「あれからずっと内部で検討しまして、やはり第二電電さんとよりを戻したいという結論になりました。ぜひ稲盛会長にお取り次ぎいただけませんか。我々が変わったことをご理解いただけるはずです」

前回の合併交渉開始から一年半、破談から十三カ月、ＫＤＤは業績を急速に悪化させていた。一九九七年度こそ連結最終損益で四十九億三千万円の黒字を確保したものの、一九九八年度の連結最終損益は二十億円近い赤字の予定で、一九九九年度以降も業績回復の見通しは立っていない。国際電話サービスの競争激化によって国際電話料金の大幅値下げを強いられた結果である。

奥山は稲盛の指示を仰いだ。

稲盛は言った。

「ＫＤＤの技術・研究レベルは高いし、社員の素質も非常にすばらしいと思う。ＮＴＴへの対抗軸を作るには彼らのリソースが必要です。つまり三社合併が最終的な目標だけれど、ただし、交渉自体はトヨタ側との話し合いを先行させてほしい。ＫＤＤの劇的と言っていい凋落ぶりを考えれば、彼らとしても我々についてこざるを得ないでしょう」

十二月に入り、日本高速通信と合併したばかりの新生ＫＤＤのトップから奥山のもとに「ぜひ話し合いのテーブルについてほしい」という電話が入った。

奥山は東京・新宿の新生ＫＤＤ本社に赴き、経営陣と接触した。ところが「第二電電と新生ＫＤＤを取り巻く環境や情勢は大きく変わったのでスタートラインに立ち返り、ゼロベースで話し合いをしたい」と提案した奥山に対して、新生ＫＤＤ側は前回の話し合いを前提とした交渉を望んだ。相変わらず社名と合併比率に対して強いこだわりを見せたのだ。新生ＫＤＤは救済合併を望みながらも、この二つの問題について歩み寄る姿勢を見せなかった。

一方、トヨタとの交渉も大きな壁にぶつかった。

トヨタ側はこう主張したのだ。

「第二電電の創設から今日に至る隆々たる実績を考えれば、第二電電さん、稲盛会長に最大限の敬意を払うのは当然だと思っています。これはよくよく理解しています。しかし合併比率については、第二電電さん、稲盛会長への敬意を前提にしたうえで、新会社での京セラさんとトヨタの株式の持ち分比率を対等にしていただきたい」

彼らはさらに言った。

「経営形態については純粋持ち株会社を強く推したい。持ち株会社である新会社を立ち上げ、そこに長距離電話会社や移動体通信会社がぶら下がる形です」

第二電電としてはとうてい呑める主張ではなかった。

新会社の株式の持ち分比率を対等にし、純粋持ち株会社にするのはあくまで対等合併にほかならない。これでは経営に軸が生まれず、経営幹部はそれぞれの出身企業の意を呈して「俺が俺が」と主張し、経営が迷走してしまう。

一体経営を進め、ますます強大になるＮＴＴへの対抗勢力を実現するためには、唯一の純粋民間会社としてスタートし、文字どおりゼロから今日を築き上げた第二電電の経営力が必要だ。そのためには第二電電が存続会社となり、経営を把握しなければならない――これが合併にあたっての稲盛の基本的な姿勢である。

稲盛は第二電電が可愛いからこうした主張をしているのではなかった。

もちろん自らが育て上げた第二電電にひとかたならぬ思いを持っているのは、人として経営者として当然だ。

しかし今回の合併にあたっての基本的な姿勢は「将来的にはＫＤＤも糾合して誕生する新会社の経営を盤石にするためにはこれこそが最良の選択である」と考え抜いての決断であり信念にほかならなかった。

一九九八年が暮れ、一九九九年になっても双方の隔たりは埋まらなかった。

そうした状況を反映してか、第二電電をくさし、叩く風評が業界や株式市場でしきりに流れるようになり、また、そうした風評に基づく報道も目立ちはじめた。

曰く——第二電電は国際電話サービスでNTTや日本テレコムに後れを取ってしまった。そこで経営体質が水と油であるにもかかわらず、KDDとの弱者連合を模索している——。

奥山は焦り、また時に追い詰められた気持ちにもなった。

そうでなくても、エスタブリッシュメント中のエスタブリッシュメントを自任するトヨタとの合併交渉は激しい精神的なプレッシャーとの戦いだった。ちょっとした言葉の食い違いが破談を招きかねないだけに交渉の場では常に細心の注意と集中力を要求される。情報の漏洩にもとことん気を使わなければならない。

そんなタフな交渉の最中にあって、ありがたかったのは稲盛の姿勢がまったくぶれないことだった。稲盛の指示は常に明快だった。だから奥山も隠さず偽らず、トヨタ側の主張や事態の推移を逐次、稲盛に報告できた。

もし自分の後ろに稲盛がいてくれなければ、この合併交渉はとっくの昔に破談になってしまっただろうと奥山は思った。

一九九九年二月、奥山は稲盛の考え方を正確に書面に記した稲盛名のレターをトヨタ側に送った。誤解や齟齬がいっさい生じないようにという稲盛の指示である。

その骨子は以下のとおりだ。

「今回の合併は、真の意味での通信自由化を実現するためNTTへの対抗軸を築く最後の機会です。いま、我々が小異を捨てて大同につかなければ、我々はNTTに対抗する術を永遠に失ってしまいます。

また第二電電と日本移動通信の合併は流動化する通信業界においては必然的な流れであり、日本移動通信にとっては必須の選択肢にほかなりません。

真の意味での通信自由化を達成する大同団結を実現するため第二電電にすべての資源を集中し、そして御社――トヨタにぜひ京セラに次ぐ大株主として経営に参画していただきたいと願います。第二電電にはウシオ電機やソニー、セコムなど創業以来の株主がいますが、そうした株主を差し置いて、御社に第二位の大株主を要請するのは、我々がいかに今回の大同団結を重く考えているかの表れであるとご理解ください。

最後に唯一の純粋民間会社としてスタートし、ゼロから今日を築いた第二電電の実績について、ぜひ正当なご評価を願います」

奥山はレターを踏まえて、トヨタ側との交渉に臨んだ。

しかし三月が過ぎ、四月になっても両社の溝は埋まらなかった。トヨタはあくまで純粋持ち株会社を主張したのだ。

「奥山さん、私どもは稲盛会長からいただいたレターの趣旨を十分に理解しております。第二電電さんのこれまでの実績、稲盛会長の経営手腕についてもおおいに評価しております。しかし第二電電さんが日本移動通信を呑み込む形での合併は受け入れられません。私どもはこれまでも再三申し上げてきたとおり、ぜひ純粋持ち株会社を主張したい」

「私どもとしては第二電電にすべての資源を集中するという基軸は譲れません」

「奥山さん、せっかくKDDから再度、合併の提案があり一緒にやろうという機運が熟してきているのに、それではぶち壊してしまいかねませんよ。いまのこの勢いを持続するためにも、ぜひ経営形態について再考をお願いしたい」

「それはあり得ません。私どもとしてはよくよく考えたうえでの結論なんです」

「第二電電さんのそういう姿勢について『覇権主義』ではないかと我々に言う人もいるんですよ」

「それは聞き捨てなりませんね」

奥山は語気を強めた。

「以前にも再三、説明したと思いますが、我々は覇権を握りたいわけではありません。経営には中心となる軸が必要であり、対等合併ではうまくいかないと申し上げているんです」

とはいえ進展がまったくないわけではなかった。何度も交渉を重ねるうちに第二電電名誉会長の稲盛とトヨタ会長の奥田が直接会い、懸案についても話をしてもらおうという機運が双方に醸成されていったのだ。

一九九九年五月、奥山は再び稲盛の考えを記したレターをトヨタ側に送った。前回のレターを踏まえて、覇権主義と批判されることに対する真意を綴ったものだ。

一九九九年八月二十五日、稲盛と奥田の会談がついに実現した。場所はトヨタ東京本社である。

その日、稲盛と奥田はにこやかに挨拶を交わした。

奥田は一九三二年十二月生まれの六十六歳、一九三二年一月生まれの稲盛とは同世代である。

一九五五年にトヨタ自動車販売に入社。経理部時代に上司とぶつかりマニラ支社に転勤、事実上の左遷人事だったが、その能力とマニラでの実績を豊田章一郎に認められ一九八二年に取締役就任。アメリカのケンタッキー工場建設を担当し、一九九五年に社長、一九九九年に会長に就任した。社長在任中には、世界初のハイブリッド車プリウスを一九九七年に発売するなど、先進的な発想で改革を進めた。

「稲盛さんにはぜひお目にかかりたいと思っていたんですよ」

奥田は目を細めて言った。

「京セラを文字どおりゼロから世界有数の高収益企業に育て上げ、第二電電という非常に困難なプロジェクトもまた見事に成功させた。その手腕には心から感服いたします」

「ありがとうございます」

「そう言えば、先だってビジネス誌のインタビューだと思いますが、いわゆる金融工学を駆使した昨今のデリバティブ（金融派生商品）取引の流行に対して警鐘を鳴らされていますね。実は私もこの風潮を嘆かわしく思っていましてね。企業の本分や社会的使命を逸脱しているんじゃないかと」

稲盛はうなずいた。

「私はあれはどこかで必ずつまずくと思っているんです。高度な金融工学によってリスクを分散すると言うけれども、リスクの総体が減っているわけではない。ただ見えにくくなっているだけです。そんなものにのめり込んでいる会社は、いずれ咎めを受けるでしょうね」

「稲盛さん……」

奥田の目に鋭い光が灯った。

「通信業界の現状や先行きへの認識についても、稲盛さんと私とでは一致していると思っています。再編によって一体経営を強め、より強大になったNTTに対抗していくには、強力な対抗軸を作り上げなければならない。そのためには我々は小異を捨てて大同につかなければならない。私としてもこの交渉をなんとかまとめたいと希望しています。いま一度、稲盛さんのお考えをお聞かせいただけますか」

稲盛は奥田を見つめ、話しはじめた。

「奥田さんは、一体経営を強め、より強大になったNTTへの対抗軸を作り上げなければならないとおっしゃいました。私はいまがその最後のチャンスであると考えています。逆に言えば、いま私たちが小異を捨てて大同につかなければ、NTTに対抗する術を永遠に失ってしまう。私はそう確信しています」

奥田はうなずいた。

「そして、その目的を一緒に達成するためにぜひ御社のお力をお借りしたいと思っています。そのときにはぜひ経営の一翼を担っていただきたい。これは御社が通信事業に乗り出された趣旨に沿えるはずだと私は考えています。また合併後の新会社の名誉会長に、第二電電の名誉会長である私一人が就くのはやはり不公平だと思いますので、トヨタさんからもぜひ名誉会長を出していただきたいと思います」

「その場合は私ではなくトヨタ名誉会長の豊田章一郎がふさわしいでしょうね」

稲盛はなるほどと返し、続けた。

「それからこれはレターにも書きましたが、通信回線を引くインフラさえ持たなかった私たちは文字どおり徒手空拳で第二電電を立ち上げました。当時は無謀な挑戦などと言われたものです。多大なリスクを覚悟して通信自由化の競争の中に飛び込んだときの思いと、その後の経営成果についてぜひ正当な評価をお願いしたい」

「それはむろんです」

「いま申し上げたことをかんがみて、大同団結を実現する際には第二電電にすべての資源を集中させることをぜひご理解いただきたい。存続会社は第二電電にさせていただきたい。こうした考えをもって稲盛は覇権主義者だと言う向きもあると聞きましたが、私にはそのような気持ちはかけらもありません。もちろん唯一の純粋民間企業としてこれまでやってきた自負心はあります。それをもって覇権主義だと批判されるのであれば、もはや何をか言わんやという心境です」

話を終えた稲盛を奥田を見つめた。

稲盛もまた奥田を見つめ返す。

やがて奥田が言った。

「よくわかりました。いま稲盛さんが言われたことを基本線にして、合併協議をまとめましょう」

「わかっていただけたんですな」

「無謀と言われながら通信自由化の波に飛び込んだ稲盛さんの思いと、その後の第二電電の輝かしい業績を大事にしたいと思います。今後は株式の交換比率や受け入れる役員の数など、実務的なことを含めて交渉を加速させましょう。よろしくお願いいたします」

奥田は頭を下げた。

合併交渉の進展を阻んでいた溝を埋めた稲盛と奥田の会談は、新たな動きを呼び込んだ。

第二電電とトヨタの歩み寄りを察知したKDD側から前回の延長上ではなく、ゼロベースで話し合いたいとの連絡が入ったのだ。

奥山はKDDの社長に面会し、念を押した。

「前回の破談の原因となった社名、合併比率の問題のみならず、すべての交渉条件について一から再検討したいと考えていますが、よろしいですか」

KDD側は同意した。

この瞬間、局面は第二電電、KDD、日本移動通信の三社合併へと大きく急旋回したのだった。

三社の担当者たちは合併条件の詳細を煮詰める作業に入った。弁護士やフィナンシャルアドバイザーに助言を仰ぎながら、一つひとつ細かな点を煮詰めていく。

これは想像していた以上に困難な作業だった。基本的な条件についてトップ同士では合意していたものの、各論では解釈の違いや細かな点での不一致などが数多くあり、この期に及んでも、一歩間違えば交渉が決裂してしまう緊張感を拭えなかったからだ。

「歴史的な合併交渉とはこういうものなのか」

奥山はそう痛感しながら、精神的なプレッシャーと戦い続けた。

そんな作業が一区切りついた九月二十一日、第二電電とＫＤＤの間で合併条件についての基本合意が交わされた。

さらに十一月二十五日、稲盛と奥田の会談が再び行われ、合併して誕生する新会社の商号（社名）や首脳役員の人事、合併スケジュールなどについて最終合意が交わされた。

そして十二月十六日、稲盛、奥田、張、奥山、西本正、日本移動通信社長の中川哲、京セラ社長の西口泰夫の七人が出席して都内のホテルで共同記者会見を開き、第二電電、ＫＤＤ、日本移動通信の三社合併を発表した。

広いホテルの宴会場を埋め尽くした取材陣に向けて、合併の骨子が伝えられた。

第二電電、ＫＤＤ、日本移動通信の三社は来年――二〇〇〇年四月一日に合併契約書に調印し、十月一日に合併する。

存続会社は第二電電で、ＫＤＤ株（額面五百円）九十二・一株に対し第二電電株（同五千円）一株、日本移動通信株（同五万円）二・九株に対し第二電電株一株を割り当てる。

新社名はディーディーアイで、ロゴマークとしてＫＤＤＩを使う。

新生ディーディーアイの筆頭株主は京セラで出資比率は一五・八％、二位株主はトヨタで同一〇・三％だが、合併前にトヨタがディーディーアイの第三者割当増資を引き受け、合併時の両株主の持ち株比率の差は二ポイントとなる。

社長には第二電電会長兼社長の奥山が就任し、京セラ名誉会長の稲盛、トヨタ名誉会長の豊田章一郎が、ともに名誉会長に就任する。

三社合併のインパクトは大きかった。新聞やテレビなどのメディアはＮＴＴへの強力な対抗軸が実現し、国内の通信業界はＮＴＴとＫＤＤＩの二強が対決する構図になるだろうと書き立てた。

事実、三社を合わせた一九九九年三月期の売上高は二兆六百三十億円と、ＮＴＴの九兆七千三百億円とは差があるものの国内第二位の規模となり、長距離・国際通信で二十九パーセントの市場シェアを獲得する。また一九九九年十一月末の携帯電話、ＰＨＳの契約者数はＮＴＴドコモの二千八百万台に対して千六百万台と、成長著しい移動体通信の分野でＮＴＴグループを追撃できる位置に立った。

しかし、メディアは報道しなかったが、この合併が何よりも画期的なのは、すべての経営資源を第二電電に集中し、経営の中心軸を確立したことだった。大企業同士の合併としては日本で初めての例だと言っていい。

稲盛と奥山は三年にわたる粘り強い交渉の結果、かつてない歴史的な合併を成し遂げたのである。

合併発表後、三社は奥山が委員長を務める合併準備委員会のリーダーシップのもと、新会社発足に向けて着々と手を打っていった。

支店・営業所の統廃合を進める一方、二〇〇〇年四月、新会社のロゴマーク「KDDI」を発表。二〇〇〇年五月にはセルラー八社と日本移動通信は次世代携帯電話の事業変更許可を郵政相に申請した。

次世代携帯電話は、固定電話並みの音質を持ち、高速・大容量のデータ伝送や国境を越えた通話を可能にする新たな技術である。音声中心のアナログ方式、デジタル方式に続く第三世代の携帯電話とも呼ばれ、NTTドコモとスウェーデンの通信機器メーカー、エリクソンなどが開発した日欧方式W—CDMAと、アメリカの通信技術開発会社クアルコムが開発した米国方式cdma2000の二つの国際規格が並び立っている。

NTTドコモはすでに日欧方式での参入を表明し、二〇〇一年五月に東京二十三区と横浜、川崎市で営業を始める計画を掲げていた。

第二電電と日本移動通信は先行するNTTドコモに対抗するため、二〇〇二年九月から関東、中部、関西でサービスを開始し、二〇〇四年三月までに他の地域を網羅する計画を打ち出した。

規格は米国方式で、第二電電の時代から数えると一九八九年にスタートさせたアナログ方式のＴＡＣＳ、一九九四年にスタートさせたＰＤＣ、一九九八年夏にサービスを開始したデジタル方式のｃｄｍａＯｎｅに続く、四番目の携帯電話サービスとなる。

さらに同月下旬、第二電電と日本移動通信は、合併に先駆けてこの七月から携帯電話の統一ブランド「ａｕ（エーユー）」を使用し、販売店の名称も「ａｕショップ」に統一すると発表した。ａｃｃｅｓｓ（接近）、ａｍｅｎｉｔｙ（快適）の頭文字のａと、ｕｎｉｑｕｅ（独特）、ｕｎｉｖｅｒｓａｌ（普遍的）のｕを組み合わせた造語で、生活に密着し、人に優しい携帯電話のイメージを表現したものだ。

続いて七月下旬、第二電電は傘下のセルラー会社を十一月一日付で合併させると発表した。

社名は携帯電話の統一ブランド名と同じエーユー。すでに株式を店頭公開している沖縄セルラーを除く北海道セルラー、東北セルラー、北陸セルラー、関西セルラー、中国セルラー、四国セルラー、九州セルラーの七社を統合し、さらに十月に誕生するＫＤＤＩが株式交換によって電力会社の出資分を買い取り、二〇〇一年三月末にエーユーを百パーセント子会社とする。

セルラー会社ごとにばらつきがあるサービスを統一し、ＫＤＤＩグループ全体の事業戦略の意思決定を素早く、あまねく行き渡らせるのが大きな狙いだ。

そして十月一日、KDDIがついに発足した。

翌二日、月曜日、東京・西新宿のKDDIビルで合併記念式典が催され、続いて開かれた記者会見の席上、稲盛は長かった合併交渉に思いを馳せながら、未来を見すえてこう語った。

「長い交渉を経て、いよいよ第二電電、KDD、日本移動通信が合併してKDDIが発足しますが、合併の時期については、正直申し上げて若干、遅かったと感じております。今やNTTは再編によって一体経営をさらに強め、NTTドコモは携帯電話で首位を走っています。今から二年くらい前に大同団結が実現していれば、NTTに拮抗する対抗軸として、文字どおりNTTとがっぷり四つに組むことができたでしょう。しかし、そのことをいまさら言っても始まりません。また今からでももちろん遅くはありません。それどころか必ずやKDDIをNTTに対抗する企業に育てられると考えています。そのために私自身、必死で頑張るつもりです」

続いて社長に就任した奥山が抱負を語った。

「国際的なブランド力と大企業を中心に数多くの顧客を持っているKDD、競争が激しい関東、東海地域で携帯電話事業を展開してきた日本移動通信、中小企業や個人に強い第二電電――三社を合わせた力は、潜在的にはNTTを上回っていると思っております。その力を存分に発揮するには社長である私自らが経営課題に優先順位をつけ、迅速に結論を出していかなければなりません。また戦略面では携帯電話とインターネットに経営資源を集中するという意味で『モバイル＆ＩＰ（インターネット・プロトコル）』を事業戦略に掲げて戦う所存です」

ＮＴＴへの対抗軸がいよいよ本格的に始動したのだ。

エピローグ

第二電電の成功は、単にKDDIというNTTへの強力な対抗軸を生んだだけではなかった。

私たちの生活やビジネスにも多大な恩恵をもたらした。

第二電電が巻き起こした自由競争によって、電話料金は電電公社の独占時代から大きく下落し、電気通信の市場規模は公社独占時代の五兆円弱から約十五兆円へと三倍以上に拡大した。

また第二電電が初めて参入に名乗りを上げた携帯電話は私たちのライフスタイル、ビジネススタイルを一変させた。

「近い将来、〝個人電話の時代〟が必ずくる。いつでも、どこでも、だれとでも通話する。そんな時代が必ずくる」。稲盛が起業家として他のだれよりも早く予見し、その実現に向けて知恵と努力を注ぎ込んだケータイ社会は今まさに実現され、スマートフォンの登場によってさらに新たなステージが開かれつつある。

日本の電話料金を安くしたい──一人の男のそんな純粋で一途な思いから生まれた小さな小さな電話会社は文字どおり世の中を革命的に変えた。その意味で、これは一企業の物語を超えた起業家の物語──社会を大きく変えようとした挑戦にほかならない。

新生KDDIとして再スタートを切った後も、経営陣は手綱をゆるめることなく、KDDIをNTTへの強力な対抗軸にしようと全身全霊を傾けて経営に注力した。セルラーの統合、次世代携帯電話への参入といった攻めの戦略を次々に打ち出す一方で、三社合併に伴って発生する数多くの懸案の解決に精力的に取り組んだのだ。本社ビルの移転や三社で異なる給与体系・給与水準の統合を目指した統合人事制度プロジェクトの推進、五十八人に膨れ上がってしまった役員陣のスリム化などである。

なかでも重要な課題は二つあった。

一つは財務の健全化である。

新生KDDIの有利子負債は連結ベースで二兆二千四百億円に達していた。合併時点での有利子負債の平均金利は約二・五パーセントだから年間の金利の支払いは約五百六十億円。一千億円の営業利益を上げてもその半分強を持っていかれてしまう計算だ。

有利子負債が膨らんだ理由は、一つには携帯電話事業の設備投資がかさんだからだった。

第二電電グループのセルラー各社や日本移動通信はPDC方式の携帯電話の設備償却がすまないうちに、cdma One方式のサービスを開始し、年間数千億円単位の設備投資を行った。そうしなければiモードブームに乗って加入者を急増させているNTTドコモに追いつけなくなってしまうからだが、PDC方式とcdma One方式の併存は両社の資金負担を急増させた。

さらに第二電電の子会社であるDDIポケットが一九九五年七月からスタートさせたPHS事業も第二電電グループの財務基盤を揺るがした。

PHSは専務だった千本倖生が中心となって始めた事業だった。売り物は携帯電話よりも通話料が安いこと。しかし「第二電電の集大成の事業にする」との目論見は叶わず、PHS事業は苦戦を強いられた。

PHSのネットワークは地上回線のほとんどをNTTのISDN回線に依存している。そのNTTの交換機が携帯電話との相互通話に対応していなかったうえに、NTTに支払う回線や通信設備の使用料がDDIポケットの収益を圧迫した。

携帯電話との接続が実現してからもPHSは上向かなかった。登場して三年足らずの一九九八年にはすでに加入台数が頭打ちとなってしまったのだ。

DDIポケットは赤字決算を続けた。そして、その苦戦に足を引っ張られる形で第二電電は一九九七年三月期の連結決算で創業以来初の赤字に陥るなど資金負担を膨らませた（二〇〇四年十月、ＫＤＤＩはＤＤＩポケットを売却、アメリカの投資会社カーライル・グループがＤＤＩポケットの筆頭株主となった。ＤＤＩポケットは二〇〇五年二月にウィルコムに社名を変更し、以降、データ通信サービスに注力するようになるが、二〇一〇年二月、会社更正法の適用を申請した）。

財務の健全化に中心になって取り組んだのは副社長の山本正博だった。山本は稲盛に請われ、二〇〇〇年四月、京セラ副社長から第二電電に専務として転籍、翌年六月に副社長となり、東京・西新宿のＫＤＤＩビル（旧ＫＤＤビル）への本社機能の移転や人材の再配置などの指揮を執っていた。

山本は全国津々浦々の事業所に赴いて経営状況を説明し、有利子負債の削減が喫緊の課題だと説いた。そして二〇〇〇年十一月、有利子負債削減プロジェクトチームを発足、「五年で有利子負債一兆円を削減する」という目標を掲げて、まずは設備投資の大幅カットという大なたを振るった。二〇〇一年度のマスタープラン（年次計画）で提出された設備投資額は約六千五百億円、ＫＤＤＩのキャッシュフローは四千億円だったので、この計画を実行しようとするとさらに二千億円、有利子負債が増えてしまう。そこで有利子負債削減のめどがつくまでは年間の設備投資額を三千億円以下に抑える基本方針を打ち出したのだ。

社内の反発は大きかった。とりわけ携帯電話事業の基地局設置部門や固定電話の光ファイバー設置部門など資金需要の大きな部門から山本は激しい批判にさらされた。

しかし、バッシングに遭いながらも山本は有利子負債削減プロジェクトを推進した。

この努力が実り、二〇〇四年十二月末、有利子負債はついに一兆円を切った。プロジェクトを始動して四年一カ月、「五年で一兆円を削減する」という目標はいつしか「五年で一兆円を切る」という、より高い目標に変わっていたが、その目標さえも十一カ月早く達成したのである。


もうひとつの重要な課題は新生KDDIの社員たちに共通の価値観、企業文化を育むことだった。

三社合併に対して、いくつかのメディアが〝野武士〟の第二電電、〝公家〟のKDD、〝官僚〟の日本移動通信などと書いたように、第二電電と他の二社とでは社員の意識や働き方が異なっていた。

とりわけKDD出身者には、第二電電出身の社員に比べて顧客志向や仕事へのアグレッシブさが希薄な社員が少なくなかった。しかもKDD出身の社員は全社員の二分の一を超えている。このままでは経営に中心軸があろうとも、強い求心力は生まれない。

そこで奥山は、企業理念であり、かつ社員の行動規範でもあるフィロソフィの本格的な導入を決断し、稲盛に相談した。

稲盛はうなずいた。

「それはいいな。第二電電の社員たちはいろんな会社から集まってきているし、とくに電電公社出身の社員たちはよく言えば理知的、くだけて言えば理屈っぽいインテリタイプが多かったから、フィロソフィを押しつけてもなかなか浸透しないだろうと僕は思って、これまで本格的に導入しようとしてこなかった。奥山さんの代になって、導入を試みて、なかなか苦労してきたけれど、ＫＤＤＩを立派な会社にするにはもはや本腰を入れてやらなければいけない時期かもしれませんね。経営にはヒト、モノ、カネ、いろんな資源があるが、一番大事なのは人、とりわけ人の心。みんなの心を一致させなければ、この会社はこれから伸びていけない」

しかし、その導入は困難を伴った。

「個人の思想、信条は自由であるべきで、フィロソフィの強要はおかしい」などといった異論を唱える社員が少なくなかったのだ。とりわけＫＤＤ出身者の反発が大きかった。日本移動通信出身の社員は、親会社のトヨタに企業理念を示した「トヨタ基本理念」があるので、フィロソフィに対してある程度の心構えができていたが、ＫＤＤには企業理念も行動指針もなかったため、出身者たちは拒否反応を起こしたのだった。

それでも奥山や小野寺たちは諦めずKDDIフィロソフィの浸透に努めた。

「個人の人生であれば、どんな考え方を持とうと自由だし、その考えで人生を歩んだ結果についても自分で責任を取ればいい。だが企業の場合は社員それぞれが勝手にふるまい、その結果もばらばらでは存続すらできない。企業にはよって立つべき基本的な理念が必要なのだ」

そう粘り強く、熱心に説いていったのだ。


この間、稲盛は二〇〇一年六月二十六日に取締役名誉会長を退任し、最高顧問に就任。精神的な支えとして新生KDDIを見守り、時に伴走しながら経営陣を導く役割を担うことになった。同時に小野寺が新社長に就任し、奥山は副会長に就いた。

若いトップに率いられたKDDIは、こうした取り組みが功を奏し、順調に成長を遂げていった。二〇〇二年三月期の決算では連結営業収益（売上高）が二兆八千三百三十七億円で連結営業利益が一千二十二億円。これが二〇〇六年三月期には連結営業収益が三兆六百八億円とついに三兆円の大台を突破し、二千九百六十五億円の営業利益を上げた。二〇一〇年三月期はそれぞれ三兆四千八百億円、四千七百億円を見込んでいる。

グループ全体で売上高が十兆円を超えるNTTグループとはまだ倍以上の開きがあるが、収益の柱である携帯電話に注目すれば、NTTドコモの市場シェアが五十一・二パーセントなのに対して、ＫＤＤＩは二十八・九パーセントとその差は確実に縮まった（二〇〇八年度、契約者数ベース）。

いま稲盛たちが創り上げた高度大衆情報社会は新たなステージへと移り変わろうとしている。

多機能携帯電話スマートフォンの普及はいつでもどこからでもコンピューター・ネットワークにアクセスできるユビキタス社会を実現しようとしている。個人の情報収集、伝達能力はいっそう高まり、時に大きな社会的ムーブメントを巻き起こすツールとしての可能性をはらむ一方で、企業にとっては新たな販促・マーケティングのための重要なメディアになりつつある。

その新たなステージでも、ＫＤＤＩは勝者になれるだろうか。

それはわからない。

ただし、一つだけ確実に言えることがある。

新たなステージにおいても、勝つのは、正しい動機を持ち、一途な志を抱き、知恵と情熱に富んだ者たちである。

文庫化に寄せて

稲盛和夫

本書を読み返してみると、当時のさまざまな出来事が思い出された。

一九八〇年代前半まで、日本国内の電気通信市場は、NTT（当時は日本電信電話公社）による独占状態が続いていた。土光臨調により通信自由化がようやく決定されたが、新規参入しようとする者が現れない。これではせっかく市場を自由化した意味がないと考えた私は、悩んだ末、電気通信事業へ参入を決意した。

経験も技術もインフラも持たない私が、電気通信業界の巨人NTTに立ち向かうのは、当時のマスコミや一般の人たちから見ても、無謀な企てに映ったに違いない。それでも、第二電電は「国民のために通信料金を安くする」という大きな目標に向かって、全社一丸となり、日本中に長距離通信網を張り巡らせた。

同時に、まだ一般には普及していなかった移動体通信（携帯電話）事業にも参入した。将来、携帯電話が小型化され、誰もが持つ時代が来ると考えた私は、セルラー電話会社

（現在のａｕ）と呼ばれている携帯電話会社を各地に設立した。ＮＴＴドコモと熾烈な競争を繰り広げながら、数多くの困難を乗り越え、携帯電話事業を成長させていった。

それでもまだ巨大なＮＴＴに対抗するだけの規模を持たなかった第二電電を総合的な電気通信会社にするため、私はＩＤＯおよびＫＤＤとの三社合併を進め、二〇〇〇年にはＫＤＤＩを誕生させた。

通信自由化から三十年の歳月が流れた今、子供からお年寄りまで、誰もが携帯電話を持ち、いつでもどこでも誰とでもコミュニケーションを楽しめる時代となった。第二電電の創業時からすると隔世の感がある。

戦後日本経済史において独占市場を自由競争へと導いた成功例として、第二電電の創業からＫＤＤＩの誕生に至る物語を実話に基づいて描きたい――。著者の渋沢和樹氏は、そうした強い思いをお持ちであった。その熱意に絆《ほだ》され、私たち関係者は、渋沢氏の綿密な調査と取材に協力することにした。本書はそうした著者の並々ならぬ情熱と努力の成果であり、日本が高度情報化社会を迎えるうえでの一大変革を知るうえでも欠かせない著作となっている。

その後、私はＫＤＤＩの最高顧問となり、経営の第一線からは退いていたが、二〇一〇年に日本政府および企業再生支援機構から経営破綻した日本航空を再建してほしいという強い要請を受けた。

その任ではないと何度もお断りしたが、日本航空の再生を低迷する日本経済復活の一助とするため、また、日本航空に残る三万名を超える社員の生活を守るため、敢えて会長職を引き受けることにした。

日本航空は、破綻以前に巨額の債務と損失を抱え、会社更生法の適用と企業再生支援機構からの支援により、かろうじて運行を続けている状態で、なんとしても二次破綻を避けなければならない窮地にあった。

会社再建にあたって、日本航空の社員たちに対して、私はものごとを「人間として何が正しいのか」で判断するという経営哲学を教えることからスタートした。幹部研修や会議を通して、あるいは、空港などの現場を訪れ、全社員に人間としてのあり方を直接語りかけた。

最初は聞く耳を持たなかった幹部もいたが、何度も真摯に話し合ううちにその意識が変化してきた。私の経営哲学を熱心に学び、部下や仲間に教えるようになった。意識が変わると、お客様に対する接し方も変わり、顧客や関係者も支援してくださるようになった。このような意識変革が、日本航空を「なんとしても会社を再生させたい」という情熱に燃える集団に変貌させたのである。

その結果、日本航空の業績は、初年度で約一九〇〇億円、次年度で約二〇〇〇億円の営業利益を出すまでに回復した。破綻した会社が、わずか一年で、世界の航空会社の中でもトップクラスの高収益企業に生まれ変わったのである。

ＫＤＤＩと日本航空——両社を成功に導いたものは、非常にシンプルなものである。危機的状況において、リーダーが不撓不屈の精神を持ち、善きことを思い、実行に移すことにより、従業員の意識や行動が変革され、顧客や社会の支持を得るなどの幸運にも恵まれる結果となった。

バブル崩壊後、二十年余りが経過したが、日本経済は依然、低迷を続けている。現状を打破するには、我々自身が意識を変え、不屈の精神で未来に挑戦していくしかない。

文庫化された本書を通して、通信自由化という歴史的変革に立ち向かった者たちの姿から、自分を信じて挑戦することの大切さを感じていただければ幸いである。

巻末資料

固定電話と携帯電話・PHSの加入者数の推移

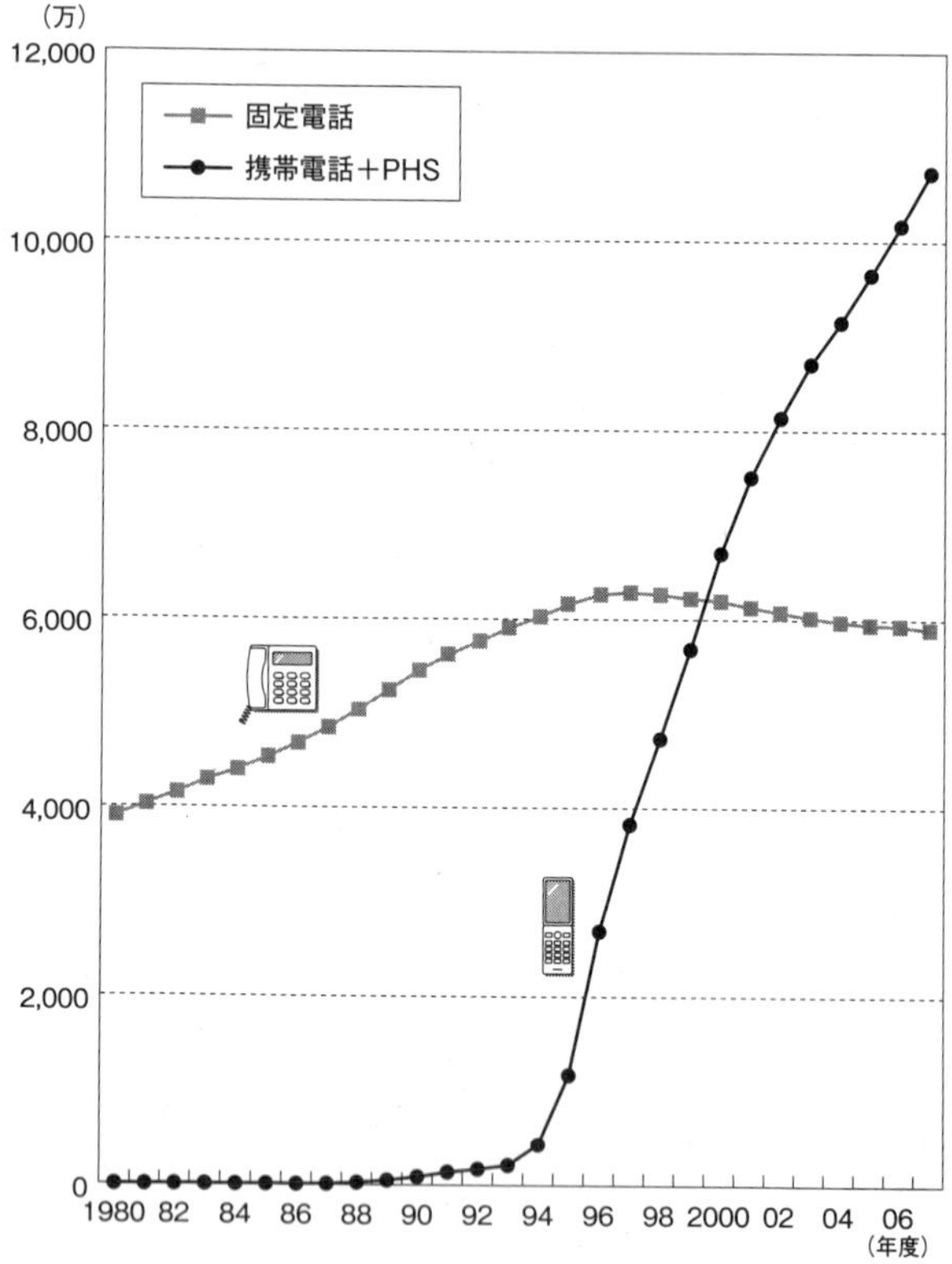

※ 1995年度以降の携帯電話とPHSは電気通信事業者協会、その他は総務省の資料をもとに作成。
自動車電話は携帯電話に含む。

市外電話通話料金の推移

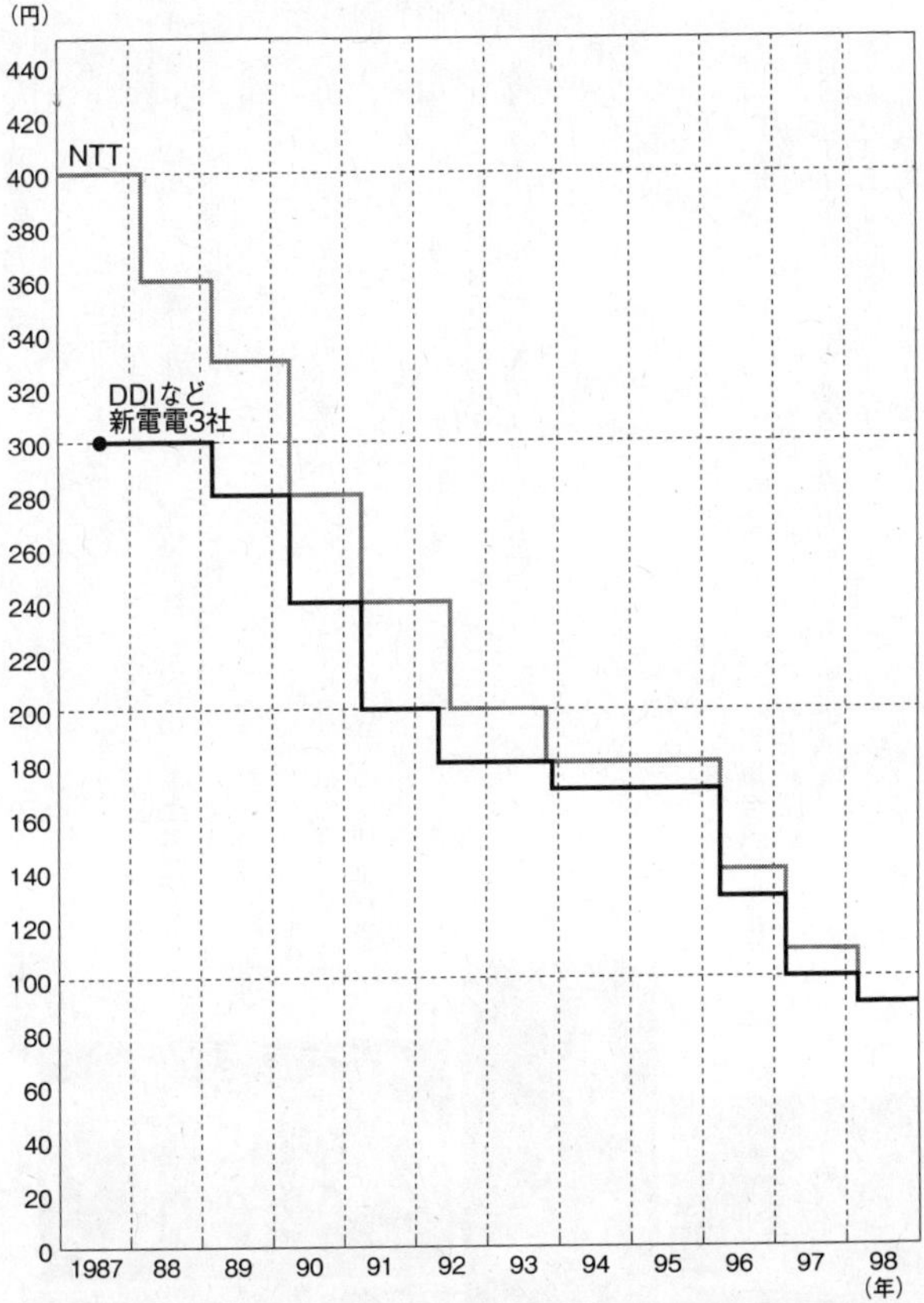

※ 1990年までは340km超／平日昼間3分間、1991年以降は最遠距離／平日昼間3分間。

年	月	通信業界の動き	DDI／KDDI関連
一九八四年	6月		第二電電企画設立。
	10月	日本テレコム（JT）設立。	
	11月	日本高速通信（TWJ）設立。	
一九八五年	4月	電気通信改革三法が施行。電電公社が民営化し、通信市場への新規参入が可能に。	第二電電（DDI）へ社名変更。
	6月		第一種電気通信事業の許可を取得。
	12月	新電電3社の市外電話サービスの接続番号（DDI＝0077、JT＝0088、TWJ＝0070）が決まる。	市外電話サービスの接続番号が決まる。
一九八六年	3月	東京通信ネットワーク（TTNet）設立。	
	7月	日本国際通信企画設立。	
	8月	JTが東名阪で専用サービスを開始。	
	10月		東名阪で専用サービスを開始。
	11月	TTNetが関東地域で専用サービスを開始。TWJが東名阪で専用サービスを開始。国際デジタル通信企画設立。	

第二電電設立パーティー。左から千本倖生氏、森山信吾氏、牛尾治朗氏、飯田亮氏、稲盛和夫氏、真藤恒氏、盛田昭夫氏（84年5月）

出来山リレーステーション（愛知県北設楽郡）

東京ネットワークセンター（東京都多摩市）

一九八七年

2月　日本電信電話（ＮＴＴ）が東京証券取引所第一部に上場。

3月　日本移動通信（ＩＤＯ）設立。

4月　ＮＴＴが携帯電話サービスを開始。

6月　関西セルラー電話設立。

8月　日本国際通信（ＩＴＪ）発足。

9月　国際デジタル通信（ＩＤＣ）発足。　ＤＤＩなど新電電3社が東名阪で市外電話サービス開始（３４０㎞超／３分間３００円に。ＮＴＴは４００円）。

10月　九州セルラー電話設立。

11月　中国セルラー電話設立。

12月　森山信吾社長逝去。稲盛和夫会長兼社長就任。

一九八八年

2月　ＮＴＴが市外電話通話料金の値下げ（３４０㎞超／３分間を４００円から３６０円に）。

4月　東北セルラー電話設立。

5月　ＴＴＮｅｔが関東地区で電話サービス開始。　北陸セルラー電話設立。

7月　ＮＴＴがデータ通信事業をＮＴＴデータ通信へ事業譲渡。　北海道セルラー電話設立。

新電電3社合同の市外電話サービス開始セレモニー。左から森山信吾氏、馬渡一真氏、唐沢俊二郎郵政大臣、真藤恒氏、菊池三男氏（87年9月）

DDIアダプター。このほか収容回線数の多い大型のものもあった。

年	月	通信業界の動き	DDI／KDDI関連
	12月	ＩＤＯが東京23区内でＮＴＴ方式の自動車・携帯電話サービス開始。	
一九八九年	2月	ＮＴＴが市外電話通話料金の値下げ（３４０㎞超／３分間３６０円を３３０円に）。	新電電3社が市外電話通話料金の値下げ（３４０㎞超／３分間３００円を２８０円に）。
	4月	ＮＴＴの加入電話契約数が５０００万を突破。 ＩＴＪが国際専用サービス開始。	四国セルラー電話設立。
	5月	ＪＴが鉄道通信と合併。 ＩＤＣが国際専用サービス開始。	
	6月		神田延祐社長就任。
	7月		関西セルラー電話がサービス開始。
	8月	ＫＤＤが国際専用料金値下げ。	
	10月	ＩＴＪとＩＤＣが国際電話サービス開始。	
	12月		九州、中国セルラー電話がサービス開始。
一九九〇年	3月	ＮＴＴのあり方に関する電通審最終答申及び政府措置決定。 ＮＴＴが市外電話通話料金の値下げ（３４０㎞超／３分間３３０円を２８０円に）。	新電電3社が市外電話通話料金の値下げ（３４０㎞超／３分間２８０円を２４０円に）。
	4月		東北セルラー電話がサービス開始。
	8月		北海道セルラー電話がサービス開始。
	9月		北陸セルラー電話がサービス開始。

サービス開始当初から人気を博した、当時世界最小のHP-501（マイクロタック）

12月 NTTが番号案内を有料化。／四国セルラー電話がサービス開始。

一九九一年

3月 NTTが市外電話通話料金の値下げ（最遠距離／3分間280円を240円に）。／新電電3社が市外電話通話料金の値下げ（最遠距離／3分間240円を200円に）。

6月 沖縄セルラー電話設立。

7月 日産とツーカーセルラー東京設立。

10月 IDOが東京23区と川崎の一部でTACS方式のトーキョーフォンサービス開始。

ツーカーホン関西設立。

一九九二年

2月 日産とツーカーセルラー東海設立。

4月 新電電3社が市外電話通話料金の値下げ（最遠距離／3分間200円を180円に）。

6月 NTTが市外電話通話料金の値下げ（最遠距離／3分間240円を200円に）。

7月 NTTが移動体通信事業を分離し、NTTドコモがサービス開始。

10月 沖縄セルラー電話がサービス開始（DDIセルラーグループ全8社のサービス開始）。

11月 JTが全国サービス網完成。

12月 全国サービス網完成。DDIセルラーグループがIDOとのローミングサービス開始。

全国サービス網完成のセレモニー。記念通話をする稲盛和夫氏（92年12月）

年	月	通信業界の動き	ＤＤＩ／ＫＤＤＩ関連
一九九三年	3月	ドコモがＰＤＣ方式のサービス開始。	
	4月		日本イリジウム設立。
	7月	オールＩＤ化（交換機のソフトウエアによるＩＤ送出が可能に）。	
	9月		東京証券取引所第二部上場。
	10月	ＮＴＴとＤＤＩが札幌でＰＨＳの実用化実験開始。	
	11月	ＮＴＴが中・遠距離通話料金の値下げ（最遠距離／３分間２００円を１８０円に）。 エンド・エンド料金（発信者・着信者間のネットワーク全体を通して料金を定める料金体系）導入。 インターネットイニシアティブ（ＩＩＪ）がインターネット接続サービス開始。	新電電３社が市外電話通話料金の値下げ（最遠距離／３分間１８０円を１７０円に）。
	12月		奥山雄材社長就任。
一九九四年	4月	携帯電話売り切り制スタート。 ＮＴＴドコモが東京23区でＰＤＣ方式のサービス開始。 東京デジタルホン、ツーカーホン関西がサービス開始。	関西セルラー電話がＰＤＣ方式のサービス開始。
	5月	関西デジタルホンがサービス開始。	
	6月	ＩＤＯがＰＤＣ方式のサービス開始。 郵政省が、ＰＨＳの事業化のあり方について	ツーカーセルラー東京がサービス開始。

基本方針を打ち出す。

7月　東海デジタルホンがサービス開始。
DDIポケット企画設立。
ツーカーセルラー東海がサービス開始。

9月　JTが東京証券取引所第二部上場。

10月　NTTがNTTパーソナル通信網企画設立（11月に事業会社へ）。

11月　DDIポケット企画が事業会社に移行（全国9ブロックにPHS事業会社設立）。

一九九五年

1月　イリジウムシステムがアメリカで免許取得。

2月　NTTが固定電話の基本料金を値上げ。

3月　TWJが全国サービス網完成。

4月　NTTデータ通信が東京証券取引所第二部上場。
音声の「公専接続」（専用線と一般公衆網との接続）解禁。

5月　NTTの加入電話契約数が6000万を突破。

7月　NTTパーソナルグループが東京と札幌でPHSサービス開始。
DDIポケット電話グループが東京と札幌でPHSサービス開始。

9月　東京証券取引所第二部から第一部へ指定替え。
北陸セルラー電話がPDC方式のサービス開始。

10月　アステルグループが東京、大阪、四国でPHSサービス開始。
全国のDDIポケット電話会社がPHSサービス開始。

12月　九州、中国セルラー電話がPDC方式のサービス開始。

年	月	通信業界の動き	DDI／KDDI関連
一九九六年	1月	デジタルツーカー九州がサービス開始。	
	2月	電気通信審議会が「NTT分離・分割」を答申。	
	3月	NTTが市外電話通話料金の値下げ（最遠距離／3分間180円を140円に）。 NTTドコモが衛星移動通信開始。	新電電3社が市外電話通話料金の値下げ（最遠距離／3分間170円を130円に）。
	4月		北海道セルラー電話がPDC方式のサービス開始。
	5月	デジタルツーカー中国がサービス開始。	
	7月		DDIポケット電話グループが携帯・自動車電話への接続開始。
	8月		東北セルラー電話がPDC方式のサービス開始。
	10月	「国内公専公接続」解禁。	四国セルラー電話がPDC方式のサービス開始。
	11月		沖縄セルラー電話がPDC方式のサービス開始（デジタルネットワークの全国展開完了）。
	12月	携帯・自動車電話、PHS、無線呼出などの移動体通信の料金が認可制から届出制に。 デジタルツーカー東北、北海道がサービス開始。 NTTがインターネット接続サービス「OCN」開始。	
一九九七年	1月	デジタルツーカー北陸がサービス開始。	
	2月	NTTが市外電話通話料金の値下げ（最遠距	新電電3社が市外電話通話料金の値下げ（最遠

離／3分間140円を110円に)。
距離／3分間130円を100円に)。

デジタルツーカー四国がサービス開始。

3月 NTTドコモがパケット通信サービス「DoPa」開始。
IDOと共同でCDMA方式の携帯・自動車電話システムの導入決定。

4月 電力系9地域通信事業者が相互連携専用サービス開始。
沖縄セルラー電話が株式店頭公開。

6月 第140国会で「NTT法改正案」「KDD法改正案」「事業法改正案」成立。

7月 JTとITJが合併。
インターネット接続サービス「DION」開始。

10月 NTTが国際第一種電気通信事業会社、NTT国際ネットワーク設立。

11月 東京デジタルホンが「スカイウォーカー」サービス開始。

12月 郵政省がNTT再編成の基本方針を発表。
「国際公専公接続」解禁。
NTTが国内通信網のデジタル化を完了。

一九九八年

2月 NTTが市外電話通話料金の値下げ(最遠距離／3分間110円を90円に)。
NTTが「ナンバーディスプレイ」サービス開始。
新電電3社が市外電話通話料金の値下げ(最遠距離／3分間100円を90円に)。

6月 郵政省が国際電気通信連合に次世代携帯電話規格の日本提案としてW-CDMA方式を提出。
IDOとIMT-2000に関する共同実験室開設。
日沖昭社長就任。

年	月	通信業界の動き	ＤＤＩ／ＫＤＤＩ関連
	7月	ＫＤＤが国内電話サービス（００１）開始。	関西、九州、沖縄セルラー電話がｃｄｍａＯｎｅサービス開始。 国際第一種電気通信事業の許可を取得。
	10月	ＩＩＪ、トヨタ、ソニーがクロスウェイブコミュニケーションズ（ＣＷＣ）設立。	国際電話サービス（００７８）開始。
	12月	ＫＤＤとＴＷＪが合併。 ＮＴＴパーソナルがＰＨＳ事業をＮＴＴドコモへ営業譲渡。	ブラジルでの携帯電話サービス開始。 ＤＤＩセルラーグループの契約数が５００万を突破。
一九九九年	1月	携帯・自動車電話およびＰＨＳ番号の11桁化。	日本イリジウムが「イリジウムサービス」開始。
	2月	電力系新電電10社がパワー・ネッツ・ジャパン（ＰＮＪ）設立。	ＩＤＯとの共同実験室がＩＭＴ－２０００の実験用予備免許取得。
	3月	ＩＤＯ、ＮＴＴドコモがＮＴＴ大容量方式のサービスを終了。	中国、北陸、四国セルラー電話がｃｄｍａＯｎｅサービス開始。
	4月	ＴＴＮｅｔがアステル東京と合併。 ＩＤＯがｃｄｍａＯｎｅサービス開始。	東北、北海道セルラー電話がｃｄｍａＯｎｅサービス開始（ｃｄｍａＯｎｅの全国ネットワーク完成）。
	5月	郵政省がＮＴＴ再編成に関する実施計画を認可。 ＮＴＴが長距離国際会社、ＮＴＴコミュニケーションズ（ＮＴＴコム）設立。	パラグアイでの携帯電話サービス開始。 ｃｄｍａＯｎｅ契約数が１００万を突破。
	6月	ケーブル・アンド・ワイヤレス（Ｃ＆Ｗ）がＩＤＣの株式公開買付終了。	
	7月	ＮＴＴが持株会社のもとで再編成。東日本電	

信電話（NTT東日本）、西日本電信電話（NTT西日本）設立。

8月 TTNetが国際電話サービス開始。｜奥山雄材会長兼社長就任。

9月 JTの第三者割当増資でブリティッシュ・テレコム（BT）とAT&Tが主要株主に。｜ツーカーグループ3社の株式を取得し連結子会社化。

IDCがケーブル・アンド・ワイヤレスIDC（C&WIDC）へ社名変更。

10月 NTTコムがNTT国際ネットワークを合併して国際電話サービス開始。

Jフォングループ、デジタルツーカーグループがJフォン・ブランドに統一。あわせて社名変更。

11月 PNJコミュニケーションズ設立。

12月 コアラがADSLサービス開始。｜DDI、KDD、IDOの3社が合併に合意。

二〇〇〇年

1月 ｜DDIポケット電話グループ9社が合併。

3月 固定電話（ISDNを除く）と移動電話（携帯電話・PHS）の加入者数が逆転。｜日本イリジウムが「イリジウムサービス」を終了。

7月 NTT東日本、西日本がIP接続サービス「フレッツISDN」開始。｜移動体通信事業の新統一ブランド「au」開始。TACS方式のサービス終了。

10月 Jフォン東京、北海道、東北が合併してJフォン東日本に。｜DDI、KDD、IDOが合併してKDDI発足。奥山雄材社長就任。

Jフォン関西、北陸、中国、四国、九州が合併してJフォン西日本に。

年	月	通信業界の動き	DDI／KDDI関連
	10月	NTTコムとNTTインターナショナルが合併。	
	11月		セルラー電話会社7社が合併してエーユーに。
	12月	C&WIDCが市外電話サービス開始。	
二〇〇一年	1月	NTTが市内通話料金の値下げ。	
	3月	NTTが市外電話通話料金の値下げ（最遠距離／3分間90円を80円に）。 NTTコミュニケーションズが市内電話サービス開始。 USENがFTTHサービス開始。	新電電3社が市外電話通話料金の値下げ（最遠距離／3分間90円を80円に）。 エーユーを完全子会社化。
	4月	フュージョン・コミュニケーションズが全国一律24時間3分20円の市外電話サービス開始。	
	5月	電話会社選択サービス「マイライン」開始。 NTTが市内通話料金の値下げ。	
	6月		小野寺正社長就任。
	10月	NTTドコモがW－CDMA方式による第三世代携帯電話サービス「FOMA」開始。 ボーダフォンがJTの発行済株式数の66・7%取得。	エーユーを合併。
	11月	Jフォン、Jフォン東日本、Jフォン東海、Jフォン西日本が合併してJフォンが発足。	cdmaOne契約数が1000万を突破。

KDDI発足の記者会見。左から豊田章一郎氏、西本正氏、奥山雄材氏、牛尾治朗氏、稲盛和夫氏（2000年10月）

二〇〇二年	4月		第三世代携帯電話ＣＤＭＡ２０００１ｘサービス開始。
	6月		市外電話サービス（００７０）終了。
	8月	ＪＴが日本テレコムホールディングスへ社名変更、固定通信事業を分社化して日本テレコム設立。	
	11月	ＮＴＴドコモが地域８社を完全子会社化。 ＮＴＴが電電公社時代を含め初の減収決算。	
	12月	ＪフォンがＷ－ＣＤＭＡ方式による第三世代携帯電話サービス開始。	音楽ダウンロードサービス「着うた」開始。
二〇〇三年	1月		第三世代携帯電話の契約数が５００万を突破。
	3月		ＰＤＣ方式の携帯電話サービス終了。
	4月	パワードコムとＴＴＮｅｔが合併。	
	8月	日本テレコムホールディングスとリップルウッドホールディングスが日本テレコム売却に合意。	
	9月	ＮＴＴ、ＮＴＴコムがＩＩＪの第三者割当増資を引き受け。	第三世代携帯電話の契約数が１０００万を突破。
	10月	Ｊフォンがボーダフォンへ社名変更。	ＦＴＴＨサービス「ＫＤＤＩ光プラス」開始。
	12月	ＮＴＴコムがＣＷＣの営業譲渡契約を締結。 日本テレコムホールディングスがボーダフォンホールディングスへ社名変更。	
二〇〇四年	2月		国際電話サービス（００７８）終了。

年	月	通信業界の動き	DDI／KDDI関連
	6月		カーライル・京セラへのＤＤＩポケット事業譲渡を発表。
	7月	ソフトバンクが日本テレコムを買収。	
	10月	新生ＤＤＩポケットが発足。 ボーダフォンホールディングスとボーダフォンが合併してボーダフォンに。	
二〇〇五年	2月	ＤＤＩポケットがウィルコムへ社名変更。	
	5月	ソフトバンクがＣ＆ＷＩＤＣを買収し、日本テレコムＩＤＣへ社名変更。	
	8月		国内電話サービス（００１）終了。
	10月		ツーカーグループ３社と合併。 東京電力と通信事業での包括的提携、パワードコムとの合併を発表。
	11月	ＮＴＴドコモの携帯電話契約数が全国で５０００万を突破。 総務省がＢＢモバイル、イー・モバイル、アイピーモバイルの携帯電話事業参入を承認。	第三世代携帯電話の契約数が２０００万を突破。
	12月	ＮＴＴドコモのＦＯＭＡサービス契約数が２０００万を突破。	
二〇〇六年	1月		パワードコムと合併。
	3月	ソフトバンクがボーダフォンの買収を発表。	
	4月	ＮＨＫと民放各社が移動体向け地上デジタル放送（ワンセグ）開始。	東京電力とＦＴＴＨ事業に関する合意書を締結。

	10月	携帯電話番号ポータビリティ（MNP）スタート。	
		日本テレコムがソフトバンクテレコムへ、ボーダフォンがソフトバンクモバイルへ社名変更。	
二〇〇七年	1月	ユニバーサルサービス制度に基づくユニバーサルサービス料負担開始。	東京電力とFTTH事業を統合。
	3月	イー・モバイルがHSDPA通信サービス開始。	
	8月	ソフトバンクモバイルの第三世代携帯電話契約数が1000万を突破。	ワイヤレスブロードバンド企画設立。
	9月	NTTドコモのFOMAサービス契約数が4000万を突破。	
	12月	全国の携帯電話累計契約数が1億を突破。	ワイヤレスブロードバンド企画が特定基地局開設計画の認定を取得。
二〇〇八年	1月	NTTドコモがPHSサービス終了。	
	3月	NTT東日本、西日本がNGNサービス「フレッツ光ネクスト」開始。	ワイヤレスブロードバンド企画がUQコミュニケーションズへ社名変更。
			携帯電話の契約数が3000万を突破。
			ツーカーサービス終了。
	4月		中部テレコミュニケーション（CTC）の株式取得し連結子会社化。
	7月	NTTドコモが地域8社を吸収合併。	「じぶん銀行」サービス開始。
		ソフトバンクが「iPhone 3G」発売。	

年	月	通信業界の動き	DDI/KDDI関連
二〇〇九年	6月	NTTドコモのFOMAサービス契約数が5000万を突破。	
	7月		UQがモバイルWiMAX有料サービス開始。ジュピターテレコムへ資本参加。
二〇一〇年	2月		
	4月	NTTドコモが「Xperia」発売。	
	6月	ソフトバンクが「iPhone 4」発売。	「Windows Phone」発売。
	10月	NTTドコモが「GALAXY S」発売。	
	11月		Android搭載スマートフォンを発売。
	12月	ソフトバンク、ウィルコムの会社分割・減増資等を完了。	電子書籍配信サービスを開始。
二〇一一年	3月	東日本大震災で固定通信約190万回線が被災、移動通信2万9000局が機能停止。	
	7月	ショートメッセージサービス（SMS）の事業者間接続開始。	
	10月	ソフトバンクが「iPhone 4S」発売。	「iPhone 4S」発売。
二〇一二年	1月		auのブランドマークを刷新。
	3月	NTTドコモの携帯電話契約数が6000万台を突破。	携帯電話契約数が3500万を突破。

本書は、二〇一〇年三月に日本経済新聞出版社より刊行した『挑戦者』を改題し、文庫化したものです。

日経ビジネス人文庫

稲盛和夫《いなもりかずお》　独占《どくせん》に挑《いど》む

2012年9月3日　第1刷発行

著者
渋沢和樹
しぶさわ・かずき

発行者
斎田久夫

発行所
日本経済新聞出版社
東京都千代田区大手町1-3-7 〒100-8066
電話(03)3270-0251(代)　http://www.nikkeibook.com/

ブックデザイン
鈴木成一デザイン室
西村真紀子(albireo)

印刷・製本
凸版印刷

Printed in Japan　ISBN978-4-532-19648-6